Diogenes Taschenbuch 24018

Friedrich Dönhoff
Der englische Tänzer
Ein Fall für Sebastian Fink
Roman

Diogenes

Umschlagfoto (Ausschnitt)
mit freundlicher Unterstützung des
Hotel Atlantic Kempinski,
Hamburg

Originalausgabe

Alle Rechte vorbehalten
Copyright © 2010
Diogenes Verlag AG Zürich
www.diogenes.ch
20/14/52/3
ISBN 978 3 257 24018 4

I

Als sie durch die schwere Eisentür ins Freie traten, sahen sie den Bussard. Er kreiste auf gleicher Höhe und balancierte im eisigen Wind. Sebastian zog den Reißverschluss seiner Jacke bis zum Kinn. Wie bescheuert war er eigentlich? Kraxelte an einem Nachmittag im November bei Temperaturen um den Gefrierpunkt auf den Turm der Michaeliskirche. Spätestens heute Abend würden ihm die Ohren schmerzen.

Anna hielt ihren Hut mit der einen Hand, an der anderen hielt sie den eingemummelten kleinen Leo. Seit dem letzten Winter war der Junge gewachsen. Auch ihm zuliebe hatten sie sich aufgerafft und gesagt: Komm, wir gehen da jetzt mal rauf, auf den Michel, das Wahrzeichen von Hamburg, das ist schließlich nicht nur für Touristen gebaut.

Von der Plattform konnte man kilometerweit schauen. Dort waren Sankt Pauli und die Reeperbahn, drüben die Alster und das weiße Hotel Atlantic, rechts von ihnen ragte der spitze Turm des alten Rathauses in die Höhe. Unten, so nah, dass man glaubte hineinspucken zu können, floss das silbergraue Wasser der Elbe, auf dem die Schiffe wie Spielzeug aussahen.

Leo rief mit hoher Stimme Fragen in den Wind: »Wo ist unser Haus?« – »Ist das England?« – »Was für ein Ballon liegt da?« In der großen gelben Kuppel, die sich am Ufer des Flusses blähte, wurde jeden Abend das Musical *Der König der Löwen* aufgeführt. Dahinter erstreckte sich der achthundert Jahre alte Hafen mit seinen tausend Kränen, langen Armen, die nach den Wolken griffen.

Annas roter Mantel flatterte. Sie hatte ihn vor Jahren ausgemustert, aber nie entsorgt, und nun feierte er ein Comeback. Sie hielt sich auf der anderen Seite der Plattform am Geländer fest und blickte in die Ferne. Etwa dort musste Lübeck sein, ihre Heimatstadt, aber das war ihr vielleicht gar nicht bewusst. Sie war in letzter Zeit so nachdenklich, hatte aber bislang nicht gesagt, was sie beschäftigte.

Ruhig und elegant schwebte der Bussard hoch über den Häusern, ein Meer mit Millionen Menschen, eine enorme Ansammlung von Individuen mit festen Spielregeln und mit Spannungen. Von Westen, der Nordsee, nahte eine Wolkendecke, wie ein riesiges graues Plumeau, das sich langsam über die Stadt legen würde. Sebastian presste seine Jacke an den Körper, als würde er sich selbst umarmen.

Am nächsten Morgen irrten hinter seinem Fenster Schneeflocken umher. Sebastian beobachtete sie vom Bett. Sie fielen leise und sanft, wie Schneeflocken fallen und immer fallen werden. Sein Wecker hatte noch nicht geklingelt, doch, als wäre eine Sirene losgegangen, war er plötzlich aus dem Schlaf hochgeschreckt. Und nun saß er da mit klopfendem Herzen und schaute hinaus auf die vergehende Zeit.

»Auch so früh?«, warf er Jens entgegen, der mit einer Zeitung in der Cafeteria saß. Das war nur fünfzig Minuten später im Polizeipräsidium.

»Ich finde, es ist zu kalt da draußen«, murrte Jens, »zu dunkel, und der Schnee bleibt auch nicht liegen.«

Sebastian stellte seinen Kaffee, den der Automat ausgespuckt hatte, auf den Tisch und zog über den gefliesten Boden einen Plastikstuhl heran. Jens sah kurz auf.

Sebastian nahm sich die *Morgenpost* von der Fensterbank und blätterte darin. Parteienstreit im Hamburger Senat, Turbulenzen an der Börse, Premiere am Hans-Albers-Theater. »Das Londoner Erfolgsmusical *Tainted Love* kommt von der Themse an die Elbe«. *Tainted Love* – das war doch damals der Hit des Pop-Duos Soft Cell, Sebastian erinnerte sich gut daran, Synthie-Pop, typisch achtziger Jahre. Die Stadt war vollgepflastert mit Werbung, es war immer dasselbe, wenn ein neues Musical an den Start ging. Der Innensenator behauptete, nach New York und London sei Hamburg inzwischen der drittgrößte Musicalstandort der Welt, und die Hansestadt würde finanziell außerordentlich vom Musicaltourismus profitieren.

Sebastian trank vorsichtig von seinem heißen Kaffee und blätterte die Zeitung noch einmal von hinten nach vorne durch.

»Oh, die Herren machen so früh am Morgen schon Pause!«

Frau Börnemann aus der Verkehrsabteilung, etwas rundlich und stets in Uniform, kam sonst immer erst mittags herunter.

»Und Sie?«, sagte Sebastian. »Was machen Sie so früh hier unten?«

»Bei uns ist die Kaffeemaschine kaputt. Ich habe den Auftrag, sechs Becher – drei Cappuccino, einen Caffè Latte und zwei ... – wenn Sie so gucken, bringen Sie mich ganz durcheinander.«

»Zweimal koffeinfrei«, murmelte Jens.

»Woher wissen Sie das, Herr Santer?«

»Intuition.«

»Nicht schlecht.« Frau Börnemann nickte anerkennend.

Wenig später kam sie mit den Bechern auf einem Tablett vorbei, und Sebastian und Jens falteten die Zeitungen zusammen.

Als wäre er durch eine Lichtschranke gegangen, begann das Telefon auf dem Schreibtisch in dem Moment zu klingeln, als Sebastian sein Büro betrat. Er hängte die Jacke schnell an den Haken, drei große Schritte, und er hatte den Hörer in der Hand. Die Sekretärin. Sie kündigte ein Gespräch mit einem Beamten der Davidswache an, es sei dringend.

Davidswache, Reeperbahn, das war sicher keine Einladung zu einem lustigen Abend in Sankt Pauli. Eigentlich schade – dort gab es die meisten Musik-Clubs, Diskotheken und Kneipen, und Sebastian wäre gern mal wieder ins Nightlife zum Tanzen gegangen. Ab und zu brauchte er das: in eine andere Welt treten, wo Musik der Sauerstoff war.

»Herr Fink?«, kam es aus dem Hörer. Die Stimme klang merkwürdig instabil. »Kipke hier. Wir haben ..., also, ich würde sagen, das ist eine ziemlich *bizarre* Geschichte ...«

»Nämlich?«

Der Mann holte Luft. »Nebenan im Hans-Albers-Theater ist eine Leiche.«

Von dem Theater hatte Sebastian doch eben erst in der *Morgenpost* gelesen. »Und? Ich höre.«

»Es heißt, die Leiche hängt im Zuschauersaal an einem Strick von der Kuppel herab.«

»Wie bitte?« Sebastian musste schlucken. Es vergingen ein paar Sekunden, in denen er versuchte, sich das Bild vorzustellen, bevor der Beamte fortfuhr: »Eine Mitarbeiterin vom Theater kam eben auf die Wache, sie war ganz außer sich. Die Kollegen sind schon drüben, um es sich anzusehen. Herr Fink?«

Er fuhr alleine. Pia war noch nicht im Präsidium, und Jens würde gegebenenfalls bald nachkommen.

Über ihm kreiste das Blaulicht, und vor ihm ging der Verkehr auseinander, als würde der Weg freigepustet. Eine Leiche, die von der Kuppel hängt – so etwas hatte er noch nie gehört. Er hielt den Wagen direkt vor dem Eingang des prächtigen Gebäudes.

Ein Mann im Anorak kam mit zornigen Schritten auf ihn zu. Er hämmerte gegen die Scheibe. Sebastian öffnete.

»Blind?«

»Wie bitte?«

»Sehen Sie nicht, dass wir hier den roten Teppich ausrollen?«

»Nein«, antwortete Sebastian. Aber dann sah er den breiten Läufer auf sich zurollen.

»Parken Sie bitte woanders!«

»Beruhigen Sie sich!« Unglaublich, in welchem Ton der Mann wagte, mit der Polizei zu sprechen. Im nächsten Moment wurde Sebastian klar, dass er in seinem eigenen Auto saß, einem Fiat Uno, einer Schrottkiste, wenn auch einer sehr schnellen, und das Blaulicht hatte er eben wieder eingeholt. In der Nähe wurde gerade ein Parkplatz frei, Sebastian ließ den Kerl im Anorak einfach stehen und zog rüber.

Das geräumige Foyer des Hans-Albers-Theaters war mit einem nachtblauen Teppich ausgelegt, auf dem goldene Sterne prangten. In aller Ruhe wurde er von drei Putzfrauen gesaugt, als sei hier gar nichts passiert. »Wo geht's zum Saal?«, rief Sebastian. Eine der Frauen schaute auf. Sie verstand ihn nicht. Während sie den Knopf an ihrem Gerät drückte und das Brausen abnahm, war Sebastian schon weitergegangen. Ein Polizist kam auf ihn zu und reichte ihm die Hand: »Wir haben telefoniert.« Inzwischen schien Herr Kipke sich beruhigt zu haben. »Kommen Sie mal mit«, sagte er. Hatte er etwa ein Lächeln auf den Lippen?

Am Ende des Foyers lag der Eingang zum hellerleuchteten großen Theatersaal. Als sie durch die offene Doppeltür traten, bemerkte Sebastian, dass sich vorne an der Bühne Männer unterhielten, während andere an der Kulisse werkelten. Im Saal ging Sebastians Blick sofort nach oben, wo ein barock anmutendes Gemälde die Kuppel zierte. »Eine schöne Malerei«, sagte er. »Aber wo ist die Leiche?«

Der Beamte zuckte die Schultern.

»Was heißt das?«

»Niemand hier hat eine Leiche gesehen.« In den Augen des Mannes meinte Sebastian den Anflug eines Lächelns zu erkennen.

»Entschuldigung«, sagte Sebastian streng, »warum haben Sie mich dann gerufen? Ist das ein Witz? Finden Sie das komisch?«

Der Beamte räusperte sich. »Ich wollte Ihnen gerade Bescheid geben, aber Sie waren so schnell da. Die Physiotherapeutin des Theaters, die vorhin auf der Wache war, spinnt offenbar manchmal. Die Leute hier jedenfalls wundern sich gar nicht.«

Sebastian kam sich blöd vor. Raste hierher, und dann so was.

»Wo ist die Frau?«, fragte er.

»In Altona. Im Krankenhaus. Nervenzusammenbruch.«

»Wie heißt sie?«

»Silke Engelmann.«

»Ich wusste gar nicht, dass Theater Physiotherapeuten beschäftigen.«

»Vielleicht«, überlegte der Beamte, »weil beim Musical so viel getanzt wird?«

Sebastian ging den Mittelgang entlang, zwischen den Sitzreihen hindurch. Er betrachtete die Kuppel. Er schätzte die Höhe auf vielleicht fünfundzwanzig Meter. Unter dem Deckengemälde waren unauffällig Leisten für Lampen angebracht. Theoretisch schien es immerhin möglich, hier einen Menschen aufzuhängen. Man konnte allerdings von unten schlecht einschätzen, ob die Stangen dem Gewicht eines Körpers wirklich standhalten würden.

Auf einmal bemerkte Sebastian, dass sich im Saal die Stimmung veränderte. Im Eingang erschienen eine Frau und ein Mann. Wie ein Magnet, auf den sich alles ausrichtet, zog das Paar die Aufmerksamkeit auf sich, auch die Arbeiter auf der Bühne schauten. Das dicke blonde Haar fiel der Frau in mädchenhaften Wellen auf die Schultern. Sie war ganz in Schwarz gekleidet, und auf ihrer Brust glitzerte eine bunte Kette. Um die fünfzig Jahre alt mochte sie sein. Der Mann neben ihr mit dem roten, verstrubbelten Haar war deutlich jünger, seine Bewegungen geschmeidig. Die beiden gingen über den Außengang in Richtung Bühne. Während die Frau sprach, gestikulierte sie mit flatternden Händen. Der Mann hörte aufmerksam zu, lachte, und sprang, vorne angekommen, mit einem Satz auf die Bühne und verschwand in den Kulissen. Die Frau sprach mit den Leuten, die eben noch in Aufzeichnungen vertieft waren und jetzt ausnehmend freundlich grüßten. Sie gab irgendwelche Anweisungen. Einen Moment lang schauten alle wie hypnotisiert auf die Bühne. Dann drehte die Frau sich um, als hätte sie Sebastians Blick im Rücken bemerkt. Sie sagte noch etwas, kam dann durch den Mittelgang auf ihn zu. Das viele Schwarz, ein eng anliegender langer Rock aus dünnem Strick und ein Pullover, kaschierte geschickt ein paar überzählige Pfunde. Die kleinen bunten Steine ihrer Kette funkelten bei jedem Schritt.

»Sie sind von der Polizei, richtig?« Ihre Augen waren blau, sie lächelte nicht.

»Sebastian Fink ist mein Name.« Er zeigte seinen Ausweis. »Und wie heißen Sie?«

»Linda Berick. Ich bin die Autorin und Co-Produzentin. Ich hoffe, wir können nun wieder in Ruhe arbeiten. Schließlich ist heute Abend Premiere. Wir erwarten 1600 Gäste.«

»Wenn jemand behauptet, hier würde eine Leiche hängen, müssen wir herkommen und der Sache nachgehen. So ist das nun mal, Frau Berick.«

Sie verschränkte die Arme und schaute an ihm vorbei. An ihrem Ohr klemmte ein großer Clip mit einem türkisfarbenen Stein in der Mitte, von dem feine goldene Streifen ausgingen, wie Strahlen einer blauen Sonne.

»Seien Sie froh, dass es Fehlalarm war«, schob Sebastian nach.

»Ich habe keine Sekunde gedacht, dass es wahr sein könnte«, antwortete sie spitz, und Sebastian fragte sich, warum eigentlich nicht.

Sie sahen gleichzeitig hinauf zur Kuppel. »Wo bitte sollte da eine Leiche hängen?«, fragte sie. »Und wie könnte man einen Körper dort hinschaffen? Sie wissen, dass die Frau, die das gemeldet hat, nicht richtig tickt?«

»Ich hab's gehört.«

Auf der Bühne bewegte sich eine Kulisse, bis ein Bühnenarbeiter den Arm in die Luft streckte, dann blieb sie stehen.

Die Autorin war nun betont freundlich. »Sie müssen wissen, dass Menschen am Theater manchmal Schwierigkeiten haben, zwischen Realität und Illusion zu unterscheiden. Wenn dann noch der Stress vor der Premiere hinzukommt, kann einiges durcheinandergeraten.«

»Sind Sie eigentlich Engländerin?«

Irritiert sah sie ihn an. »Ich bin aus London«, erklärte sie. Es klang stolz und ein wenig trotzig. »Meine Großmutter war Deutsche. Ich spreche die Sprache seit meiner Kindheit. Und hier kann ich nun meine Kenntnisse auffrischen.« Sie musterte ihn. »Hätten Sie vielleicht Interesse, heute Abend das Stück zu sehen? Eben haben zwei Gäste abgesagt. Sie müssten sich allerdings sofort entscheiden.«

Es hatte aufgehört zu schneien. Die Reeperbahn lag verlassen im grauen Vormittagslicht. Menschenleer der Bürgersteig, die Leuchtreklamen tot, die Türen zu den Etablissements verschlossen. Von der nächtlichen Glitzerwelt war nichts zu erahnen.

Sebastian schaute noch einmal zurück. Das Hans-Albers-Theater. Über dem Eingang wurde ein riesiges Plakat befestigt: »*Tainted Love – das Musical*«. Heute Abend würde es angestrahlt sein, 1600 Gäste würden über den roten Teppich gehen, wie über eine Zunge, die in den Rachen des gewaltigen Gebäudes führte.

Und die Geschichte einer Leiche, die es nie gegeben hatte, wäre vergessen. Plötzlich war Sebastian klar, dass er diesen kuriosen Vorfall erst dann endgültig abhaken konnte, wenn er sich selbst einen Eindruck von der vermeintlich verrückten Frau verschafft hatte. Warum war sie überhaupt fest angestellt, wenn sie doch, wie die Engländerin meinte, »nicht ganz richtig tickt«?

Der Empfang des Krankenhauses war gerade nicht besetzt. Was war heute nur los? Sebastian lehnte sich mit dem Ellbogen auf das Pult und sah sich um. Hier roch es nicht gut. Desinfektionsmittel wahrscheinlich. Er beugte sich über die Theke und entdeckte eine Liste, Namen in alphabetischer Reihenfolge, dahinter die Zimmernummer – E wie Engelmann, Zimmer 423.

Er fuhr im Lift mit einem Pfleger und einem Krankenbett. Im vierten Stock stieg er aus. Ein menschenleerer Gang. Blankpoliertes Linoleum. Eine Reihe geschlossener Türen. Am Ende des Flures hörte er Stimmen hinter einer Tür, die nur angelehnt war. Hier musste – laut Liste – Silke Engelmann untergebracht sein. Sebastian klopfte sachte.

Der Raum war mit Neonlicht hell ausgeleuchtet, die beiden Betten unbenutzt. In einer Ecke flimmerte ein Fernseher, davor saß eine Frau mit spitzem Profil und starrte gebannt auf den Schirm. Silke Engelmann war jünger, als Sebastian sie sich vorgestellt hatte, etwa Mitte zwanzig.

Die Frau bemerkte ihn nicht. Er klopfte noch einmal laut. Sie schaute auf und blickte ihn erstaunt an. Er stellte sich vor, erklärte, dass er wegen des Vorfalls im Hans-Albers-Theater gekommen sei. »Können wir den Fernseher ausmachen?«

»Natürlich. Entschuldigung.« Silke Engelmann fingerte an der Fernbedienung, bis das Bild erlosch. Einen Moment lang fixierte sie die graue Mattscheibe, dann stand sie auf, zog den Stoff ihrer Hose, eine Art Jogging- oder Sporthose, glatt und gab ihm die Hand. Sehr feste. Sie war von kräftig gebauter Gestalt, hatte aber ein mädchenhaftes Gesicht, das von braunem, dauergewelltem Haar umrahmt war.

Sebastian bedeutete ihr, sich mit ihm an den kleinen, quadratischen Tisch zu setzen, auf dem eine Blume stand. An der Wand hing das Plakat eines Sonnenuntergangs in einem hellblauen Rahmen.

Er bat sie zu erzählen, was am Morgen vorgefallen war, und er bemerkte eine leichte Unruhe in sich, ohne dass er den Grund hätte benennen können. Die Physiotherapeutin schaute mit leerem Blick auf die Fernbedienung, die sie noch in der Hand hielt. Dann begann sie mit leiser, aber klarer Stimme zu sprechen.

»Ich bin heute früher als sonst ins Theater gekommen, ich hatte einiges vorzubereiten. Ich wollte den neuen Heizstrahler in meinem Raum ausrichten. Ich ging also durch den Haupteingang –«

»Der war offen?«

Die Frau nickte. »Das kommt vor, wenn um diese Zeit saubergemacht wird. Ich bin dann gleich zum Saal. Ich liebe diesen Saal. Ich habe das Licht angemacht und bin rein. Ein paar Schritte nur...« Engelmann begann schwerer zu atmen. »Aber auf einmal hatte ich das Gefühl, dass da irgendetwas... Ich dachte, da ist doch jemand. Ich habe ›Hallo!‹ gerufen, aber es kam keine Antwort. Ich glaube, dann hat das Licht geflackert.«

»Sie glauben?«

»Ich weiß es nicht mehr. Ich habe herumgeguckt, nach oben, und –« Silke Engelmann schluchzte laut auf. Sie hielt sich die Hände vor das Gesicht, die Fernbedienung bebte zwischen ihren Fingern.

Sebastian sah in seinem Job oft Menschen weinen. Er wartete, bis die Frau sich beruhigte. Aber plötzlich gellte eine Stimme durch das Krankenzimmer: »*Geben Sie mir das Hemd! Ich will das Hemd!*«

Sebastian hatte die Vase aufgefangen, die Silke Engelmann vor Schreck umgestoßen hatte. Auf dem Fernsehschirm erschienen zwei Figuren, die an einem Stück Stoff zogen. Silke Engelmanns zitternde Finger suchten auf der Fernbedienung den Ausschaltknopf. Das Bild verschwand vom Schirm.

»Entschuldigung.« Die Frau wandte sich Sebastian mit fast ängstlichem Blick zu.

Er stellte die Vase wieder an ihren Platz zurück. Die Blume hatte gar kein Wasser. »Was genau haben Sie dann gesehen?«

»Einen Körper.«

»Mann oder Frau?«

»Ich weiß es nicht. Ich hab den Körper nur von unten gesehen.«

»Es hieß, er hinge an einem Strick…«

»Ich glaube, es war ein Strick, ich konnte es nicht so genau erkennen.«

»Warum nicht?«

»Oben war kein Licht. Ich habe geschrien und bin rausgelaufen.«

Silke Engelmann schluchzte wieder. Sebastian fragte sich, warum die Physiotherapeutin keine Hilfe im Theater gesucht hatte. Die Antwort, die Engelmann gab, war logisch: Sie wollte nur noch raus aus diesem Haus. Sie sei einfach nur gerannt, durch mehrere Straßen. Er fragte verwundert, warum sie denn nicht sofort zur Davidswache gelaufen sei, die an der nächsten Straßenecke lag. Ihre Antwort: »Ich war total unter Schock.«

»Aber dann«, begann sie noch mal und wischte sich die Tränen aus dem Gesicht, »dann dachte ich auf einmal, dass ich mir alles vielleicht nur eingebildet hätte.«

»Wie kamen Sie darauf?«

Gedankenverloren spielte die Frau wieder mit der Fernbedienung. »Mir ist so etwas schon mal passiert. Aber nie so heftig. Manchmal höre ich Stimmen. Manchmal sehe ich in meiner Wohnung einen Hund. Aber… das geht immer vorbei.«

Es geht nicht vorbei, dachte Sebastian, es verstärkt sich. Er fragte: »Wann und warum sind Sie dann doch noch zur Polizei gegangen?«

Silke Engelmann drückte die braune Locke, die ihr ins Gesicht gefallen war, hinters Ohr. Sie erklärte, sie habe sich entschieden, einfach zurück zum Theater zu gehen, als wäre nichts geschehen. Doch je näher sie dem Gebäude kam, umso heftiger wurde wieder die Angst. Sie geriet in Panik, lief direkt zur Davidswache und erzählte, was sie gesehen hatte. Die Polizisten seien mit mehreren Mann rübergegangen.

»Und Sie sind nicht mit?«

»Nein. Und dann kam die Entwarnung. Und dann haben sie mich ins Krankenhaus gebracht, und –«

»Stop«, sagte Sebastian. »Wie viel Zeit war vergangen, nachdem Sie das Theater verlassen hatten, bis die Polizei dort eintraf? Überlegen Sie bitte genau.«

Sie rechnete. »Dreißig Minuten.«

Theoretisch wäre es also möglich gewesen eine Leiche zu beseitigen, bevor die Polizei eintraf, dachte Sebastian.

»Sind Sie eigentlich zum ersten Mal in psychiatrischer Behandlung?«, fragte er.

Sie nickte unsicher.

»Was hat die Untersuchung ergeben?«

»Ein Psychologe hat mit mir gesprochen, aber nur kurz. Später soll ich noch zum EKG. Dabei wurde erst vor kurzem alles durchgecheckt. Alles in Ordnung.«

Sebastian konnte gegebenenfalls später im Krankenhaus wegen der Ergebnisse nachfragen. Einen eigentümlichen Eindruck machte die Frau schon. Aber man konnte auch nicht behaupten, dass sie so viel merkwürdiger war als manch andere Großstadtbewohner.

Die Physiotherapeutin schaute aus dem Fenster. Sie hatte wässrige Augen. »Ich habe Angst, meinen Job zu verlieren«, sagte sie. »Ich liebe dieses Theater.«

Bevor er ging, legte er seine Karte auf den Tisch. »Wenn Ihnen noch irgendetwas einfällt, melden Sie sich.«

»Herr Fink?«

Er drehte sich um.

»Glauben Sie...«, die Frau sah ihm direkt in die Augen, »glauben Sie, dass ich verrückt bin?«

Er überlegte kurz, bevor er antwortete: »Ich weiß es nicht.«

Und das stimmte tatsächlich.

Er parkte auf seinem Stellplatz vor dem Polizeipräsidium und blieb im Auto sitzen. Den Motor ließ er laufen, damit die Heizung weiter funktionierte, auch wenn er sich eigentlich vorgenommen hatte, sich diese Unart abzugewöhnen. Doch im Kalten konnte er nicht nachdenken. Und zum Nachdenken war das Auto ideal, weil ihn hier niemand behelligte.

Die Vision einer Verrückten – das war die einfachste Erklärung. Und genau daran störte ihn irgendetwas. Er verfluchte sich im Nachhinein dafür, dass er die Stangen an der Decke im Theatersaal nicht einmal überprüft hatte. Wenn sie einen menschlichen Körper nicht tragen könnten, erübrigte sich jede weitere Spekulation. Und die Prüfung nachzuholen ging nicht so einfach, dafür müsste es einen neuen Anlass geben. Irgendetwas... Eine Vermisstenanzeige, zum Beispiel.

Sebastian war in seinem Büro, als der Rückruf der zuständigen Kollegen kam: Alle Personen, die in den letzten Tagen als vermisst gemeldet worden waren, hatten sich wieder eingefunden. Sebastian hinterließ den Auftrag, ihn über jede Vermisstenanzeige, die heute oder in den nächsten Tagen eingehen würde, umgehend zu informieren.

Jens saß über irgendwelche Papiere gebeugt an seinem Schreibtisch – und Sebastian erzählte ihm von Theater und Krankenhaus.

»Also wirklich!«, entfuhr es dem Kollegen. »Wenn ich das schon höre: Physiotherapeutin.«

»Wieso?«

»Eine Physiotherapeutin, die nicht alle Tassen im Schrank hat, aber trotzdem Leute behandelt. Was ist denn das für ein Laden?«

»Warum bist du eigentlich so mies drauf?«

»Ich war gut drauf, bis ein gewisser Herr Fink in mein Zimmer kam und mir diesen Quatsch erzählte.«

Jens war nicht nur gereizt, sondern geradezu unverschämt, wenn man bedachte, dass Sebastian nicht nur ein Freund seit der gemeinsamen Zeit auf der Polizeischule war, sondern inzwischen formal sein Vorgesetzter.

»Und warum sollte man?«, fragte Jens, im Ton jetzt etwas milder.

»Sollte man was?«

»Warum sollte man im Theater eine Leiche entfernen, anstatt die Polizei zu verständigen?«

Das war allerdings etwas kurz gedacht, fand Sebastian, es gab natürlich einen sehr guten Grund. »Die Macher erwarten sicher ein Riesengeschäft und können nichts weniger gebrauchen als einen Fehlstart wegen einer Leiche, ausgerechnet am Tag der Premiere.«

Jens hörte sich das an und sagte dann: »Wahrscheinlich spinnt die Frau wirklich, meinst du nicht auch?«

Jens hatte wohl recht, dachte Sebastian, aber er sprach es nicht aus.

»Nun«, meinte Jens versöhnlich, »solange es keine Leiche gibt, können wir nichts tun. Sei doch froh.«

Auch da hatte Jens recht. Sebastian sagte: »Ich habe übrigens Karten für die Premiere.« Da war er schon in der Tür.

»Wie viele?«

»Zwei.«

»Super!«

»Tut mir leid, aber sie sind schon für jemand anderen reserviert.«

Es war inzwischen später Nachmittag geworden, Feierabendzeit, Jogger trabten um die Alster. Der dunkle Himmel spiegelte sich in einem schimmernden Schwarz auf der Wasseroberfläche. Sebastian lief sehr schnell, und bei jedem Schritt hüpfte der Schlüsselbund in der Seitentasche seines dicken Kapuzenpullovers. Er lief immer am Wasser entlang, einmal um die Außenalster herum, von Harvestehude über Winterhude, Uhlenhorst, Sankt Georg, die Kennedybrücke, dann war er wieder zurück, auf Höhe von *Bodos Bootssteg*. Er sah auf die Uhr: 48 Minuten. Das waren drei weniger als sonst. Er war außer Puste, seine Kleidung trotz der Kälte durchgeschwitzt. Dennoch fühlte er sich gut. Er joggte gemächlich weg von der Alster in Richtung Benderplatz, durch Straßen, die gesäumt waren von Eichen mit nackten Ästen. Auf der breiten Treppe, die zum Eingang ihres Hauses führte, sah er von weitem schon Annas roten Mantel leuchten. Sebastian erinnerte sich, sie kam vom Eltern-Treff zurück. Annas Laune, das sagte ihm ihre ganze Haltung – wie sie sich umständlich drehte, während sie den Schlüssel ins Schloss schob und die Haustür aufstieß –, war nicht die beste.

»Erzähle ich dir oben«, antwortete sie. »Du holst dir ja sonst den Tod.«

Auf dem Tisch stand ein Stövchen, darauf eine Kanne Tee. Drum herum hatte Anna mehrere Teelichter gruppiert und angezündet. Durch die offene Tür war Leo zu sehen, der in seinem Zimmer mit dem gelben Plastikkran spielte, den Sebastian ihm nach dem Ausflug auf den Michel gekauft hatte. Anna wärmte ihre Hände am Becher.

Er kannte sie aus der frühen Schulzeit in Lübeck. Anna war damals das Mädchen mit den langen, zum Zopf geflochtenen dunkelbraunen Haaren, mit der er sich anfreundete. Später, in der Teenagerzeit, interessierte er sich für andere Mädchen, und Anna ging es ebenso mit den Jungs. Nicht, dass er Anna unattraktiv fand. Es kam auch vor, dass er sie abcheckte, und ob sie das auch getan hatte, wusste er bis heute nicht. Aber dieser Zug war früh abgefahren, und er geriet endgültig außer Sichtweite, als sie ihre ersten Partner fanden.

Nach dem Abitur trennten sich ihre Wege; Sebastian absolvierte Bundeswehr und Polizeiausbildung, Anna machte eine Ausbildung zur Fotografin in München. Sie heiratete einen zwanzig Jahre älteren Mann und bekam Leo. Dann wurde sie von ihrem Ehemann verlassen, sie kehrte zurück nach Hamburg und zog mit ihrem kleinen Sohn bei Sebastian ein. Es war nur als Übergangslösung gedacht, aber inzwischen hatten sich die drei an die kleine Gemeinschaft gewöhnt, und von einer neuen Lösung war schon lange keine Rede mehr.

Vielleicht hatten Anna und Sebastian instinktiv alles Erotische von ihrer Beziehung ferngehalten, aus Angst, die Vertrautheit und Geborgenheit zu gefährden. Dass sie kein Liebespaar waren, machte das Zusammenleben mit Anna leichter, dachte Sebastian manchmal. Aber vielleicht war das nur oberflächlich betrachtet so. Er ertappte sich dabei, dass er Hemmungen hatte, ihr von anderen Frauen zu erzählen, von Wünschen und Sehnsüchten, geschweige denn von einem One-Night-Stand. Umgekehrt wollte er auch nicht so genau wissen, mit welchem Mann sie sich eine Zukunft vorstellen könnte. Grundsätzlich war ihre Lebenskonstellation aber wirklich gut. Zu Veränderungen mussten jedoch auch sie vielleicht immer bereit bleiben.

Sebastian und Leo hatten sich auf Anhieb gut verstanden. Auch wenn der Junge ihm manchmal auf die Nerven ging, zum Beispiel wenn er im Wohnzimmer auf dem Klavier übte, beschäftigte Sebastian sich gerne mit ihm. Er brachte ihn zur Schule oder zum Schwimmtraining, sie führten Gespräche und spielten Karten. In letzter Zeit hatte Sebastian öfter daran gedacht, wie merkwürdig das Leben spielte: Er, der nie einen Kinderwunsch verspürt hatte, war durch Verschiebungen im Leben anderer zu so etwas wie einem Vater geworden. Und das war etwas, was er eigentlich nicht mehr ändern wollte.

Anna trank von ihrem Tee und seufzte leise. Sebastian setzte sich zu ihr an den Küchentisch. »Erzähl, was ist los?«

»Ich habe vorhin Céline getroffen, die Mutter von Anton. Ich habe dir von ihr erzählt.«

»Die Fotografin.«

»Sie hat mir wieder vorgeschwärmt, wie toll ihr Job ist.«

Sebastian tröpfelte etwas Milch in seinen Tee. Jetzt geht das wieder los, dachte er. Sie neidet einer anderen Frau, dass sie weitergekommen ist, aber sie selbst bewegt sich einfach nicht.

»Ich dagegen weiß nicht mal mehr, wo meine Kameraausrüstung ist.«

»Im Keller. Du kannst sie jederzeit raufholen und loslegen.«

»Du stellst dir das immer so einfach vor. Aber nach meiner Ausbildung habe ich doch nie etwas Richtiges zustande gebracht.«

Sebastian nippte an seinem Tee. Er wusste, es war besser, Anna erst einmal in ihrem Unglück baden zu lassen, bis sie genug davon hatte.

»Mit den Männern ist es genauso«, fuhr sie fort, »mein letztes Date – wie lange ist das eigentlich her? Ich bin total aus der Übung.«

»Dann beweg dich. Von allein passiert nichts. Es gibt nichts Gutes, außer – «

»Danke für den Spruch!«

»Aber so ist es.«

»Das musst du gerade sagen. Du hast deinen Job, löst deine Fälle, aber bei jedem neuen Fall, der dir auf den Tisch kommt, geht dir auch wieder die Muffe.«

»Worüber reden wir hier eigentlich? Über meinen Job oder deinen Traumtypen? Der klingelt nun mal nicht an der Tür, während du hier die Kerzen anzündest.«

Anna rührte still in ihrem Tee. Es war immer wieder dasselbe: Zuerst kam die Hoffnung, das große Ziel zu erreichen, darauf folgten Zweifel und dann die große Depression – das alles innerhalb weniger Minuten. Aber irgendwann kam der Moment, und sie würde doch noch handeln.

»Ich habe übrigens dem Babysitter Bescheid gegeben«, sagte Sebastian. Er wühlte in seiner Hosentasche.

»Wozu?«, fragte Anna.

Er legte zwei Karten auf den Tisch.

Anna zog sie mit den Fingerspitzen zu sich heran. *»Tainted Love.«* Sie sah ihn fragend an. »Wie bist du an die Karten gekommen?«

»Das kam so –«

»O mein Gott!«, unterbrach ihn Anna und stand auf. »Das ist ja Wahnsinn. Die Premiere! Was soll ich denn anziehen?«

Eine rhetorische Frage, denn sie ließ sich sowieso von niemandem dreinreden.

»Ich bin froh, dass es dir wieder bessergeht«, sagte Sebastian.

2

Eingehüllt in einen dunklen Pelzmantel stand Linda auf der Terrasse ihrer Suite im weißen Hotel Atlantic und schaute auf die Außenalster. Sie zog ein Etui hervor, mit der anderen Hand ein goldenes Feuerzeug. Eine kleine Flamme, die Zigarette glühte auf. Linda blies den Rauch in die kalte Luft, in der Schneeflocken wie Reste eines zerfetzten Taschentuchs umherschwebten.

Noch ein paar Minuten, bis man sie abholte. Eine Limousine würde vor dem Hotel warten, der Fahrer die Tür aufhalten. Wer hätte das gedacht, damals, in Manchester?

Linda sah sich und Melissa, in den Anfängen ihrer Freundschaft: die beiden jungen Verkäuferinnen in weißen Kitteln mit den blauen Applikationen am Kragenaufschlag. Das Kaufhaus Delbridge im Zentrum der Stadt. Linda und Melissa in der Abteilung für Haushaltsgeräte. Melissa, irgendwo zwischen den Regalen, räumte ein und aus, Linda beriet die Kunden. Manchmal pries sie ein Bügeleisen an, eine Haushaltsmaschine, eine Salatschüssel. Wenn sie wollte, konnte sie Ehrgeiz entwickeln.

Die Wochenenden verbrachten die beiden oft mit Scott – einem Frisör und engen Freund Melissas. Im Schneidersitz hörten sie Singles und Langspielplatten: Depeche Mode, damals eine neue Gruppe aus Essex – die gab es heute noch;

George Michael und Andrew Ridgeley, die beiden süßen Jungs von Wham!; Bananarama, drei Zicken, die aber ganz gut tanzen konnten. Ein paarmal waren sie im Konzert, manchmal in der Disco gewesen, ansonsten war in Lindas Erinnerung alles ziemlich grau. Melissa und Scott glaubten damals, Manchester sei die Welt, aber Linda, die etwas älter war, hatte immer rausgewollt, ein aufregenderes Leben führen. Und was war aus ihren Plänen geworden? Erst mal nichts. Und später: auch nichts. Abteilungsleiterin wurde sie, immerhin, aber das Kaufhaus hieß noch immer Delbridge, und es stand noch immer im Zentrum der Stadt. Geheiratet hatte sie nicht, weil sie immer auf den Richtigen gewartet hatte. Von Kindern wollte sie gar nicht erst reden.

Irgendwann hatte sie begonnen, kleine Geschichten zu schreiben, nur für sich. Später hatte sie es gewagt, Texte an Verlage zu senden. Die Erfolgsquote? Eine runde Null. Nein, das war kein aufregendes Leben. Nun, dann würde sie eben in ihrer kleinen, engen Welt ein verdammtes kleines, enges Leben führen. Sie hatte sich damit abgefunden.

Aber es gibt im Leben Momente, die eine unsichtbare Magie in sich tragen. Und oftmals zeigt sich das geheimnisvolle Zusammenspiel feiner Schicksalsfäden erst zu einem späteren Zeitpunkt. Melissas Geschenk von einst. Im Sommer 1981 schenkte Melissa ihr die brandneue Maxi-Single *Tainted Love*. Jahre später – nein, inzwischen waren es Jahrzehnte – kramte Linda sie wieder hervor. Es war an ihrem neunundvierzigsten Geburtstag. Linda feierte allein, mit einer Flasche Sekt. Sie holte den alten Plattenspieler aus dem Schrank, legte die Maxisingle auf, hörte sie immer wieder von neuem und tanzte allein. Schließlich lag sie auf dem

Bett und schrieb und schrieb und schrieb, eine ganze Nacht lang, den ganzen Sonntag hindurch und noch eine Nacht. Wie in einem Rausch entstand das Buch zu einem Musical, in dem sie alle ihre Lieblingslieder aus den achtziger Jahren unterbrachte. Am Ende gab sie dem Manuskript den Titel *Tainted Love*.

Das war inzwischen auch schon drei Jahre her. Und dann wurde Linda von einem Sog erfasst. Von Manchester hatte eine Welle sie über London – wo ihr Musical inzwischen täglich im Westend vor ausverkauftem Haus spielte – bis nach Hamburg getragen, aus ihrer Zweizimmerwohnung mit niedrigen Decken ins weiße Grandhotel; aus dem Leben einer Verkäuferin in eine Welt, wo sie die Anweisungen erteilte, wo ihre Kreativität gefragt war, mit der sie Menschen erfreute, Geld in Bewegung setzte, Arbeitsplätze sicherte, und die – nicht zu knapp – auch ihr eigenes Konto auffüllte. Es war wie in einem Traum. Es war sogar besser.

Linda summte, zog ein letztes Mal an der Zigarette und schnippte sie ins Dunkel. Das Theatermanagement hatte angeboten, ihr eine Begleitung zu schicken, aber Linda wollte die Stunden und Minuten vor der Premiere alleine auskosten. Die Zeit vor der Premiere ist eine besondere, eine innige Zeit.

Der Fahrer grüßte freundlich und hielt ihr die Tür auf. Ohne zu antworten, darauf bedacht, ihren Pelz unbeschadet in das Auto zu hieven, stieg Linda ein. Die Fahrt führte sie über die Kennedybrücke und den Holstenwall nach Sankt Pauli. Unterwegs sah sie am Straßenrand Litfasssäulen und Plakatwände, die ihre Schöpfung annoncierten: *Tainted Love – das Musical*. Und darunter, etwas kleiner: *von Linda Berick*.

Grüße, hier und dort, die ihr ein Gefühl von Geborgenheit spendeten.

Der hellerleuchtete Eingang des Hans-Albers-Theaters war schon von weitem zu sehen. Die Limousine näherte sich langsam. Zwischen den Silhouetten der Besucher hindurch leuchtete der rote Teppich. Blitzlichtgewitter, laute Rufe, damit sich die Prominenten den Fotografen zuwandten.

Linda stieg aus. Die Aufregung war spürbar wie die feine Gischt, die einem entgegenweht, wenn man sich der Brandung des Meeres nähert.

Vor ihr stöckelten zwei Schauspielerinnen. Junge Dinger, die den Schaulustigen und Fotografen ihre zierlichen und perfekten Körper in so dünnen Kleidern vorführten, als wäre Sommer. Linda behielt ihren Mantel an. Ein paar Sekunden genehmigte auch sie sich auf dem roten Teppich, umschwirrt von grellweiß aufflackernden Lichtern, Augenblicke des Hochgenusses, und für einen Moment vergaß sie: Wer oben stand, war auch bedroht.

Im Foyer Männer in Smoking und dunklem Anzug und Frauen in fließenden Abendkleidern. Händeschütteln, Küsschen, Nicken und Hallos. Viele der Gäste gehörten zur Branche. Theaterleiter, Geschäftsführer, Schauspieler, Produzenten, Choreographen, Casting- und Musikdirektoren, Kostümdesigner, Make-up-Spezialisten, Regisseure, Gesangslehrer, Musiker, Presseleute.

Im Saal suchten einige Gäste noch ihren Platz. Die Antwort auf die Frage, wer im europäischen Musicalgeschäft derzeit gut im Rennen war, zeigte sich an der Platzzuweisung:

Die Wichtigsten saßen mittig in Reihe sechs, von wo aus man den besten Blick auf die Bühne hatte. Die Übrigen gerne in ihrer Nähe.

Linda begrüßte die Honoratioren und setzte sich dann auf ihren bevorzugten Platz in der ersten Reihe, Mitte.

Ruhe kehrte ein. Endlich Ruhe. Die Sekunden, bevor der Vorhang sich hob. Linda strich sanft über die Brosche an ihrem Abendkleid, ein Geschenk, das sie – wie die Perlenkette – sich selbst gemacht hatte.

Der junge Kommissar vom Vormittag kam ihr plötzlich in den Sinn. Er saß wohl irgendwo da oben im Rang. Fast hätte sie dem Impuls nachgegeben, einen Blick hinauf zur Kuppel zu werfen, aber sie beherrschte sich. Sie atmete einmal tief durch und starrte auf den schweren blauen Vorhang. Das Licht im Saal wurde langsam heruntergefahren. Dunkel und dunkler.

Plötzlich eine Hand auf ihrer Haut.

»*Sorry*«, flüsterte der Mann, »*the plane was late.*«

»*It's okay, Duncan. You are just in time…*«

Er war einer der Ehrengäste an diesem Abend, für den der Platz neben ihr reserviert war. Er spielte die Hauptrolle von *Tainted Love* im Royal Court Theatre in London und war für die Deutschlandpremiere nach Hamburg eingeflogen worden. Eine geschickte Werbemaßnahme.

Ein Kuss. Linda spürte den kühlen, feuchten Film, den seine Lippen auf ihrer Wange hinterlassen hatte. Sie wollte ihn mit dem Finger entfernen, hielt aber inne – es wäre nicht unauffällig zu machen gewesen.

Duncan tippte sie noch einmal an und wies ans Ende der Reihe. Das kleine Mädchen, das dort in einem Rollstuhl saß, spielte mit einem leuchtenden Stab, in dessen Flüssigkeit glitzernde Sternchen rieselten.

»Süß, deine Tochter«, flüsterte Linda und winkte dem Mädchen mit den Fingern zu.

Der Vorhang ging auf. Eine Disco, Menschen mit toupierten Frisuren, neonfarbene Blazer, breite Schulterpolster, Hosen in Karottenform, es roch förmlich nach Haarspray. Die achtziger Jahre. Aufregend und verheißungsvoll. Und unwiederbringlich vergangen.

Linda lächelte wehmütig.

3

Saaldiener öffneten die Türen, Menschen strömten hinaus zu Bars, Toiletten, nach draußen, zum Rauchen; zwanzig Minuten Pause.

Anna prüfte, ob sich das goldene Bändchen noch an ihrem Handgelenk befand, das der Typ mit Headset ihnen am Eingang angelegt hatte. Sie waren heute »Very Important Persons«, eingeladen von der Autorin und Co-Produzentin persönlich. Anna meinte zu wissen, wo der VIP-Bereich war, und ging vor. Sebastian fand, dass sie in ihrem schlichten blauen Kleid irgendwie süß aussah. Dazu hatte sie eine Halskette aus roten Korallen umgelegt – typisch Anna – und natürlich die großen Creolen, die ihr an den Ohren baumelten. Er dagegen: langweiliger dunkler Anzug, derselbe wie seit Jahren, einer von der Sorte, die für nahezu jede Gelegenheit okay war.

Jetzt standen sie zwischen anderen »Very Important Persons«, in einem von Seilen eingefassten Bereich. »*With the kids in America…*«, summte Anna vor sich hin. Es war das Schlusslied vor der Pause gewesen.

»Ich kannte fast jedes Lied«, sagte Anna. »Du auch?«

Sebastian nickte unentschieden. *Self Control*, *Careless Whisper*, *People are People*, *Baby Jane*, *Fade to Grey*, er kannte sie alle und mochte sie zum Teil. Aber ein besonderer Fan der Musik aus den Achtzigern war er nicht.

Er ließ den Blick wandern und sah, dass durch die Menge die Autorin auf sie zukam.

»Ich hoffe, Sie bereuen Ihre Entscheidung nicht«, sagte Linda Berick.

»Wir amüsieren uns bestens«, antwortete Sebastian. »Darf ich vorstellen: Anna Schwaninger.«

Linda Berick schüttelte Annas Hand und schaute zwischen den beiden hin und her, als prüfte sie, in welcher Beziehung sie zueinander standen.

»Sind Sie zufrieden mit der Aufführung?«, fragte Sebastian.

»Aufführung?«, wiederholte die Autorin, »das soll eigentlich *Show* sein.«

»Das ist es auch«, rettete Anna, »ich finde es grandios.«

Linda Berick nahm das Lob lächelnd an. »Wenn es sich um das eigene Stück handelt, bangt man von Minute zu Minute, dass alles gutgeht. Natürlich passieren immer Malheurs.« Die Frau zögerte, als würde sie abwägen, ob es in Ordnung sei, den fremden Gesprächspartnern ein Beispiel zu verraten. »Heute, zum Beispiel«, sagte sie dann, »hat unsere Hauptdarstellerin Olga zweimal ihren Einsatz verpasst. Und der Hauptdarsteller Max-Andreas hat im Lied *Born to be alive* eine Textzeile doppelt gesungen. Haben Sie es gemerkt? Sehen Sie! Das war professionell; er fand die richtige Zeile nicht und hat nahtlos eine andere genommen.«

Während die Autorin sprach, ließ sie sich vom Geschehen um sie herum kaum ablenken. Nur wenn jemand im Vorbeigehen grüßte, nickte sie kurz zurück.

»Ich hole uns jetzt einen Sekt«, sagte Anna. »Darf ich Ihnen ein Glas mitbringen, Frau Berick?«

Die Autorin lehnte dankend ab. Anna stand vor dem roten Seil, das ihr den Weg versperrte. »Einfach rüber«, schlug Linda Berick vor. »Das schaffen Sie.«

Anna raffte ihr Kleid. Nachdem sie in der Menge verschwunden war, entstand eine Pause, in der Sebastian nach einem neuen Thema suchte, denn die Autorin schien sich nicht anderen Gästen zuwenden zu wollen. Doch jetzt merkte sie auf und rief: »Timmy Wolf!«

Ein sportlicher Typ im Anzug, mit hellblauer Krawatte, mit wachem Blick und Kurzhaarfrisur grüßte die Autorin mit Küsschen rechts und links. Berick stellte die beiden Männer einander vor.

»Timmy ist Manager bei der Music-U-Nights-Gruppe. Unserer Konkurrenz.« Die Autorin lachte. Ohne noch etwas über Sebastian zu sagen, meinte sie zu dem Mann: »Wir hatten heute Morgen einen kleinen Vorfall, eine kranke Mitarbeiterin.«

»Ich habe davon gehört«, antwortete der Manager, »das ging schon beim Mittagessen rum. Die Buschtrommeln schlagen in Hamburg kräftig, und in der Musicalbranche sind sie besonders laut, nicht wahr? Aber wir hatten in unseren Theatern auch schon komische Fälle.« Timmy Wolf nickte abschließend und ging weiter.

Linda Berick sah ihm nach. Zu Sebastian sagte sie mit gesenkter Stimme: »Die Music-U-Nights-Gruppe beherrscht den deutschen Markt. Um *Tainted Love* hatten sie sich auch sehr bemüht und mir ein gutes Angebot gemacht, aber mir gefällt es hier an der berühmten Reeperbahn besser.«

Die Autorin winkte auf einmal niedlich zur Seite. Abseits der Menge saß ein Mädchen im Rollstuhl, das zu ihnen herüberschaute, aber nicht zurückwinkte. Stattdessen winkte der Mann, der neben ihr stand. Das sei ein Musicalstar aus London und dessen Tochter, erklärte die Autorin. »Duncan Preston, und den Namen der Tochter habe ich vergessen. Das Mädchen hat, glaube ich, Muskelschwund. Warum er die mit nach Hamburg gebracht hat, verstehe ich, ehrlich gesagt, nicht.«

Ganz schön hart, dachte Sebastian. Bevor er irgendetwas entgegnen konnte, sagte die Autorin: »Herr Fink, darf ich Sie mal etwas fragen? Ich hoffe, ich trete Ihnen nicht zu nahe mit meiner Frage, aber sind Sie und Ihre Begleitung eigentlich ein Paar?«

Sebastian war überrascht von der Direktheit der Engländerin. Er antwortete: »Sie treten mir nicht zu nah, aber verraten Sie doch erst mal, was Sie glauben.«

Frau Berick spitzte die Lippen und überlegte. »Ich kann es nicht sagen.«

»Wir sind alte Freunde und WG-Partner.«

»Na, dann ist ja alles in Ordnung – schauen Sie mal...« Frau Berick zeigte mit dem Kinn über Sebastians Schulter hinweg in Richtung der Bar.

Anna lachte und ging dabei leicht in die Knie, wie immer, wenn sie aufgeregt war. Neben ihr an der Bar stand ein dunkelhaariger Mann, hochgewachsen mit Nickelbrille, der einen mittelmäßig sitzenden Smoking trug. Sebastian kannte ihn nicht. Anna hielt zwei Gläser Sekt in der Hand, und in diesem Moment bot sie ihrem Gegenüber eines davon an.

»Das wäre *Ihr* Glas gewesen«, meinte Linda Berick, lachte kurz auf und legte ihm für eine Sekunde die Hand auf den Arm. »Seien Sie ihr nicht böse.«

»Ich habe ja gar nichts dagegen«, erwiderte Sebastian rasch.

Ihm kam es vor, als wäre sein Kommentar nicht nur zu schnell, sondern auch mit einem Unterton herausgerutscht. Er hatte doch überhaupt keinen Grund, Anna ihren Flirt zu neiden. Aber er fühlte einen Stich.

Die Augen der Autorin ruhten auf ihm. In diesem Moment rief jemand aus der Menge ihren Namen. Linda Berick drehte sich um und winkte einer Gruppe zu. »Ich wünsche Ihnen noch viel Spaß beim zweiten Teil«, sagte sie zu Sebastian und verschwand im Getümmel.

Wenig später saß er auf seinem Platz im ersten Rang und betrachtete seine Krawatte, die er als zu breit empfand. Während er darüber nachdachte, dass sie ein Geschenk von Anna war, erhoben sich die Gäste neben ihm, und Anna drängte sich durch die Reihe. Im Flüsterton und mit Sektfahne wollte sie von ihrem Gespräch an der Bar berichten, doch in der Reihe vor ihnen drehten sich Köpfe, jemand zischte, und Anna verstummte.

Eine Stunde später: begeisterter Applaus, Zuschauer erhoben sich. Bravos. Der Vorhang öffnete sich wieder und wieder, Darsteller und Dirigent nahmen Blumensträuße entgegen. Honoratioren wurden hochgebeten. Linda Berick war ebenfalls dabei.

Anna wollte zur Toilette.

Im Foyer herrschte ein gesittetes Durcheinander. Gäste drängten an die Garderoben und zu den Ständen, an denen Programmhefte und Autogrammkarten, Kaffeebecher und Tücher mit dem schwungvollen Logo des Musicals verschenkt wurden. Für die CD zum Musical, mit den Hits der 80er Jahre, musste man zahlen, ebenso für den kleinen Teddybär im Glitzeranzug oder das T-Shirt, beide mit dem Aufdruck: *Tainted Love – Ich liebe die Achtziger!*

Sebastian wartete schon ein paar Minuten mit den Mänteln in der Hand. Er fragte sich, was es nun mit dem Typen von der Bar auf sich hatte.

Anna stand plötzlich neben ihm. »Stell dir vor«, sagte sie und schaute über ihre Schulter, »ich komme aus der Toilette, da steht der Mann von vorhin da. Zufällig...«

Ist doch ein alter Trick, dachte Sebastian, einer der urältesten, seit es in Konzerthäusern Toiletten gibt.

Anna zog ihren Mantel an. »Er hat gefragt, ob wir mit ihm einen trinken gehen wollen. Was meinst du?«

Das wollte Sebastian eigentlich nicht. Bevor er antworten konnte, fügte Anna hinzu: »Ich hab ihm gesagt, dass du nur mein Mitbewohner bist.«

»Warum... Wie kamst du denn darauf, ihm das zu sagen?« Das »nur« war zwar nicht falsch, aber es gefiel Sebastian trotzdem nicht.

»Er meinte, er habe uns für ein Paar gehalten.«

»Na, der ist ja zielstrebig. Übrigens, da kommt er.«

»Jürgen!«, sagte der Mann mit ausgestreckter Hand. Er hatte sich inzwischen von seiner Smokingfliege getrennt.

»Die Achtziger, die Achtziger...«, sagte Jürgen. »Super Aufführung, was?«

Anna lächelte.

Sebastian spürte es bis in den Magen: Er wollte mit diesem Menschen nichts zu tun haben. Mit Anna allein wäre er noch losgezogen, aber auf diese Dreierkonstellation hatte er keine Lust. Dass Anna jedoch gar nicht erst versuchte, ihn zu überreden, war ihm auch nicht entgangen.

»Ich wünsche euch viel Spaß«, sagte Sebastian, als sie sich voneinander verabschiedeten.

Das war tatsächlich eine Situation, an die er sich wieder gewöhnen musste: Anna und ein anderer Mann. Und er durfte daran natürlich nichts kritisieren, sollte sich eher sogar darüber freuen.

Er bummelte Richtung Foyer, um den beiden nicht am Ausgang noch einmal zu begegnen.

Plötzlich sah er, dass praktisch aus der Wand ein schwarz gekleideter Mann heraustrat. Auf seinem Rücken war der Aufdruck »Hans-Albers-Theater« zu sehen. Die Tür, aus der er gekommen war, hatte einen kleinen Griff, dunkelrot wie die Wand. Eine fast unsichtbare Tür, und offenbar der Zugang zum Backstagebereich. Sebastian überlegte: Ob man auf diesem Wege nach oben auf die Balustrade gelangen würde? Dann könnte er doch noch rasch die Beleuchtungsstangen inspizieren…

Er sah sich schnell um, öffnete die Tür und trat in ein kühles Treppenhaus. Seine Schritte hallten. Im zweiten Stock dumpfes Gelächter hinter einer Tür. Sie sprang auf, kichernde Menschen drängelten an ihm vorbei. Sebastian stieg weiter hinauf, kam in einen schwach beleuchteten Flur. Er folgte seinem Orientierungssinn, bog zweimal links ab und stand plötzlich vor einem Vorhang. Er schob ihn beiseite und betrat vorsichtig die Balustrade. Er schaute hinunter in den riesigen Theatersaal. Absurd, noch vor zwanzig Minuten hatten hier eintausendsechshundert Menschen gesessen, jetzt war alles leer. Direkt über ihm wölbte sich die

Decke. Er betrachtete die Eisenstangen genauer, die sich von hier aus zur Mitte hin in den Saal streckten. Von unten hatten sie nicht so mächtig und massiv ausgesehen. Die Scheinwerfer waren an Greifern befestigt und problemlos zu verschieben. Er beugte sich über die Balustrade. Über zwanzig Meter Tiefe. Er hielt sich gut fest, streckte sich, bis er die Eisenstange greifen konnte. Ihm wurde schwindelig. Er zwang sich, nicht nach unten zu schauen. Die Stange gab keinen Millimeter nach. Hier kann man tatsächlich einiges aufhängen, nicht nur Scheinwerfer, dachte Sebastian. Man bräuchte die Lampen nur ans andere Ende der Stange zu verschieben, vorne einen Strick befestigen, und mit etwas Kraft dem menschlichen Körper einen Stoß verpassen, damit er entlang der Stange in die Mitte rutschte. Sebastian zog sich vorsichtig, Zentimeter für Zentimeter, zurück. Als er wieder festen Boden unter den Füßen hatte, atmete er einmal durch.

Er trat aus der Tapetentür und schaute sich vorsichtig um. Das Foyer war schon fast leer. Er durchquerte es mit schnellen Schritten. Kurz bevor er den Ausgang erreicht hatte, blieb er abrupt stehen; hinter ihm hatte jemand seinen Namen gerufen. Er drehte sich um. Am Fuße der geschwungenen Treppe stand inmitten der goldenen Sterne die Autorin, in schwarzen Pelz gehüllt.

»Sie sind noch da, Herr Fink?«

Sebastian ging zu ihr hinüber. Ob sie bemerkt hatte, dass er hinter der Bühne gewesen war?

»Schön, dass ich Sie noch treffe«, sagte er und streckte die Hand aus, »ich wollte mich noch mal für die Einladung bedanken.«

»Hätten Sie und Anna Lust auf die Aftershowparty?«, fragte Linda Berick. »Nebenan im Riverside Hotel.«

»Anna ist schon los«, sagte Sebastian. Eine Eingebung riet ihm, die Chance zu nutzen und in der Nähe der Autorin und Produzentin zu bleiben – einen direkteren Zugang zur Theaterwelt gab es nicht. »Ich wäre dabei«, sagte er.

»Dann begleiten Sie mich«, schlug die Autorin vor.

Im selben Moment wurde sie vom Geschehen am anderen Ende des Foyers abgelenkt. Dort war eine kleine Gruppe erschienen, es waren das Mädchen im Rollstuhl, ihr Vater und zwei weitere Männer. Einer der Männer löste sich und kam mit großen Schritten auf Sebastian und Linda Berick zu. Die Autorin lächelte, ja strahlte, breitete die Arme aus und ging ihm entgegen. Jetzt erkannte Sebastian den Hauptdarsteller – hier, abseits von Bühne und Scheinwerferlicht, wirkte er kleiner. Wobei er weiß Gott kein kleiner Mann war. Etwa einsneunzig mochte er sein, ein paar Zentimeter größer als Sebastian. Er trat auf wie ein Sportler nach gewonnenem Spiel: entspannt, die roten Haare, noch nass von der Dusche, nach hinten gekämmt, selbstbewusst. Ein durchgedrückter Rücken, eine gerade Körperhaltung.

Die Autorin flüsterte ihm etwas ins Ohr. Dann zog sie ihn an der Hand zu Sebastian, der ein paar Schritte entgegenging. Die Autorin stellte die beiden einander vor. »Max-Andreas Benson, Sebastian Fink.«

»Hallo Sebastian!«, sagte der Tänzer freundlich, mit einem leichten englischen Akzent. Dass er Sebastian mit Vornamen ansprach, passte irgendwie zu ihm, wie der glitzernde Salamander an seinem Ohr, ein Schmuckstück, das sehr wertvoll war – das erkannte sogar Sebastian.

Draußen vor dem Gebäude trafen sie auf Duncan Preston und seine kleine Tochter. Der Londoner Hauptdarsteller wollte auf die Party verzichten und mit seiner Tochter ins Hotel fahren. Linda Berick bedauerte, zeigte aber Verständnis, für das Mädchen war es ja längst Zeit. Die Musicalleute versicherten sich noch gegenseitig, dass die Premierenshow gelungen war und dass es die Konkurrenz in Hamburg schwer haben würde.

Sebastian betrachtete das Mädchen im Rollstuhl mit dem leuchtenden Stab in der Hand, in dessen Flüssigkeit kleine Sterne trieben. »Sieht schön aus«, sagte er auf Englisch.

Das Mädchen musterte ihn, beinahe streng. »Das ist ein Prinzessinnenstab«, antwortete sie.

»Du bist also eine Prinzessin?«

»Ich bin keine Prinzessin. Ich bin eine Sternenprinzessin, und ich heiße Stacy.«

»Und ich heiße Sebastian.« Er gab ihr die Hand.

Das Mädchen lächelte ihn neugierig an.

Sebastian überlegte, was er als Nächstes zu dem Mädchen sagen könnte, aber ihr Vater verabschiedete sich und schob seine Tochter davon.

Sebastian schaute ihnen nach: Der große, sportliche Mann, das Mädchen im Rollstuhl – auf dem Weg hinaus in die Nacht bestimmte sie mit ihrem Leuchtstab, wo es langging.

»Ein nettes Kind, nicht wahr?« Linda Berick lächelte.

»Eine Sternenprinzessin«, sagte Sebastian.

Im fünfundzwanzigsten Stockwerk des Riverside Hotels durfte geraucht werden. Sämtliche Darsteller waren da, alle Mitarbeiter der Produktionsfirma und des Theaters sowie zahlreiche Gäste, Freunde der Mitarbeiter, Geschäftsfreunde und auch ein paar Vertreter von der Konkurrenz. Das alles erfuhr Sebastian von Linda Berick, bevor sie ihn stehenließ und in der Menge verschwand.

Er beobachtete, wie die Autorin begrüßt, umarmt und geküsst wurde, als sei sie die beliebteste Person der Welt. Aber alle blieben immer nur kurz bei ihr, als würden sie einen Pflichttermin wahrnehmen.

Nur eine halbe Stunde nachdem sie die weiträumige Bar betreten hatten und auch der Tänzer längst in Beschlag genommen worden war, tauchte Linda Berick wieder auf. Sie sagte zu Sebastian: »Kommen Sie mit? Ich wäre froh, mich mal mit jemandem zu unterhalten, der nicht zur Musicalwelt gehört.«

Am Rande der Party setzten sie sich vor die wandhohen Fenster in zwei Ledersessel, zwischen ihnen ein runder Tisch.

Aus der Höhe des fünfundzwanzigsten Stockwerks schauten sie hinab auf den Hafen an der Elbe.

»Ein goldenes Meer«, sagte Sebastian.

»Ein Meer aus goldenen Lichtern«, antwortete Linda Berick.

»*Lichtermeer* könnte man auch sagen. Sie sind aber die Autorin, Sie wissen es besser.«

Linda Berick lachte, und es klang ein wenig derb. »Nee, nee. Ich bin ja keine Schriftstellerin. Aber doch, es ist wirklich ein Meer.« Wie hypnotisiert schaute sie hinunter.

Sebastian dachte noch: Der dunkle Fluss, der sich da unten durch die golden funkelnde Hafenlandschaft windet, sieht aus wie eine fette schwarze Schlange.

Linda Berick hob ihr Glas. »Auf die Premiere!«

Sie stießen an. Die Autorin lächelte und trank. Sebastian fragte: »Haben Sie eigentlich schon immer als Autorin gearbeitet?«

Ihre Gesichtszüge erstarrten. Sie behielt ihr Glas in der Hand und schaffte es trotzdem, ihr Zigarettenetui und ein goldenes Feuerzeug hervorzuholen. Sebastian nahm es ihr aus der Hand und gab Feuer, wobei die Autorin seinem Blick auswich. Sie inhalierte und stieß seitlich den Rauch aus. »Nein«, antwortete sie, und jetzt wirkte sie fast verlegen. »Nur Tagebuch habe ich immer schon geschrieben. Ich bin... ich war Verkäuferin. In einem Kaufhaus, in Manchester. Aber das ist lange her.«

»Von einer Verkäuferin zur gefeierten Autorin: nicht schlecht«, sagte Sebastian. Warum hatte die Frage sie so sehr irritiert?

»Und Produzentin«, ergänzte sie. »Ich kann es manchmal noch immer nicht fassen, dass es tatsächlich so gekommen ist.«

Sie hatte sich wieder gefangen. Sie erzählte von einer langen Geburtstagsnacht vor drei Jahren, in der sie schrieb, wie in einem Rausch. So war das Musical entstanden.

»Wie wird denn aus einer Geschichte auf Papier ein solch großes Unternehmen?«, fragte Sebastian.

Linda Berick zog an der Zigarette und erzählte: dass sie das fertige Manuskript einfach in einen Umschlag gesteckt und an eine große Musicalproduktionsfirma, die Rutherford Entertainment in London, geschickt hatte, übrigens ohne zu wissen, dass es die größte und mächtigste Firma in der Branche war. »Und damit war die Sache für mich erledigt«, lachte sie und erklärte, dass sie auch vorher schon Texte an Verlage gesandt und nie eine Antwort bekommen hatte und dass sie dieses Mal nichts erwartete, einfach weil sie zufrieden mit ihrer Arbeit war.

»Dann kam der Anruf. Ich war gerade auf der Arbeit. Rutherford persönlich. Im ersten Moment dachte ich: ›Rutherwas? Wer soll denn das sein?‹ Ich wusste gar nicht, dass es den in echt gab. Ich wurde First Class nach London eingeflogen, in einer Limousine abgeholt, hab im Hyatt übernachtet. So etwas kannte ich gar nicht. Die Herren bei Rutherford Entertainment waren sehr freundlich. Dachten wahrscheinlich, die komische Alte aus Manchester, die kaufen wir uns. Aber ich hatte mich natürlich informiert und wusste, dass das Musicalgeschäft ein Millionengeschäft ist. Und billig war mein Baby nicht zu haben. Ich hab gesagt: Okay, wir machen den Deal. Aber unter einer Bedingung: Ich mache als Beraterin mit. Und nichts wird ohne mein Einverständnis gemacht.« Linda Berick beugte sich zu Sebastian vor und sagte leise: »Ganz ehrlich: Ich konnte es kaum fassen, nicht mal, als ich meine eigene Unterschrift auf dem Vertragspapier gesehen habe.« Sie zog kräftig an der Zigarette. Ihr Blick glitt über die Partygesellschaft und wieder zum Fenster, wo ein beleuchtetes Kreuzfahrtschiff sich in der Ferne durch das dunkle Wasser Richtung Nordsee schob, und Sebastian dachte: Jetzt sieht sie aus wie ein stolzes Mädchen.

Sie erzählte von der Suche nach einem Regisseur und einem Choreographen, nach Tänzern und Sängern, von dem Entwurf der Bühnenbilder und Kostüme, von der Auswahl der Musiker, der Entwicklung des Logos – und das sei noch lange nicht alles. Mehr als zweihundert Leute seien an einer großen Musicalproduktion beteiligt. Und alle mussten sie auf das hören, was die Provinzlerin aus dem grauen Manchester sagte.

Das war tatsächlich erstaunlich, dachte Sebastian. »Und wie kamen Sie dann nach Hamburg?«

»Kennen Sie Musicalscouts?«, fragte sie zurück. »Nein? Sie sind wie Headhunter, weltweit unterwegs, prüfen, welche Produktionen für welche Theater interessant sein könnten. In London lief *Tainted Love* inzwischen seit über zwei Jahren – jeden Abend vor ausverkauftem Haus. Scouts aus Hamburg sagten: Das Stück wollen wir auch bei uns haben. Also bitte, habe ich gedacht. In London hatte ich nicht mehr viel zu tun, und nach Manchester zurückzugehen wäre für mich ein Graus gewesen. Also habe ich gesagt: Ab nach Deutschland!«

Die Frau lehnte sich erneut zu Sebastian hinüber und senkte wieder die Stimme: »Natürlich habe ich wieder meine Bedingungen gestellt…« Unter anderem die, dass der damalige Hauptdarsteller in London, Max-Andreas Benson, in Hamburg übernommen würde. Sie empfand ihn als perfekt für die Rolle, nach ihrem Gefühl konnte er auch in Deutschland ein Publikumsmagnet werden. So waren sie also vor drei Monaten in die Hansestadt gezogen; Linda Berick überwachte die Vorbereitungen, während der Tänzer sich eine kurze Auszeit gönnte, bevor er dann mit den Proben begann. Alles wurde wieder so gemacht, wie Linda Berick es wollte, und das schien sich für alle auszuzahlen. Schon im Vorverkauf wurden über zweihunderttausend Tickets verkauft – das war rekordverdächtig. Das Musical *Cats* von Andrew Lloyd

Webber war an der Reeperbahn vierzehn Jahre lang aufgeführt worden, das war Europarekord. *Mamma Mia* mit den Hits von Abba war fünf Jahre lang ausverkauft gewesen. Aber *Tainted Love* würde alle Rekorde brechen, da war sich Linda Berick sicher.

Sie drückte ihre Zigarette im Aschenbecher aus. »Wird aber nicht leicht«, meinte sie, »die Konkurrenz ist riesengroß, hinter den Kulissen herrscht Krieg. Es geht nicht nur um Stücke, Regisseure und Darsteller, es geht auch um die Experten.«

»Experten?«

»Zum Beispiel die Männer mit dem besonderen Gehör: die Tonmeister. Sie gleichen, während die Show läuft, die Mikrophone aller Sänger mit dem Orchester ab. Sie sind jede Sekunde hochkonzentriert, justieren ihre Regler millimetergenau. Es gibt weltweit nur eine Handvoll Männer, die das perfekt beherrschen, und die großen Musicaltheater reißen sich um sie. Wir haben hier einen, den haben wir extra aus Los Angeles importiert.«

Ein Universum für sich, dachte Sebastian. Eines, von dem man nichts mitbekommt, wenn man nicht direkt damit zu tun hat.

Sein Gedanke wurde von einer lauten Stimme unterbrochen: »*Da* bist du! Wir haben dich schon gesucht!«

Sebastian und die Autorin schauten auf. Ein Mann und eine Frau. Er, etwa fünfzig Jahre alt, leicht untersetzt, zerknitterter Anzug und schwarze Schirmmütze. Sie, ungefähr im selben Alter, trug über einem knappen dunklen Kleid einen breiten Plastikgürtel in Neongelb. Ihr flotter Kurzhaarschnitt war leuchtend rot gefärbt. Sebastian hatte die beiden noch nie gesehen, aber es war auch nicht er gemeint, sondern Linda Berick. Sie begrüßte das eigenartige Paar eher steif mit einer Umarmung, und dabei sah Sebastian, wie hinten aus der Schirmmütze des Mannes ein dünner Zopf heraushing.

Während die drei ein paar Worte wechselten, nutzte Sebastian die Gelegenheit, einen Blick auf sein Handy zu werfen. Er zog es aus der Tasche, stellte es auf Empfang und fand eine SMS von Jens: *Melde dich. Möglichst schnell!*

Sofort stand er auf, entfernte sich ein paar Schritte und wählte Jens an.

»Das hat ja gedauert!«, rief Jens am anderen Ende.

»Bist du noch im Büro?«, fragte Sebastian.

»Ja, bin ich. Ich hoffe, du sitzt ...«

»Ich bin eben aufgestanden. Was ist los?«

»Eine Leiche.«

»Was?«

»Am Strand hinter Blankenese. Spaziergänger haben den Mann aus der Elbe gezogen. Wo bist du überhaupt?«

»Auf der Aftershowparty. Gibt es schon Einzelheiten?«

»Unser lieber Kollege, Hauptkommissar Til Strecker, hat den Fall an sich gerissen. Und die Gerichtsmedizin meldet sich morgen früh. Ich wollte dich nur informieren. Und jetzt geh ich nach Hause.«

»Gut, wir sehen uns morgen im Büro.«

»Ja ...«

»Also, tschüs.«

»... Tschüs ...«

»Ist noch was?«, fragte Sebastian.

»Ja, doch ... Entschuldige wegen vorhin im Büro ... Vielleicht habe ich die Physiotherapeutin ein bisschen zu schnell verurteilt.«

»Ist okay, Jens.«

Sebastian steckte das Handy wieder ein. Seine Gedanken rotierten. Von Sekunde zu Sekunde wurde er nervöser. Das Theater war nicht weit von der Elbe. Blankenese lag flussabwärts. Jetzt nicht spekulieren! Morgen nach der Gerichtsmedizin würden sie Genaueres wissen.

»Herr Fink, alles in Ordnung?« Die Autorin sah ihn an mit Augen so blau wie Wasser, in dem sich der Himmel spiegelt. Und Sebastian dachte: Genauso harmlos sieht das Meer kurz vor einem Tsunami aus.

»Alles in Ordnung«, antwortete er.

»Kommen Sie, ich möchte Ihnen zwei« – für einen Moment legte sich Linda Bericks Stirn in Falten – »ja, zwei Freunde vorstellen. Melissa und Scott, zwei alte Freunde aus Manchester...«

»London!«, korrigierte der Mann mit dem dünnen Zopf.

»Natürlich: Scott arbeitet jetzt für *Tainted Love* in London, Make-up und Haare, aber wir kennen uns aus Manchester. Und das ist Sebastian Fink. Wir haben uns heute kennengelernt.«

Linda Berick lud die Freunde ein, sich zu setzen. Als sie das taten, stieß Melissa gegen den Tisch, die Gläser kippten, und der Champagner ergoss sich über die runde Tischplatte. Melissa entschuldigte sich mit hochrotem Kopf gleich mehrmals.

»Es ist jetzt gut«, bremste Linda Berick.

Der Kellner säuberte den Tisch, brachte ein Tablett mit frischen Getränken. Scott stellte fest, dass der Tisch immer noch wackelte, und tauchte ab, um es zu richten, es gelang ihm aber nicht. »Setz dich, Scott«, sagte Linda Berick gereizt, »ich gebe gleich dem Kellner Bescheid.«

»Ist ja gut, Linda, so machen wir das«, antwortete Scott beschwichtigend. Er lehnte sich im Sessel zurück und sah sie mit einem Lächeln an. Es war ein Lächeln, das aus der Tiefe kam, das von einem Fundament der Ruhe aufstieg. Melissa dagegen saß ein wenig gekrümmt, die Arme über dem gelben Plastikgürtel verschränkt, die Beine übereinandergeschlagen, und bemühte sich zu lächeln.

Man sprach über die Premiere, aber nicht lange. »Wenn Sie wüssten, wie Linda früher aussah!«, rief Scott lachend Sebastian zu. »Wie sie sich verändert hat. Das ist unglaublich.«

Melissa nickte zustimmend.

In Linda Bericks Gesicht war jetzt ein Ausdruck von Strenge. »Scott übertreibt«, sagte sie.

»Nein, er hat recht«, widersprach Melissa vorsichtig. In ihren Augen flackerte etwas, das Sebastian nicht einordnen konnte. War es Furcht? Aufsässigkeit? Oder Traurigkeit?

»Scott muss immer übertreiben, also hat er nie recht«, erwiderte die Autorin. Scott lachte einfach nur.

»Wie war Frau Berick denn früher?«, fragte Sebastian.

Die Autorin warf ihm einen irritierten Blick zu. Dann lehnte sie sich zurück, bereit, alles, was nun auf sie einstürzen würde, zu ertragen. Die Scheinwerfer waren auf Melissa gerichtet, sie hatte das Mikrophon, es war ihr Auftritt, und sie durfte sagen, was sie wollte.

Aber Melissa sagte nichts.

Mehrere Sekunden sahen alle sie an. Dann begann Scott

wieder: »Linda war ein schüchternes Mädchen. Ich lernte sie kennen, als Melissa sie zu mir in den Salon in Manchester brachte – ich bin Frisör, und zwar schon seit einer Ewigkeit. Es war sogar Melissa, die mir damals erklärte, wie Lindas neue Frisur auszusehen hätte, weißt du das noch?« Er stieß Melissa mit dem Ellbogen an. »Linda war wie ein Kind. Nicht wahr? – Wie ein Kind.«

Melissa nickte. Linda Berick lächelte gezwungen.

Scott fuhr fort: »Ein bisschen mollig war sie – das darf ich doch verraten, oder, Linda? –, und ihre Haare waren ungesund und hingen schlaff herunter.« Scott unterzog seine Erinnerungen einer neuen Bewertung. »Ja«, sagte er laut, und sein Gesicht bekam einen fürsorglichen Ausdruck. »Sie war ein armes Mädchen.«

»Schluss jetzt!«, befahl die Autorin.

Erschrocken sahen Scott und Melissa sie an. Linda Berick, das konnte man ihr deutlich anmerken, unterdrückte nur mit Mühe einen Wutausbruch. Melissa und Scott nahmen vorsichtig ihre Gläser vom Tisch und vermieden es, die Freundin von früher anzusehen.

Die Autorin schaute aus dem Fenster. Für einen Moment folgten alle ihrem Blick und schauten stumm ins Schwarze, als wäre von dort draußen nach ihnen gerufen worden. Über allem schien der Mond, der einen silbrigen Schimmer auf das Wasser legte.

»Entschuldige, Linda«, sagte Scott leise. Er legte seine Hand auf ihren Unterarm.

»Ist doch überhaupt kein Problem«, antwortete sie und blickte starr zwischen Scott und Melissa hindurch.

Die Erschöpfung bemerkte Sebastian erst, als er auf der Straße stand. Er entschied, kein Taxi zu nehmen. Dreißig Minuten waren es zu Fuß von hier bis nach Hause, dreißig Minuten, um sich wieder zu erden, Schritt für Schritt. Genau das war jetzt nötig. Er zog den Mantel enger. Es war trocken und eiskalt. Am Millerntor vorbei, am Heiligengeistfeld entlang, sein Gesicht schien zu gefrieren. Er dachte an den Anruf von Jens. An das Gespräch mit Silke Engelmann im neonbeleuchteten Krankenzimmer. Die Leute im Theater. Sein Gehirn versuchte Verbindungen herzustellen, aber er durfte nicht spekulieren.

Er dachte wieder an Linda Berick. Sie war offen und verschlossen zugleich und schien etwas zu verbergen, das hatte er schon am Morgen unter der Theaterkuppel gedacht.

Er spekulierte schon wieder.

Der Fernsehturm blinkte hoch über ihm. Nach Hause war es nicht mehr weit. Die tiefschwarze Elbe kam ihm in den Sinn, das Glitzern und Funkeln, die schwarze Schlange. Es war nicht zu ändern – es wurde Sebastian mit jedem Schritt deutlicher: Da kam etwas auf ihn zu.

Oder irrte er sich? Vielleicht lag es nur an der Kälte, die durch den Mantel, durch seine Haut hindurch direkt in seine Knochen kroch.

Also, jetzt musste er definitiv mit dem Spekulieren aufhören!

Die Babysitterin war noch da, Anna also noch unterwegs. Die Studentin war müde und froh, nach Hause gehen zu können. Sebastian räumte Tassen und Teller in den Geschirrspüler. Am Nachmittag hatte Anna bei Tee und Kerzen behauptet, was die Männer betreffe, sei sie aus der Übung. Und jetzt schlug sie sich die Nacht um die Ohren. Aber warum nicht? Morgen hätte sie sich vielleicht nicht mehr getraut.

Er zappte durch die Programme, blieb irgendwo hängen, glotzte auf die Mattscheibe. Ein Auto fuhr durch eine einsame Landschaft.

Er ging Zähne putzen, schaute nach Leo. Der Junge schlief mit offenem Mund, die rechte Hand zur Faust geballt.

Im Bett fiel ihm ein, dass er Anna versprochen hatte, Leo das Frühstück zu bereiten. Er konnte sich nicht vorstellen, dass sie gleich bei Jürgen und seiner Nickelbrille übernachtete. Frauen seien da anders, hatte Anna neulich wieder behauptet.

Er drehte sich auf die andere Seite.

Im Halbschlaf sah er einen Strick auf grauem Wasser schwimmen. Morgen würde er sich die Leiche aus der Elbe ansehen, vor allem den Hals.

Auch kein schönes Bild zum Einschlafen, dachte er noch.

4

Das Erste, was Sebastian durch den Hörer vernahm, war ein knarrendes »Nein«.

Hauptkommissar Strecker, zuständig für die Leiche in der Elbe, hatte aus der Gerichtsmedizin noch keine neuen Erkenntnisse. Til Strecker, 49 Jahre alt, galt als stur, aber seine Erfolge waren bestechend. Das Wenige, das er von sich gab, kam in einem grummeligen Ton.

»Okay«, sagte Sebastian. »Sie melden sich?«

»Mal langsam, lieber Fink«, sagte Strecker, und Sebastian glaubte zu hören, wie der Mann tief Luft holte. »Ich kenne Ihr Problem. Soviel ich weiß, hat eine Verrückte im Theatersaal etwas gesehen, das sie für eine Leiche hielt. Das klingt ungewöhnlicher, als es ist. Es gibt Anzeigen von Menschen, die phantasieren, zum Beispiel von Ufos, die über die Stadt hinwegschweben. Das ist bekannt, und ist eine Sache. Eine Leiche, die angeschwemmt wird, ist eine andere. Eins plus eins macht nicht unbedingt zwei, das werden Sie in Ihrer Laufbahn auch irgendwann erkennen, Fink.«

Da ist sie wieder, dachte Sebastian, die Überheblichkeit der älteren Kollegen.

»Keine Sorge, Fink, Sie werden die Informationen, die Sie brauchen, bekommen und feststellen, dass die Elbleiche nichts mit der Geschichte im Theater zu tun hat.«

»Ich danke Ihnen sehr, Herr Strecker, wie schön, das alles jetzt schon zu wissen.«

Für einen Moment war es still in der Leitung. »Ausschließen kann man natürlich nichts«, brummte die Stimme. »Ich wünsche einen guten Tag, Fink.«

Sebastian öffnete das Fenster und ließ die kalte Winterluft hereinströmen.

Gehörte dieser Umgang schlicht zum Beruf? Würde er selber einmal so sein? Womöglich war er schon so … Er sollte vielleicht in nächster Zeit mal darauf achten, wie er sich Pia und Jens gegenüber verhielt. Er sog die frische Luft tief ein.

Der Morgen kam ihm wieder in den Sinn. Er war schlaftrunken aus seinem Zimmer gekommen und hatte gesehen, dass Annas roter Mantel ausnahmsweise ordentlich am Haken hinter der Wohnungstür hing. Ihre Schuhe lagen verstreut im Flur.

Er frühstückte mit Leo, und sie bemühten sich, leise zu sein. »Anna muss heute länger schlafen, weil sie gestern später ins Bett gegangen ist«, erklärte Sebastian, und um Leos Nachfrage zuvorzukommen: »Man sollte immer acht Stunden schlafen, so viel braucht der Mensch.«

Leo aß ein Nutellabrötchen und trank Früchtetee. »Warum ist Mama so spät ins Bett gegangen?«

Er wusste für einen Moment nicht, welche Antwort er geben sollte. Vielleicht doch die Wahrheit sagen? Oder erzählen, Anna hätte sich mit einem Freund getroffen – dann aber würde Leo sicherlich nach dem Namen fragen und so weiter. »Sie hatte noch zu tun«, antwortete er.

»Was denn?«

»Wir müssen los.«

Die rote Ballonmütze wollte Leo nicht aufsetzen. Anna hatte das Ding gestern erst gekauft, weil Leos alte Mütze endgültig zu klein geworden war.

Vor der Wohnungstür diskutierten Sebastian und Leo laut flüsternd.

»Nein, ich nehm die Turnschuhe!«

»Du bekommst kalte und nasse Füße, und du weißt, was das heißt: eine Woche im Bett liegen.«

Leo antwortete mit einem grimmigen Gesicht.

»Pass auf, ich mache dir einen Vorschlag«, sagte Sebastian. »Die Mütze bleibt zu Hause, und dafür ziehst du die Stiefel an, okay?«

Leos lange Haare wehten im kalten Wind, bei jedem seiner Schritte spritzte Wasser. Zur Schule waren es nur wenige Minuten. Leo plapperte.

»Du musst lauter sprechen«, sagte Sebastian, »ich höre dich hier oben sonst nicht.«

»Ich habe gesagt, wir schreiben morgen ein Diktat, und da wäre ich supergerne krank!«

»Hast du nicht geübt?«

Leo antwortete nicht. In der Schule gehörte er nicht zu den Schlechten, aber er war auch nicht brillant. Manchmal fragte sich Sebastian, ob der Junge das Potential, das in ihm steckte, ausschöpfte. In seinem kurzen Leben hatte er schon einiges mitgemacht, das ihn belastete. Nicht zuletzt die Trennung von seinem Vater, dem Theaterregisseur aus München, den er selten sah, und das lag sicher nicht an ihnen hier in Hamburg.

Leo winkte, bevor er die letzten Meter allein über den Schulhof lief. Sebastian winkte zurück und beobachtete mit roter Nase, die Hände in den Taschen, wie Leo einem Jungen mit Krücken die Tür aufhielt und wie die beiden kleinen Menschen in dem großen, grauen Gebäude verschwanden.

Dabei kam ihm Stacy, die Sternenprinzessin, in den Sinn. Wie schwer es sein musste, ein so ganz anderes Leben zu führen. Und doch hatte die kleine Stacy in ihrem Rollstuhl inmitten der überdrehten Menschen aus der Theaterwelt wie der einzige ruhende Pol gewirkt, der einzige Mensch, der sich nicht verstellte. Sie musste die Realität einfach akzeptieren.

Auf dem Rückweg beeilte er sich. Vielleicht hatte er Glück und konnte Anna noch sprechen, bevor er ins Büro fuhr. In einem Coffeeshop kaufte er zwei Latte Macchiato mit einem Schuss Karamel, was Anna gern mochte. Er konnte sich nicht vorstellen, dass es schmeckt, aber heute würde er es einmal ausprobieren.

Als er mit den Pappbechern in die Wohnung kam, saß Anna im Nachthemd am Küchentisch, das braune Haar noch ungebürstet. Sie stützte ihr Gesicht auf eine Hand und winkte Sebastian mit der anderen Hand zu. Sebastian setzte sich und schob ihr den Kaffee hinüber. »Danke!«, sagte sie.

»Und?«, fragte er.

Anna lächelte nur.

Sebastian verspürte ein Unbehagen. Es störte ihn, dass Anna so abwesend und glücklich wirkte. Warum, konnte er sich nicht erklären.

»Mir geht's gut«, sagte Anna.

Sogar den Pappbecher schaut sie verliebt an, dachte er. Anna nahm den Deckel ab und trank einen Schluck.

»Wo wart ihr denn?«, fragte er beiläufig.

»In Angies Nightclub. Jürgen ist süß. Er hat mir sein Leben erzählt, und ich habe ihm meins erzählt.«

Sebastian dachte: Jürgen – das klingt wie würgen. Er sagte zu Anna: »Das hört sich total nett an.«

»Das war sogar sehr, sehr nett.«

»Und du glaubst, dass er die Wahrheit sagt?«

Anna sah ihn verwundert an und Sebastian hielt die Luft an: Die Worte waren ihm herausgerutscht, das hätte er besser nicht gefragt.

»Warum sollte er mir nicht die Wahrheit erzählen?«, fragte sie. Sie sah gekränkt aus.

»Ach«, sagte er mit einer Handbewegung, »ich war gestern zu lange unter Theaterleuten, die alle irgendeine Rolle spielen...«

Anna legte beide Hände um den Becher und pustete in den Schaum.

Dass sie eben so gekränkt ausschaute, war aber auch übertrieben, fand Sebastian, sie kannte den Typen doch noch gar nicht wirklich. »Und was ist Jürgen von Beruf?«, fragte er.

»Er ist Lehrer. Ich finde Lehrer süß. Man empfand sie früher als Autoritäten, und jetzt sind sie ganz normale Menschen wie du und ich. Das ist irgendwie lustig.«

Sebastian konnte sich nicht daran erinnern, dass Anna je davon gesprochen hätte, dass sie Lehrer süß fand. »Welche Fächer?«, fragte er.

»Mathe, Physik und noch irgendwas.«

»Und, ist er Single?«

Anna starrte auf die Teelichter, die noch immer einen Halbkreis auf der Tischplatte bildeten.

»Was ist denn los?«, fragte Sebastian nach einer Weile.

Sie sah ihn ernst und etwas ratlos an. »Wirklich frei ist er nicht.«

»Na prima. Verheiratet?«

»Mit zwei Kindern.«

Es war merkwürdig: Sebastian gönnte Anna das Glück, und gleichzeitig war da eine wohlige Schadenfreude – wie ein warmer Luftzug an einem kalten Tag.

»Das wird sich alles regeln«, meinte Anna. »Ich bin einfach glücklich, einen tollen Mann kennengelernt zu haben.« Mit dem Finger wischte sie sich den Schaum von der Oberlippe.

Sebastian hatte seinen Mantel genommen, sich von Anna verabschiedet und war zur Tür gegangen, als sie rief: »Und danke!«

»Wofür?«

»Für das Musical.«

Sebastian versuchte zu lächeln. Er wollte gerade die Tür hinter sich zuziehen, als Anna wieder rief: »Sebastian!«

»Was denn noch?«

Sie lächelte und strich sich ihre Haare zurück. »Wenn ich mir alles nur einbilde und Jürgen tatsächlich nur ein guter Schauspieler ist, wäre es auch okay – ich lasse mich gerne unterhalten.«

5

Durch die geöffneten Fenster wehte von der Alster kalte Morgenluft in die Suite. Auf dem Couchtisch lag ein Stapel frischer Tageszeitungen. Linda strich ihr Kostüm glatt. Es war dunkelgrün und eng anliegend. Sie bildete sich ein, dass sie in diesem Kostüm vielleicht etwas dünner aussah, als sie tatsächlich war. Ihre weiße Bluse war geöffnet, eine feine Perlenkette schimmerte im Dekolleté. Sie ging zurück ins Bad, betrachtete noch einmal ihr Gesicht, legte etwas Rot auf und presste die Lippen zusammen. Sie waren nicht sehr voll, aber schön geschwungen. Linda drehte das Gesicht ein wenig zur Seite und betrachtete ihr Haar, das in großen Wellen auf die Schultern fiel.

Als es klopfte, schreckte sie erfreut auf. Mit großen Schritten ging sie durch den Salon, öffnete und lächelte.

Ihr Tänzer. Da stand er in seiner knappsitzenden Kapuzenjacke mit weit ausgestreckten Armen. Seine warmen braunen Augen kontrastierten mit der Kraft, die sein Körper ausstrahlte. Max, wie sie ihn nannte, war schön.

»*Sweetie! You look fabulous!*«, sagte er und nahm Linda in den Arm.

Und sie tat, was sie schon lange nicht mehr getan hatte: Sie ließ den Kopf zurückfallen, ein paar Sekunden nur, und ließ sich halten. Dann riss sie sich zusammen, fuhr Max einmal durch die Haare und sagte: »Darling, lass uns die Kritiken ansehen.«

Sie saßen auf dem weißen Sofa, jeder an einem Ende, und lasen, was die Zeitungen über die Premiere schrieben. Max-Andreas grinste durchgehend, während er eine Zeitung nach der anderen studierte. *Tainted Love* schnitt insgesamt sehr gut ab, aber seine Leistung wurde besonders hervorgehoben.

»Es ist gut, dass du mit nach Hamburg gekommen bist«, sagte Linda.

Er nickte und betrachtete die abgedruckten Fotos vom Premierenabend.

»Ist es nicht so?«

»Natürlich, Sweetie. Es hat sich sehr gelohnt.«

Er nahm eine neue Zeitung. Linda betrachtete ihn. Kerzengerade saß er da, ein Bein über die Sofalehne gelegt, mit dem Fuß in der Luft gedankenlos Kreise ziehend, kleinste und graziöse Bewegungen, die harmonisch ineinanderflossen, wie Wasser, das seinen Weg findet. Linda rückte ein wenig näher, sie legte eine Hand auf sein Knie. »Was wohl aus uns geworden wäre, wenn wir uns nicht kennengelernt hätten…«

»Sicher wären wir dann nicht hier in dieser Luxussuite in Hamburg.« Max lachte. Linda lächelte zurück. Dann lasen sie wieder in den Zeitungen und reichten sich gegenseitig die Artikel rüber, wobei sich manchmal ihre Fingerspitzen berührten. Die Stunde war schnell vergangen, als Max auf die Uhr sah und sagte: »Ich muss los.«

Ein Stich in der Brust. »Ab ins Theater!«, rief sie. »Es gibt dort einiges zu besprechen.« Linda hoffte, ihre Enttäuschung perfekt verborgen zu haben.

Er half ihr noch, die Zeitungen zusammenzuräumen, dann verabschiedete er sich. Linda blieb sitzen, hielt ihm die rechte Wange hin und beobachtete die Szene im Spiegel.

Auch wenn er ihr nie ganz gehören würde, konnte sie sich mit einem dieser Küsse begnügen. Eine *»special relationship«*, wie er es nannte – mehr brauchte Linda nicht. An die Wehmut, die sie jedes Mal empfand, wenn Max sie verließ, hatte sie sich längst gewöhnt.

Als die Tür ins Schloss fiel, kam ihr der Raum leer vor. Linda seufzte. Sie konnte sich noch gut erinnern, wie er damals in London beim Casting im Royal Court Theatre die Bühne betreten hatte. Linda saß im Rang neben dem Regisseur, dem Theaterleiter, dem Choreographen und anderen. Der Bewerber Max-Andreas Benson, Vater Engländer, Mutter Deutsche, stand dort oben, groß und stark, und trotzte den hellstrahlenden Scheinwerfern mit seinen verstrubbelten roten Haaren und einer weißen, fast durchsichtigen Haut. Enorme Bühnenpräsenz, da waren sich alle einig. Linda hatte sofort gewusst, dass dieser Mann ihr Leben verändern würde.

Nachdem er das Engagement angenommen hatte, liefen sie sich täglich in der Cafeteria des Court Theatre über den Weg und fachsimpelten beim Lunch oder *five o'clock tea* über die Arbeit. Bald verbrachten sie auch außerhalb des Theaters Zeit miteinander. Sie schauten sich – auch aus professionellen Gründen – andere Musicals an, trafen sich nach den Proben zum Abendessen, redeten über dies und das, und vor allem: Sie lachten viel. Sie gingen auf der Oxford Street frühstücken und an der Themse spazieren. Sie entdeckten Gemeinsamkeiten, ihre deutschen Wurzeln zum Beispiel.

Max war damals 26 Jahre, Linda fast doppelt so alt, älter als seine Mutter! Aber das war egal. Der Strom ihrer Zuneigung spülte das Gefühl hinweg, der Altersunterschied könnte ein unüberwindliches Hindernis sein. Dennoch machte Linda sich nichts vor.

Wie alle Darsteller liebte Max vor allem sich selbst. Und mal den einen oder anderen Tänzer. Eine Frau war nie dabei. Das hatte er Linda gleich in ihrem ersten, etwas persönlicheren Gespräch erzählt. Linda wusste nicht, ob sie es bedauerlich oder angenehm finden sollte, dass Sex in ihrer Beziehung keine Rolle spielte. Nein, selbst wenn Max sich zu Frauen hingezogen gefühlt hätte, wäre sie ungern mit ihm ins Bett gegangen. Sich vor diesem Mann ausziehen, sich von ihm berühren und streicheln lassen? Linda bekam bei dem Gedanken daran eine Gänsehaut. Angst und Sehnsucht wechselten sich ab.

Wenn sie im Theater zu den Proben erschien, stieg er von der Bühne zu ihr herab, um sie zu begrüßen. Währenddessen warteten oben die jungen hübschen Schauspielerinnen. Linda fand das wunderbar. Wenn Linda durch die Blume gefragt wurde, ob sie und Max-Andreas…, ließ sie durchblicken, dass durchaus etwas Wahres an dem Gerücht dran sein könnte.

Das Zimmertelefon klingelte. Lindas Herz machte einen Hüpfer: Meldete er sich noch einmal von der Rezeption? Hatte er etwas vergessen? Wollte er ihr noch etwas sagen? Gab es eine Überraschung? Würde er sie heute doch noch einmal treffen wollen? Sie nahm den Hörer ab.

»Wie geht es dir?«, fragte eine Stimme, die Linda nicht hören wollte.

»Gut«, antwortete sie knapp.

Melissa besaß Lindas Handynummer nicht und hatte sich geschickt über die Hotelleitung durchstellen lassen. Sie stotterte: »Du bist in Eile...?«

Linda wusste nicht, was sie sagen sollte.

»Ich würde dich gerne noch einmal treffen, bevor ich wieder abreise«, sagte Melissa vorsichtig.

Wie praktisch: Melissa hatte ihr die perfekte Vorlage für eine Ausrede geliefert: Sie würde leider erst nach ihrer Abreise Zeit haben. »Wann fliegst du denn?«, fragte Linda.

»Ich kann verlängern.«

»Melissa«, sagte Linda, als würde sie mit einem störrischen Kind sprechen. »Ich würde dich wirklich sehr gerne treffen, aber ich habe einfach keine Zeit. Wir haben nach der Premiere alle Hände voll zu tun.«

Bevor Melissa etwas erwidern konnte, fügte Linda, im Ton etwas freundlicher, hinzu: »Wenn die Lage sich hier entspannt, komme ich nach Manchester, und dann haben wir alle Zeit der Welt. Aber jetzt muss ich los. Sorry.«

Melissa schwieg eine Sekunde zu lang. Sie konnte sich nicht verstellen. Das war schon früher so gewesen. »Linda, sag mir bitte ehrlich, wenn du ein Problem mit mir hast. Ich...«

Warum lässt du mich nicht einfach in Ruhe, dachte Linda.

»...ich vermisse dich«, sagte Melissa leise.

»Melissa, hier sind Leute, mit denen ich etwas Dringendes zu besprechen habe.«

»Eben hast du gesagt, du musst los.«

Linda war sprachlos.

Melissa drängte: »Wir haben uns seit Ewigkeiten nicht

mehr getroffen. Nur die kurze Begegnung gestern nach der Show. Hast du eigentlich bemerkt, dass es der gelbe Gürtel war, den du mir damals geschenkt hast?

»Ja. Melissa, ich muss jetzt Schluss machen.«

»Den habe ich für diesen Abend extra wieder hervorgeholt, Linda. Hör mal, ein paar Tage bleibe ich noch und schaue mir die Stadt an. Wenn du Zeit hast, auch kurzfristig, ruf mich einfach an.«

»Einverstanden«, sagte Linda, ein Reflex, über den sie sich im nächsten Moment ärgerte. »Bis dann.« Sie legte den Hörer auf, ein wenig zu schnell.

Sie starrte auf den Telefonapparat. Melissa! Was wollte die denn? Sie hatten sich auseinandergelebt, und das schon seit langem. Melissa hatte geheiratet, Kinder bekommen, war aufs Land gezogen, hatte ein neues Leben begonnen. Linda war das sehr recht gewesen. Melissa war lieb und nett, aber im Grunde doch langweilig. Auch Freundschaften haben manchmal ein Haltbarkeitsdatum, und wenn man es überschreitet, werden sie ungenießbar.

Linda sah sich durch den Spiegel auf dem Sofa. Sie war ein neuer Mensch geworden. Allein, aber in einer luxuriösen Suite. Das war doch was! Und sie hatte sich alles selbst erarbeitet.

Sie zog ihren Blackberry aus der Tasche, schaute auf die Uhrzeit und erschrak. Das Theater. Die Pflicht.

6

Im Vorbeigehen sah Sebastian seine Kollegin Pia. In der Hand eine kleine Karte, die sie las, und auf dem Tisch: Geschenkpapier und eine Flasche, die aussah, wie ... Sebastian ging zwei Schritte rückwärts. Tatsächlich.

Pia war verlegen. »Ein Geschenk. Meine Oma glaubt, bei der Polizei würden wir vielleicht gerne mal einen kleinen Cognac trinken. Von mir hat sie die Info aber nicht«, fügte sie verlegen hinzu und ordnete ihre Pagenfrisur, an der es gar nichts zu ordnen gab.

»Ich hätte auch gerne eine Großmutter, die mir Cognac schickt«, sagte Sebastian.

Pia wandte sich ab, um das Gespräch zu beenden, bevor es richtig begonnen hatte. Sie redete nicht gerne über Privates. Das Einzige, was Sebastian von ihr wusste, war, dass sie einen goldfarbenen Labrador besaß, den eine Nachbarin ausführte, wenn Pia keine Zeit hatte. Außerdem ging sie nach der Arbeit dreimal die Woche ins Fitnessstudio, was erklärte, warum Pia, obwohl pummelig, so durchtrainiert war. Sie mochte die Musik von Peter Maffay und Udo Lindenberg. Ob die Kollegin in einer Beziehung war, hatte auch Jens noch nicht herausbekommen. Sie einfach mal darauf anzusprechen hatten weder er noch Sebastian bislang gewagt.

Telefon. Pia hob übereilt ab. »Schell ... Ja, der ist hier ...

Einen Moment.« Sie reichte Sebastian den Hörer über den Tisch.

Hauptkommissar Strecker war dran. »Fink, passen Sie auf: erste Informationen über die Elbleiche.« Sebastian ging um Pias Tisch herum, damit er sich weniger verrenken musste.

Strecker erklärte: »Die Identität des Toten ist noch nicht ermittelt, der Mann hatte keine Papiere bei sich, und vermisst wird auch niemand. Aber: Tod durch Genickbruch. Professor Szepek ist noch bei der Untersuchung. Und eines wird Sie interessieren, lieber Fink: Die Leiche hat tatsächlich Würgespuren am Hals.«

»Wir müssen sofort zur Gerichtsmedizin«, sagte Sebastian zu Pia.

Ein süßlich-saurer Geruch, von der Kälte nur wenig gedämpft, strömte durch den gekachelten Saal. Sebastian wurde jedes Mal übel. Er wusste, Pia ging es auch so. Doch einmal hatte Sebastian in einer Runde von Kollegen dieses Thema angeschnitten. Die Männer, gestandene Kriminalbeamte, hatten sich angeschaut, aber keiner hatte etwas geantwortet. Nur Jens, dem nichts peinlich war, hatte frei heraus zugegeben: »Ich könnte auch jedes Mal kotzen.«

Der Gerichtsmediziner, Professor Szepek, sah von weitem aus wie ein Engel mit Karnevalsperücke. Wenn er sich mit langen Armen und Beinen um den Leichentisch bewegte, wehte sein weißer Kittel, als würde er durch die Lüfte schweben. Um seinen kahlen Kopf wand sich ein Kranz längerer Haare, auf der Spitze seiner Nase klemmte eine feine Brille. Zu diesem komischen Eindruck war die schneidende Stimme ein scharfer Kontrast: »Kommen Sie, kommen Sie«, hallte es.

Der Professor legte das Sezierbesteck klirrend beiseite, streifte den Handschuh ab und streckte Sebastian und Pia die Hand entgegen. Es war eine schmale Hand mit schmalen langen Fingern. »Herr Strecker hat mich schon über ihren dubiosen Fall im Theater unterrichtet«, sagte er, »oder sollte man ihn lieber den Nicht-Fall nennen?« Ohne eine Antwort abzuwarten, wandte der Mann sich der Leiche zu. Er zeigte auf Partien an Brust und Schultern des männlichen Körpers, der vor ihnen lag wie eine gut gemachte Wachsfigur: »Hier und hier sehen Sie Abschürfungen. Am Bein sind auch noch welche.«

Sebastians Blick ging zum Hals des Toten, wo eine rötliche Spur verlief.

»Sie wollen wissen, ob das Spuren einer Strangulierung sind«, sagte der Professor, der bei den Füßen angekommen war und nach oben schaute. Er kam um die Leiche herum, sah mit strengem Blick zuerst Sebastian, dann den Hals des Toten an. »Das sind tatsächlich Spuren einer Strangulation«, sagte er. »Aber ob sie von einem Strick stammen, kann ich nicht eindeutig feststellen. Noch nicht.«

»Aber ausschließen würden Sie es nicht?«, fragte Pia.

»Nein. Nur wären sie dann ungewöhnlich schwach.«

»An was haben Sie gedacht?«, fragte Sebastian.

»Bisher habe ich noch keine Fasern gefunden, die auf einen Strick hindeuten, aber die Suche ist ja noch lange nicht beendet. Was wir dagegen haben, sind Fasern von blau gefärbter Wolle.«

»Könnte er mit einem Schal stranguliert worden sein?«, fragte Sebastian.

»Möglich.«

»Also könnte er auch an einem langen Schal von der Decke gehangen haben?«

»Sofern der Schal das aushält.«

»Was glaubst du, Pia?«

Sie zuckte die Schultern: »Kann ich stricken?«

Sebastian überlegte. Silke Engelmann meinte einen Strick gesehen zu haben, war sich aber nicht sicher. Er wandte sich wieder dem Professor zu. »Sie wirken nicht überzeugt…«

»Herr Fink, ich bin nie überzeugt, bevor nicht das Endergebnis vorliegt.«

»Was lässt Sie zweifeln?«

»Sehen Sie mal hier…« Der Professor zeigte mit der Pinzette auf den Hinterkopf. Ein blau angelaufener Bereich war zu erkennen. »Hier muss entweder jemand mit einem sehr schweren Gegenstand draufgeschlagen haben. Oder der Mann ist aus einiger Höhe gefallen. Jedenfalls hat der Schlag den Genickbruch verursacht.«

»Könnte es sein, dass jemand zunächst dem Mann einen Schlag versetzt hat und erst dann den Körper aufgehängt hat?«, fragte Sebastian.

»Na, Sie haben ja Ideen. Aber, klar, theoretisch wäre das möglich.«

»Über die Identität wissen wir noch nichts, oder?«

»Ich schätze den Mann auf Anfang sechzig. Ergebnisse aus der DNS-Probe kommen morgen Nachmittag. Bis dahin weiß ich auch, auf welche Weise der Tod eingetreten ist.«

»Worauf wartest du?«, fragte Pia.

Die Ampel war grün. Sebastian legte hastig den Gang ein und fuhr los.

»Sag mal, Pia, kann das sein: Jemand meint, eine Leiche am Strick gesehen zu haben, kurz darauf wird eine Leiche mit Würgemalen am Hals gefunden – aber das eine hat mit dem anderen gar nichts zu tun?«

»Ja, das kann sein.«

»Aber es wäre ein merkwürdiger Zufall.«

»Das stimmt. Ein sehr merkwürdiger Zufall.«

Als sie an der nächsten Kreuzung, beim Haupteingang zum Zoo, wieder an einer Ampel warteten, beobachteten sie beide eine Schulklasse, die dort auf Einlass wartete. Pia sagte: »Ich hatte gerade einen merkwürdigen Gedanken. Vielleicht stand der Tote in seiner Kindheit auch einmal hier vor dem Tierpark. Ein kleiner Junge, fasziniert von Giraffen und Zebras. Und nun liegt dieser Mensch auf dem Seziertisch.« Sie schaute zu den Kindern. »Was wohl aus denen werden wird?«

Sebastian fuhr los. »Was aus denen wird?«, wiederholte er. »Die Spanne reicht vom Mörder bis zum Kanzler.«

»Oder Kanzlerin.«

»Okay, aber dann auch Mörderin.«

Sie lächelten beide.

»Verrückt oder nicht verrückt«, sagte Sebastian.

»Eine Frage der Perspektive«, meinte Pia, und Sebastian dachte: Wie recht sie hat.

Als er nach Hause kam, zog Anna ihn in ihr Zimmer und schloss die Tür. Sie sah ihn in einer Mischung aus Begeisterung und Verwirrung an. »Er hat mich angerufen!«

»Ja, und?«, sagte er und bereute sogleich, dass ihm ein gelangweilter Unterton herausgerutscht war.

Aber Anna hatte es offenbar überhört. »Der Babysitter kann heute nicht ...« Sie sah ihn bittend an.

»Was habt ihr denn geplant?«, fragte Sebastian.

»Essen und Kino.«

»Wird es spät?«

Anna schüttelte den Kopf und schien dabei das Gegenteil zu denken.

»Also gut. Wenn du willst, kann ich Leo morgen zur Schule bringen.«

»Supi!« Sie fiel ihm um den Hals.

Den Abend verbrachte er mit Leo im Wohnzimmer auf dem Sofa. Hatte Anna wirklich »Supi« gesagt? Nicht zu fassen. Innerhalb weniger Stunden war aus einer Mutter von Mitte dreißig ein pubertierender Teenager geworden.

Komm, sagte sich Sebastian, sei nicht so streng. Du bist ja nur neidisch, und das ist genauso kindisch.

»Lass uns Quartett spielen!«, riss Leo Sebastian aus seinen Gedanken.

O nein, dachte er. Ausgerechnet Quartett. Wie oft hatte er die Bilder von den Rennwagen gesehen, die Daten mit Leos und Annas Karten abgeglichen. Dazu hatte er echt keine Lust. »Quartett kann man nur spielen, wenn man mindestens zu dritt ist«, wich er aus.

»Was dann?«

»Lass uns doch Diktat üben.« Die letzten Diktate waren nicht mal mittelmäßig ausgefallen, ein bisschen Übung würde ihm guttun.

»Das will ich nicht«, sagte Leo.

Sebastian nahm Leos kleine Fäuste in die Hand. »Ich

habe eine Idee: Wir machen das jetzt zusammen, und dann schreibst du morgen ein super Diktat und überraschst Anna. Ja?«

Leo war unentschieden.

»Hol doch mal den Text.«

Der Junge stand widerwillig vom Sofa auf, holte seinen Schulranzen und zog ein Blatt Papier heraus.

»Und deine Federmappe auch.«

Als der Junge wieder neben ihm saß, sagte Sebastian: »Jetzt legst du ein leeres Blatt Papier vor dir auf den Tisch, nimmst einen Bleistift und einen – «

»Ich weiß, wie das geht«, unterbrach Leo.

»Einen Radiergummi, wollte ich sagen.«

»Hier ist er.« Leo hielt ihn in die Luft.

Sebastian las Stück für Stück die Geschichte vom Zebra vor, das die Farbe seiner Streifen heimlich verändert, um die anderen Tiere als ein imposanter Tiger zu beeindrucken. Leo schrieb Wort für Wort mit.

Eigentlich eine nette Geschichte, dachte Sebastian, auch Tiere haben Mühe, die Realität zu akzeptieren.

»Würdest du dir Streifen ins Gesicht malen, um deine Freunde zu beeindrucken?«, fragte Sebastian.

»Nö.«

Na, bitte, dachte er.

Um neun Uhr bestand er darauf, dass Leo sich fürs Bett fertigmachte. Aber der Junge wollte nicht. Er wollte warten, bis Anna wieder zurück war. Es war mühsam, ihn zu überreden, aber schließlich las Sebastian ihm vor, bis der Kleine endlich eingeschlafen war.

Den Rest des Abends lag Sebastian auf dem Sofa und zappte durch die Programme. Gerne hätte er den Rotwein mit jemandem geteilt. Aber mit wem? Er seufzte. Wann war eigentlich *sein* letztes Date gewesen? Seit den Stunden mit Marie, die er in einem Club kennengelernt hatte, mit der er in der Morgensonne über die Reeperbahn gelaufen und im Taxi zu ihr gefahren war, hatte sich so gut wie nichts mehr getan.

Als Sebastian seine Nachttischlampe ausknipste, wunderte er sich: Es war erst kurz vor elf Uhr.

Im Schlaf kam die Angst. Er träumte von einem Mann, der starr im grünen Dickicht stand. Er sah die Umrisse eines kantigen Gesichts, das sich ihm zuwenden wollte, aber eine unsichtbare Kraft verhinderte es. Aus dem Ohr wuchs etwas, das aussah wie eine Blume, dann aber zu einem Insekt mutierte, das mit langen, stockartigen Beinen versuchte, sich hochzuziehen.

Ein Geräusch. Ganz nah und vertraut. Im grünen Dickicht öffnete sich eine Tür. Wohin führte sie? Licht... der Ton so vertraut... Die Tür. Es war... die Tür zum Schlafzimmer! Sebastian fuhr hoch.

Im Lichtkegel stand ein Mann.

Sebastian blieb das Herz stehen. »Wer sind Sie?«

Keine Antwort.

»Was wollen Sie?« Sebastian fasste nach dem Lichtschalter.

Die Silhouette bekam eine Stimme: »Wo?... Ich.«

»Was ist los?«

»Entschuldigung...«

Wo war der verdammte Lichtschalter?

»Entschuldigung ... Falsche Tür.«

Die Stimme kannte Sebastian. Annas neuer Freund!

»Entschuldigung«, sagte Jürgen noch einmal, bevor er die Tür schloss.

Sebastian saß aufrecht im Bett. Er hörte Anna, ein Kichern, darauf wieder Jürgen, und wieder Kichern. Er wusste nicht, ob er sich ärgern sollte, dass Anna ihren Jürgen schon nach so kurzer Zeit in ihre gemeinsame Wohnung schleppte. Aber es war natürlich ihr gutes Recht. Leider.

7

»Du hast es dir verdient.«
»Du bist so großzügig, Linda.«
»Du hast es dir verdient, ich wiederhole es gern.«
Max-Andreas sah sie mit dem Blick an, den sie so gut von ihm kannte: ein wenig verlegen, ein wenig gierig. Inzwischen verdiente er zwar selber viel Geld, aber er war auch ein Geizhals. Oder ein Sparstrumpf, wie er es bezeichnete. Linda liebte es, ihn zu verwöhnen. Ach, Max.

Er strich ihr mit dem Finger über die Wange. »Aber zuerst suchen wir etwas Schönes für dich aus, nicht? Du hast die Belohnung am meisten verdient.«

Linda lachte. »Da hast du auch wieder recht – Sie können hier halten.«

Das Taxi stoppte vor einem der exklusiven Läden am Neuen Wall. Die Hamburger City rund um die Binnenalster war noch ruhig und leer, die Geschäfte hatten eben erst geöffnet, es war kurz nach zehn Uhr.

Die hohen, hellen Räume erinnerten an eine Galerie. Aus dem hinteren Bereich kam eine junge Frau, ein filigranes Wesen in einem grauen Hosenanzug, der so eng anlag wie ihre streng nach hinten gezogenen Haare. Ihre Augen waren groß, ebenso die in dezentem Rot gehaltenen Lippen. Linda schätzte ihr Alter auf das von Max-Andreas. Sie ist eine

Schönheit, dachte Linda mit einer Mischung aus Bewunderung und Unbehagen, wie sie es oft in Anwesenheit einer schönen Frau empfand.

»Darf ich Ihnen Ihre Mäntel abnehmen?«

Sie half Linda aus dem Pelz und nahm den blauen Mantel von Max-Andreas. Für Lindas Empfinden hatte sie Max mehr als einen Moment zu lang angesehen. Das war nicht sehr professionell, strenggenommen.

Die Kleider hingen an der hinteren Wand. Max ging an der Reihe entlang. »Ich suche dir etwas aus«, sagte er. Seine Hand berührte Bügel für Bügel.

Die Verkäuferin brachte ein Tablett mit silberner Kanne, zwei weißen Tassen, Zuckerdose. Linda trank einen Schluck Tee und schaute rüber zu Max, der ein schwarzes Kleid musterte.

Plötzlich durchfuhr sie ein Schreck. Das Modell war bestimmt zu klein. Sie hätte daran denken müssen, dass Max wahrscheinlich ihre Größe nicht richtig einschätzte, schon aus Höflichkeit. Als er mit dem Kleid zu ihr kam, hielt sie die Luft an und zog den Bauch etwas ein.

»Das ist zu groß«, sagte die Verkäuferin, die wie aus dem Nichts erschienen war. Sie nahm Max-Andreas das Kleid ab. »Ich schaue nach, ob wir es eine oder zwei Nummern kleiner haben.«

Linda wusste, dass die Frau gelogen hatte.

Die Verkäuferin kam zurück: »Dieses ist eine Nummer kleiner, das müsste Ihnen passen.«

Linda sah sofort, dass die Wahrheit eine andere und dieses Kleid etwas größer war. Das war aufmerksam und geschickt. Max hatte es nicht bemerkt. Gott sei Dank.

Die Umkleidekabine war weniger eine Kabine als ein kleiner Raum mit weichem Licht. Linda drehte sich vor dem wandgroßen Spiegel. Das Kleid stand ihr. Sie hatte heute bewusst nur ein minimales Frühstück zu sich genommen, so war sie ein wenig schmaler als sonst. Sie strich sich über die Seiten, als könnte sie die paar überzähligen Pfunde einfach wegstreichen. Schön wär's! Im Hintergrund erhoben sich die Stimmen von Max-Andreas und der Verkäuferin. Es klang, als lachten sie miteinander. Linda rief: »Sprecht ihr über mich?«

»Natürlich!«, antwortete Max. »Worüber sonst?«

Linda legte noch einmal ihre Haare zurecht und trat aus der Umkleidekabine. Max hatte es sich in einem Sessel bequem gemacht. In diesem Moment kam es Linda vor, als musterte er sie streng. Ein leichter Schwindel erfasste sie. Es war ihr, als sei sie von Backstage auf die Bühne getreten, aus der Geborgenheit des Dunkels ins riskante Licht. Sie wusste nicht wohin mit den Armen, sie mochte sie nicht auf die Hüften legen, mochte sich nicht drehen.

Auf einmal war sie wieder da: eine Szene aus alten Tagen, als sie Melissa und Scott in eine kleine Disco in Manchester begleitete und jemand sagte: Was will denn die Dicke hier?

Seit Jahrzehnten hatte Linda nicht mehr an diese hässliche Szene gedacht.

»Du siehst wunderschön aus«, sagte Max. Mit geschmeidigen Bewegungen kam er aus dem Sessel hoch, als bestünde sein Körper nur aus Muskeln. Einen Moment glaubte sie ihm nicht. Aber sein Blick hatte etwas Strahlendes, ja Liebevolles. »Sehr schön«, wiederholte er. Linda war verwirrt. Sie hätte weinen können.

»Schau doch mal in den Spiegel«, sagte er.

Sie drehte sich. »Findest du mich nicht zu dick?«

»Dick?«

»Na ja, dünn bin ich ja wohl nicht.«

»Linda«, sagte er mit einer Strenge, die nicht gespielt war, »du bist überkritisch.«

Er hatte recht. Sie war manchmal überkritisch. Max ging um sie herum, zog den Stoff glatt, stellte sich dann hinter sie und schaute über ihre Schulter hinweg zusammen mit ihr in den Spiegel. »Was hast du denn? Sieht doch toll aus.«

»Du und Olga, ihr seht nebeneinander schon etwas anders aus, wenn ihr zusammen auf der Bühne steht.«

»Ich finde, die Tänzerinnen sind alle zu dünn«, meinte Max. »Für die Bühne ist das wichtig, aber sexy ist das nicht. Was ist an dünnen Frauen sexy?«

»Ich weiß es auch nicht.«

»Sie sehen umwerfend aus«, lobte die Verkäuferin.

»Danke sehr. Aber vor allem ist mir wichtig, was mein Verlobter sagt...« Linda zwinkerte Max zu.

Die Verkäuferin lächelte standhaft, aber Linda registrierte befriedigt ein ungläubiges Staunen.

»So, und nun suchen wir für dich einen schönen Anzug aus«, sagte Linda. »Du hast freie Wahl.« In seinem Blick sah sie wieder Scham und Gier.

Es war ein leuchtend blauer Anzug, für den Max sich schnell entschieden hatte. Dazu empfahl Linda silberne Schuhe. »Wir arbeiten schließlich im Showbiz, Darling.« Sie hielt das Glas Champagner, das die Verkäuferin gebracht hatte, und betrachtete Max-Andreas dabei, wie er durch den Raum schritt.

»Wie angegossen«, kommentierte die Verkäuferin, die sich mit verschränkten Armen und kennerischem Blick näherte. »Sind Sie Tänzer?«, fragte sie. Es war weniger konkret als ein Kompliment gemeint.

»Ja, das ist er«, antwortete Linda. »Ein englischer Tänzer.«

Die Frau schien überrascht. »Dafür sprechen Sie sehr gut Deutsch«, sagte sie zu Max, nickte anerkennend und lächelte.

»Sehr gut ist etwas übertrieben«, antwortete Linda. »Aber es ist gut genug – würden Sie uns noch ein wenig allein lassen, bitte?«

Die Verkäuferin zuckte zusammen und zog sich in den hinteren Bereich des Ladens zurück, wo sie Pullover zusammenfaltete.

Linda und Max stellten sich nebeneinander vor den Spiegel, hoben die Champagnergläser und verharrten. »Wie ein Foto«, meinte Max.

»Aber wir sind lebendig«, antwortete Linda.

Sie sahen sich an, Max hatte seine Hand auf ihre Hüfte gelegt, ihre Gesichter waren nah, und für einen Moment war alles möglich. Linda spürte ihren Herzschlag, und sie spürte auch ein wenig Angst.

Max schaute wieder hinüber zum Spiegel. »Was denkst du?«, fragte Linda ihn.

»Nichts Besonderes. Und du?«

»Ach. Ich bin einfach nur glücklich.«

Er zog seine Hand zurück, sagte: »Ich auch. Ich bin auch glücklich«, und hob sein Glas: »Auf dich!«

Linda hob ihres: »Auf mich.«

»Wir nehmen die beiden Flakons für den Herrn und beide für die Dame«, antwortete Linda an der Kasse der Verkäuferin, die den Duft des Hauses angepriesen hatte. Und zu Max: »Die probieren wir dann zu Hause in Ruhe aus, und wenn sie uns nicht gefallen, verschenken wir sie.«

Die Verkäuferin lachte.

»Das gefällt Ihnen, nicht wahr?«, sagte Linda. »Mit uns haben Sie heute ein tolles Geschäft gemacht, nicht?«

»Ich gebe Ihnen gerne einen Rabatt...«

»Das brauchen Sie nicht.« Linda reichte ihre Karte über den Verkaufstresen.

Während die Verkäuferin die Karte durch den Apparat zog, blickte Linda auf die Rechnung: € 12 549.00. Sie ertappte Max-Andreas, als er auf die Rechnung schielte. »Du bist so großzügig«, sagte er leise.

»Darling, das hole ich in vierundzwanzig Stunden wieder rein. Dank den Lizenznehmern!«

Das Taxi setzte sie vor dem Atlantic Hotel ab, der Butler öffnete die Autotür. »Kommst du noch mit hoch?«, fragte Linda, als das Taxi abgefahren war und sie beieinanderstanden.

»Ich muss zum Stimmtraining.«

»Richtig, das hatte ich vergessen, dann mal hopphopp und los!« Sie winkte und nahm die Stufen in das weiße Gebäude. Dann blieb sie stehen: »Ach, Max?«

Er stand noch auf dem Bürgersteig an derselben Stelle.

»Denk daran, dir morgen ab zehn Uhr freizuhalten. Du weißt ja...«

Max lachte: »Natürlich! Ich liebe doch Überraschungen.«

Die Suite kam ihr so still vor. Sie stellte die Tüten in den Schrank, wo schon die beiden von Prada standen. Linda hatte sie noch gar nicht ausgepackt. Sie wusste nicht mal mehr, was sie gekauft hatte. Ach, ein grauer Pullover war es, Kaschmir, und das andere war... Sie hatte es vergessen. Auf dem Weg zum Sofa fiel es ihr wieder ein: Sie hatte zwei Pullover gekauft. Zweimal Kaschmir, einmal grau, einmal dunkelgrün.

Sie ließ sich auf das Sofa fallen. Die Schuhe behielt sie an. Ein Gefühl von Schwere hatte sie erfasst. Sie fühlte sich wie nach einem Drogenrausch. Getrennt. Verloren. Allein.

8

Sebastian drehte das Wasser in der Dusche auf. Eine weiche, wärmende Schutzhaut um seinen Körper. Ein paar Minuten das Gefühl von vollkommener Sicherheit. Er schloss die Augen und versuchte nur zu genießen.

Er hatte sich eben komplett eingeseift, als sein Handy klingelte. Typisch! Warum hatte er das Ding überhaupt mit ins Bad genommen? Sebastian öffnete die Schiebetür. Das Gerät lag in Reichweite. Auf dem Display war Jens' Name zu erkennen. Sebastian stellte rasch das Wasser ab, hielt das Handy ans Ohr.

»Bist du bereit?«, fragte Jens.

»Wofür?«

»Hat Strecker dich nicht erreicht?«

»Nein.«

»Wir sollen ihn in Altona treffen, an der Elbe, er hat Informationen über die Leiche. Ich hol dich gleich ab.«

Sie parkten nahe der Kaimauer. Til Strecker hatte sich weit darübergebeugt und schaute hinunter auf den Fluss. Knappe Begrüßung, knapper ging es nicht. »Tach!« Als er ihnen die Hand reichte, knarzte seine braune Lederjacke.

»Schauen Sie bitte mal hier runter«, forderte der Hauptkommissar die beiden auf.

Sebastian und Jens reckten sich über die Mauer. Sieben, acht Meter ging es nach unten. Das Wasser schlug über schwere Steinblöcke hinweg gegen die Uferbefestigung. Auf den nassen Steinen hatte sich an einigen Stellen eine Eisschicht gebildet. Strecker rief gegen den Wind: »Ganz schön ungemütlich da unten, was?«

Dann lehnte er sich mit dem Rücken an die Mauer und erzählte: »Die Leiche hat jetzt einen Namen: Paul Sieler, ein arbeitsloser Maurer, gestern Abend als vermisst gemeldet. Ging gerne einen heben. Am Dienstagabend war er mit seinen Kumpels in der Kneipe.« Der Kommissar zeigte auf ein Gebäude in einiger Entfernung, in dessen Erdgeschoss sich das Lokal befand. »Paul Sieler ist länger als seine Kumpels geblieben. Der Wirt erinnert sich, dass er gegen zwei Uhr raus ist. Dann muss er hierhergekommen sein, oder wohl eher getorkelt. Was er dann gemacht hat, wissen wir nicht genau. Ich nehme an, dass er sich auf die Mauer setzte oder versucht hat, sich auf die Mauer zu legen. Jedenfalls ist er runtergefallen, auf den Steinblöcken aufgeschlagen und hat sich das Genick gebrochen.«

Sie schauten alle noch einmal hinunter. Zwei Enten versuchten, auf dem Wasser zu balancieren und an etwas zu gelangen, das wie ein Stück Brot aussah.

»Die Elbe hat die Leiche dann bis nach Blankenese getragen.«

»Woher wissen Sie, dass er an dieser Stelle runtergefallen ist?«, fragte Jens.

»Ganz einfach: Nachdem der Wirt ausgesagt hatte, dass der Mann betrunken weggegangen ist, habe ich mir gleich die nächste Stelle gesucht, wo er in die Elbe hätte fallen können, und das ist hier. Dann haben wir unten die Blutspuren gefunden, was nicht leicht war, die Elbe ist ja zuverlässiger als die beste Putzfrau. Aber schauen Sie noch mal hier...«

Sebastian und Jens folgten seinem Zeigefinger. An der Wand, ein Stück oberhalb der Steinblöcke, waren dunkle Flecken zu sehen.

»Bis dahin ist das Blut gespritzt, da kam selbst die Putzfrau nicht mehr ran.«

Sebastian dachte an seinen Besuch bei Professor Szepek und die Spuren einer Strangulation am Hals der Leiche. Der Kollege hatte dafür keine Erklärung. Spuren eines Kampfes gebe es jedenfalls nicht. Sebastian sagte, er wolle noch mal einen der Zeugen befragen, woraufhin Strecker wortlos sein Handy aus der Tasche zog und die Wahlwiederholungstaste drückte. Sebastian nahm überrascht das Gerät entgegen. Nach wenigen Sekunden meldete sich der Wirt. Sebastian fragte: »Trug Paul Sieler am Dienstagabend einen Schal?«

»Ihr stellt Fragen«, war die Antwort. »Ja, der Paul trug immer einen Schal. Warum?«

»Welche Farbe hatte der?«

»Ich glaube, Blau.«

»Danke. Das war's.«

Professor Szepek hatte also den richtigen Riecher gehabt. Der Rest war leicht zusammenzureimen. Sebastian sagte: »Als die Elbe die Leiche fortriss, muss der Körper irgendwo mit dem Schal hängen geblieben sein, vielleicht gleich hier bei den Steinen, und dabei sind die Würgemale entstanden.«

Til Strecker nickte zustimmend: »Ist richtig, Fink, so wird es gewesen sein.« Der Kollege verabschiedete sich dann und ließ Sebastian und Jens bei der Mauer zurück.

Jens drückte die Hände in die Taschen und trat in der Kälte von einem Fuß auf den anderen. »Und was sagst du jetzt?«

»Du meinst in Bezug auf die Leiche im Theater?«

»Die *angebliche* Leiche im Theater.«

»Tja, es war wohl tatsächlich eine Halluzination«, musste Sebastian einräumen. »Und im Hans-Albers-Theater ist alles in bester Ordnung.«

»Glückwunsch!« Jens schlug ihm auf die Schulter: »Und was heißt das?«

»Was meinst du?«

»Wir haben dieses Wochenende keinen Bereitschaftsdienst, also gehen wir Samstag mal aus.«

»Elektroparty?«

»Im Bunker.«

»Wer legt auf?«

»Ricardo Villalobos.«

Elektrobeats in der Nacht, statt Novemberwetter und Leichen in der Elbe.

Das war verlockend.

9

Sie bereitete einen Tee. Neben einem Wasserkocher gab es in ihrer Suite eine silberne Schale mit diversen Teesorten. Linda ließ den Aufguss ziehen, öffnete eine Schranktür und holte eine Schachtel Kekse hervor. Im nächsten Moment legte sie die Schachtel wieder hinein. Sie überlegte. Dann nahm sie sie wieder heraus, ging hinaus auf den Korridor, wo am Ende der Wagen des Zimmermädchens stand, und warf die Kekse in den Müll.

Mit der Tasse in der Hand setzte sie sich auf das weiße Sofa. Die Gedanken führten sie wieder zu Max-Andreas. Sie hatte ihn gebeten, sich den Tag freizuhalten, weil sie eine Überraschung für ihn organisiert hatte, als Belohnung für seinen gelungenen Einstand in Hamburg: Ein Fahrer sollte sie beide in einer Limousine zur Nordsee chauffieren. In Mantel und Schal würden sie eingehakt an der Strandpromenade von Sankt Peter Ording spazieren. Über den Sand laufen, hin zum eiskalten Wasser, gegen den Wind brüllen, sich kaputtlachen. Und dann im Restaurant Scholle mit Bratkartoffeln essen – der Concierge hatte den Tisch schon gebucht. Zum Abschluss würden sie sich einen Grog erlauben, und am späten Nachmittag wären sie wieder zurück, rechtzeitig zur Abendvorstellung.

Sie waren zwei Menschen, die es in einer halsbrecherischen Branche miteinander so weit gebracht hatten, wie andere es sich nicht mal erträumen konnten. Das konnte man gar nicht genug feiern.

Ach, Max.

Irgendwo klingelte ihr Blackberry. Egal. Sollten die Theaterleute doch allein zurechtkommen. Sie hatte heute frei.

Sie prüfte im Spiegel das Lippenrot – ja, perfekt. Sie legte den Kopf in den Nacken, ließ ihre Haare an ihrem Rücken herunterfließen, drehte sich und schaute über die Schulter in den Spiegel. Ganz kurz ließ sie es zu, sich wieder jung zu fühlen.

Sie sah auf die Uhr. In wenigen Minuten müsste das Auto da sein. Linda überprüfte noch einmal, ob sie alles beisammenhatte. Die weichen Handschuhe, der Schal, die Wollmütze lagen an der Garderobe. Sie zog sich Mantel und Stiefel an.

Wieder klingelte ihr Blackberry. Sie fand ihn im Salon auf dem Fensterbrett.

Ein Husten war das Erste, das sie zu hören bekam.

»Bist du erkältet?«, fragte Linda.

»Ich glaube, ich werde krank«, antwortete Max.

»Was bedeutet das?«

»Es ist besser, wenn ich im Bett bleibe, damit ich heute Abend fit bin.«

»Ja, bleib im Bett«, erwiderte Linda, aber sie hätte in dieser Sekunde losheulen können.

Sie wünschte gute Besserung und beendete rasch das Gespräch. Gefühle verbergen, das konnte sie. Sie hatte es gelernt. Ebenso hatte sie gelernt, das Geschäftliche immer an erster Stelle zu sehen. Da sie in Hamburg keinen Ersatz vom Kaliber eines Duncan Preston hatten, durfte Max in den ersten Monaten kein Risiko eingehen.

Sie schmiss die Handschuhe beiseite, ging hinaus in den Flur und holte sich die verpackten Kekse aus dem Müll zurück. Sie aß ein Stück nach dem anderen. Statt der Scholle und der fetten Bratkartoffeln durfte sie sich das jetzt auch leisten. Nach einer Weile hatte Linda sich wieder beruhigt. Und sie hatte eine Idee.

Sie rief die Rezeption an und bat, einen Geschenkkorb zu bestellen: gesunde Lebensmittel, viel Obst und Säfte. Aber ein paar Pralinen dürften auch dabei sein.

Mit dem Korb in der Hand machte sie sich auf den Weg. Die Wohnung von Max war nur etwa fünfzehn Gehminuten entfernt. Auf der Langen Reihe waren an diesem späten Vormittag nicht viele Leute unterwegs, ein paar Menschen machten eilig Besorgungen, Kinder trödelten oder schwänzten Schule. Eine schwere Wolkendecke lag über der Stadt und verdunkelte diesen Novembervormittag. Das Licht in Geschäften und Cafés war golden und einladend. Linda dachte an Weihnachten und verspürte die erste Vorfreude auf diese Zeit.

Das rotkarierte Hemd, dieser Hinterkopf, die Bewegungen – Linda blieb stehen. Sah sie richtig? Saß etwa Max-Andreas da drüben im Café Enzo?

Linda machte einen Schritt auf die Straße zwischen zwei parkende Autos.

Ja, er war es tatsächlich. Und ihm gegenüber saß eine junge Frau. Sie mochte im Alter von Max sein, hatte langes schwarzes Haar, das über den Augenbrauen gerade abgeschnitten war. Ein hübsches Gesicht. Weniger hübsch war das Muttermal auf der rechten Wange. Diese Frau hatte Linda noch nie gesehen.

Sie stellte den schweren Korb ab. Max war nicht krank. Er hatte sie angelogen. Konnte das wirklich wahr sein? Warum hatte er das getan? Und was sollte sie nun machen? Ihm den Korb ins Café bringen, einfach auf den Tisch stellen und wieder abziehen? Das wäre wahrscheinlich das Beste. Oder so tun, als wüsste sie nicht ... Plötzlich standen die beiden auf. Linda konnte nicht glauben, was sie sah: Max und die Frau umarmten sich innig und lange. Küssten sie sich etwa? Als sie sich anschickten, das Café zu verlassen, ließ Linda den Korb auf der Straße stehen und eilte in den nächsten Laden.

Die beiden kamen über die Straße. Linda ging in Deckung und spähte durch ein Regal aus dem Schaufenster heraus. Max lachte so befreit, es war bis in den Laden zu hören. Linda war verwirrt.

»Kann ich Ihnen helfen?«, fragte eine Stimme in ihrem Rücken.

Linda sah die Töpfe im Regal, das Geschirr, Besteck, Mixer, Waffeleisen, Schneebesen. Ein Haushaltswarenladen. Ausgerechnet. »Nein«, antwortete sie der Verkäuferin, einer älteren Dame, und es klang nicht einmal unfreundlich. »Ich komme allein zurecht.«

Die Verkäuferin nickte, schaute sie aber weiter freundlich an. Sie hatte einen so warmherzigen Blick. »Wissen Sie, ich musste mein ganzes Leben alleine zurechtkommen«, sagte Linda, »ich habe das ...«, sie stockte kurz, »ja, ich habe das eigentlich ganz gut hinbekommen.«

»Das glaube ich«, antwortete die Verkäuferin, »das sieht man Ihnen an.«

Linda war verblüfft über die Antwort, über die Frau, über sich selbst. Die Verkäuferin sah sie einfach nur an, und Linda spürte, dass ihr Tränen in die Augen traten.

»Auf Wiedersehen«, sagte Linda. Sie verließ den Laden, ohne sich noch einmal umzudrehen.

10

Es klopfte an seiner Zimmertür. Anna streckte den Kopf herein: »Ich würde heute mitlaufen, ist das okay?«

Sie war gestern nach einer Verabredung mit Jürgen ungewohnt zeitig nach Hause gekommen und ohne ein Wort in ihrem Zimmer verschwunden. Kein Wunder, sie musste ja auch einiges an Schlaf nachholen.

Sebastian kramte nach seinen Socken. »Seit wann interessiert dich Joggen?«

»Seit heute?« Anna machte ein argloses Gesicht, und Sebastian dachte: schon klar.

»Auf dem Rückweg kaufen wir für morgen ein«, schlug Anna vor. Den Samstagabend verbrachte die WG-Familie meistens zusammen. Das hatte sich schon früh abgezeichnet, nachdem Anna und Leo bei ihm eingezogen waren. Sie kochten gemeinsam, gingen ins Kino oder verbrachten den Abend vor dem Fernseher. Ziemlich gewöhnlich. Und schön.

Aber war nun nicht etwas anders? »Hast du morgen Abend wirklich frei?«, fragte Sebastian.

»Ja, hab ich.«

»Was ist mit Jürgen?«

»Verbringt das Wochenende mit Mutti und den Kindern.«

»Mutti?«

»Seine Ehegattin.«

Aha. Den Humor hatte Anna offensichtlich nicht verloren.

Der nachmittagsblaue Himmel spiegelte sich in den Pfützen im Alsterpark. Die Luft war winterlich frisch. Sie joggten gemächlich nebeneinanderher, unter den riesigen Eichen hindurch, vorbei an Bootsstegen, und kümmerten sich nicht um die anderen Läufer, die viel schneller waren. Sebastian glaubte, dass Anna nach wenigen Minuten schlappmachen würde, aber sie war zäh.

»Mich geht es ja nichts an«, sagte er, »aber hast du eigentlich kein Problem damit, dass Jürgen verheiratet ist?«

Anna stieß kurzatmig hervor: »Ich weiß ja nichts über die Frau.«

»Aber du weißt, dass Jürgen dich heimlich trifft.«

»Ich will nicht darüber nachdenken«, japste sie. Und ein paar Schritte weiter setzte sie noch ein kurzes »Mal schauen« hinterher. So als würde sich das Problem von allein lösen. Genieß den Augenblick – vielleicht nicht die schlechteste Strategie.

»Wie lange noch?«, fragte Anna.

»Einmal um die Alster.«

Sofort blieb sie stehen. »Nein!«

Sebastian lief ein paar Schritte rückwärts, bis er wieder auf ihrer Höhe war.

»Rundrum? Das schaffe ich nicht.«

Sebastian schlug Anna vor, sie solle dann eben zum Supermarkt gehen, er würde nachkommen. Anna stützte keuchend ihre Hände auf die Knie.

Auf die Antwort musste er wohl einen Moment warten.

Er ließ den Blick durch den Park wandern. Es glitzerte so frisch, und das Sonnenlicht zauberte selbst im November ein paar schöne Farben herbei. Doch dann erblickte er zwischen den Joggern ein Gesicht, das ihm bekannt war.

»Wir müssen sofort verschwinden«, zischte er Anna zu.

Anna hob den Kopf.

»Zu spät.« Sebastian nickte in die Richtung, aus der Jürgen angelaufen kam, neben sich eine Frau mit Stirnband und wippendem Pferdeschwanz. In Annas Gesicht: Entsetzen.

Fast wäre das Paar schon vorbei gewesen, da sah Jürgen auf. Er bemerkte zuerst Sebastian, dann Anna und blieb überrascht stehen, während die blonde Frau weiterlief.

»Hi!« Jürgen schlenkerte mit der Hand, ohne sie auszustrecken. Anna grüßte ebenfalls, mit einer unsicheren Handbewegung. Die Frau kam in einer großen Kurve zurückgelaufen. Jürgen stellte sich breitbeinig hin, dehnte sich.

»Hattest du nicht gesagt, du hasst Joggen?«

Annas Lachen klang nicht echt. »Ja, aber ich zwinge mich regelmäßig dazu.« Sie schaute mit einem schnellen Seitenblick nach der anderen.

Die zierliche Frau war auf den letzten Metern zu ihnen vom Lauf- in den Gehschritt übergegangen. Sie musterte Anna und Sebastian. Dann setzte sie ein leichtes Lächeln auf.

»Meine ...« Jürgen zögerte. »Meine Frau Sandra.«

Sebastian streckte die Hand aus, Anna tat es ihm nach. Die schmale Hand von Sandra war gebräunt. »Wir kennen uns von der *Tainted Love*-Premiere,« erklärte ihr Jürgen. »Weißt du –«

»Ich weiß«, antwortete Sandra knapp, »ich durfte nämlich nicht mit.« Sie zwinkerte Sebastian und Anna zu.

Jürgen wedelte mit dem Zeigefinger: »Na, na, das stimmt so aber nicht. Das ist so nicht ganz richtig.«

Sandra lächelte kühl.

»Ich hatte dich gefragt, ob du mitkommen willst, aber du hast mir keine Antwort gegeben, und dann habe ich eben Gerhard gefragt«, sagte er. »Das ist ein Kollege«, fügte er an Sebastian gewandt noch hinzu.

»Du hast mir ja gar keine Zeit gelassen, zu antworten«, sagte Sandra. Irgendetwas an der Situation schien sie zu genießen.

»Entschuldigung, auch das ist nicht richtig, Liebes. Das stimmt so nicht.«

»Genau so war es.«

»Ach, komm, es ist ja auch egal.«

Sandra wandte sich an Anna und Sebastian: »Und wie lernt man sich beim Musical kennen?«

Jetzt wird es richtig interessant, dachte Sebastian, und Annas Antwort kam blitzschnell: »In der Pause. An der Bar.«

Jürgen nickte.

»An der Bar«, wiederholte Sandra. Danach breitete sich zwischen ihnen vieren ein Schweigen aus, bis Sandra es durchbrach: »Jürgen lernt ständig Menschen an der Bar kennen, er lernt überhaupt Menschen immer nur an der Bar kennen.« Sie verdrehte die Augen, dann lächelte sie: »War ein Scherz.«

Annas Lächeln war wie eingefroren. Jürgen wirkte blass.

Die Frau schaute zwischen ihnen hin und her. »So, Schatz«, sagte sie mit einem entschiedenen Ton, »lass uns weiter.«

Den Blick, den Jürgen und Anna tauschten, hatte sie aber nicht mehr gesehen. Oder nicht sehen wollen.

11

Nervös wählte Linda die Nummer von Max. Während es tutete, stand sie auf und ging ein paar Schritte.

Er klang gutgelaunt. »Hallo Linda!«

»Wie geht es dir, Max?«

»Besser, danke!«

»Hast du dich ausgeruht?«

»Und ob.«

Sie versuchte es beiläufig klingen zu lassen: »Ein bisschen frische Luft wäre vielleicht auch gut gewesen.« Sie lauschte angespannt.

Ihr war, als ob Max einen Moment gezögert hätte.

»Frische Luft? Ja, wäre gut gewesen. Und was tu ich? Liege die ganze Zeit im Bett.«

»Die ganze Zeit im Bett.«

»Bin aber fit für die Show.«

»Sehr schön«, erwiderte Linda. Ihr war schwindelig.

»Sag mal, Linda...«

»Was ist denn?« Sie hatte versucht, ihrer Stimme Kraft zu geben, obwohl sie das Gefühl hatte, dass ihr der Boden unter den Füßen absackte und sie gleich fallen würde, nur noch fallen.

»Wollen wir uns morgen zum Frühstück treffen?«

Ein Strohhalm. »Ja. Sehr gern.«

»Linda, ist irgendetwas?«
»Nein nein. Alles okay.«
»Du klingst so ... eigenartig.«
»Ich war abgelenkt, Max, ein Geräusch.«
»Ein Geräusch?«
»Auf dem Gang, die Putzfrau wahrscheinlich.«

In dieser Nacht schlief Linda schlecht. Mal war es ihr zu heiß, dann wieder zu kalt. Sie träumte viel und wirr, wachte immer wieder auf. Sie setzte sich aufrecht und starrte ins Dunkel. Sie hörte ihren Atem. Wofür atmete sie?

Sie knipste das Licht der Nachttischlampe an. Der Raum, mild beschienen. Warum nur log Max sie an?

Was war passiert?

Wer war die Frau mit dem Muttermal?

Linda zog den Pelz über das dünne Nachthemd und trat hinaus auf die Terrasse. Sie zündete sich eine Zigarette an. Warum regte sie sich überhaupt so auf? Max-Andreas traf sich mit einer Frau – na, und? Er war doch an Frauen gar nicht weiter interessiert.

Die nackten Äste der Eichen am Ufer knackten im Wind. Die mehrspurige Straße, die an der Außenalster entlangführte und weiter über die Brücke, Richtung Sankt Pauli, war leer. Nur die Ampeln an der Kreuzung spielten ungerührt ihr immergleiches Spiel.

Linda sog den Rauch ein. Sie suchte nach Erklärungen. In ihrem Kopf ein riesiges Suchprogramm, das nicht funktionierte.

Konnte es sein, dass Max gar nicht schwul war? Natürlich konnte das sein. Aber warum sollte er ihr das vormachen? Linda pustete den Rauch in die Nachtluft, schnippte die Kippe ins Dunkel.

Sie hatte sich auf ein Leben allein eingerichtet. Sie hatte sich damit abgefunden. Dann war Max aufgetaucht. Es war eine Partnerschaft entstanden, in der der eine wusste, womit der andere beschäftigt war, was ihn bewegte und was er brauchte. Bis auf die körperliche Liebe waren doch alle Ingredienzen einer engen Beziehung vorhanden. Bei ihnen kam sogar noch hinzu, dass sie zusammenarbeiteten und Erfolg hatten. In welcher Partnerschaft, in welcher Ehe gab es solch ein Glück? Max-Andreas Benson und Linda Berick – auf geheimnisvolle Weise tief miteinander verbunden und doch frei. So hatte Linda es immer empfunden. Und Max?

Die Alster schwarz und schweigsam, die nächtliche Stille weit und leer.

Linda weinte.

Am nächsten Morgen wachte sie früh auf. Bis zum Treffen mit Max waren noch drei Stunden Zeit.

Sie nahm ein Bad, wusch sich die Haare. Sie drehte Lockenwickler ein, föhnte ausgiebig. Sie saß lange vor dem Schminkspiegel und dachte: Warum tue ich das alles?

Mit geneigtem Kopf schaute sie in den Spiegel. Kaum Falten, die Haut einigermaßen straff, die Augen groß, klar und lebendig. Doch, sie sah gut aus. Objektiv. Aber dennoch blieb ein Zweifel. Linda schminkte sich sorgfältig.

Nach den Schuhen zog sie den Mantel an, da meldete sich die Rezeption. Sie dachte: Egal, was man von mir will – das Frühstück mit Max lasse ich nicht ausfallen. »Ich höre«, sagte sie.

»Eine Nachricht von Herrn Benson.«

Eine Nachricht von Max? Linda hielt die Luft an. »Ja?«

Der Rezeptionist las vor: »Frühstück muss leider ausfallen. Melde mich später. Max.«

Lange stand sie neben dem Telefon. Auf der Alster spielten die Strahlen der Morgensonne. Sie sah Max und seine Freundin im Bett, Haut an Haut. Natürlich hatten sie die Nacht miteinander verbracht, und jetzt, wo er den Termin mit der Alten losgeworden war, konnten sie's weitertreiben.

Linda zog die Schuhe aus, den Mantel behielt sie an. Sie tappte hinüber ins Schlafzimmer, ließ sich auf das Bett fallen.

Das Telefon. Linda räusperte sich, bevor sie abhob, das Gehirn wie in Watte – hatte sie geschlafen? O ja, sie war eingeschlafen.

Am Telefon wieder der Rezeptionist. »Ich wollte Sie nur informieren, dass Herr Benson zu Ihnen kommt... Frau Berick?«

»Ist er schon im Haus?«

»Er kommt gerade zu Ihnen hinauf.«

Sie sprang auf, riss den Mantel herunter, klopfte ihre Kleidung zurecht, strich sich mit den Händen über das Gesicht, wie um es glattzustreichen. Sie öffnete die Tür, noch bevor es geklopft hatte, horchte. Hörte Schritte. Sie hatte Angst.

»Sweetie!«, rief Max-Andreas. Er umarmte sie, gab ihr rechts und links einen Kuss. Sie reagierte kaum. Als er ihr im Sofa gegenübersaß, versteckte sie ihre zitternden Hände unter einem Schal. »Ich hätte so gerne mit dir gefrühstückt!«, sagte er, wie berauscht. »Aber meine Mutter..., du weißt schon. Ich musste ewig lang mit ihr telefonieren. Es geht ihr wieder nicht so gut.«

Die alte Leier. Sonst gingen ihm seine Mutter und ihre Krankheiten auf die Nerven – und jetzt glaubte er, sie als Ausrede benutzen zu können?

»Ich konnte das Gespräch unmöglich verschieben, später muss sie zum Arzt...«

Linda dachte: Er ist ein verdammt guter Schauspieler.

Plötzlich hörte sie sich Worte sagen: »Wer-war-die-Frau?« Der Ton hatte Max erschreckt und sie auch.

»Welche Frau?«

»Tu doch nicht so!«, schrie Linda. »Die Frau, mit der du dich gestern heimlich im Café getroffen hast, mein Gott!«

»Ich habe mich mit keiner Frau getroffen...«

»Wie kannst du es wagen, mich so anzulügen. Die Frau, mit der du auf der Langen Reihe herumstolziert bist wie ein verliebter Gockel.«

So ernst und hart hatte Linda das Gesicht von Max zuvor nie gesehen. Aber schlimmer war sein Blick: Verachtung. Linda blieb die Luft weg. Er mochte denken, was er wollte, aber verachten durfte er sie niemals.

»Du Schwein!«, platzte es aus ihr heraus. »Du bist ein Schwein. Du hast mich ausgenutzt!«

Was Max von sich gab, als er wutentbrannt die Suite verließ, spielte keine Rolle mehr. Die Tür knallte hinter ihm zu. Linda brach in Tränen aus.

12

Der Samstagabend. Sie hatten einen großen Salat zubereitet, Pizza bestellt, vor dem Fernseher gegessen, eine Samstagabendshow gesehen und zu dritt einen Eisbecher geleert. Bevor sie jedoch gegessen hatten, war Leo mit einem Grinsen und einem Blatt Papier in der Hand in die Küche gekommen, wo Anna Gurken für den Salat schnitt. Sie sah ihren Sohn fragend an. »Diktat«, antwortete Leo.

»Diktat?«

Er hatte es am Vortag geschrieben. Anna wischte die Hände an einem Geschirrtuch ab, nahm das Papier entgegen und traute ihren Augen nicht. »Nur ein Fehler!«, rief sie. Sie nahm Leo in den Arm und sah nicht, dass Sebastian und er sich zuzwinkerten.

Merkwürdig: Der bebrillte Jürgen war an diesem Abend kein Thema gewesen. Vielleicht lag es an Leos Anwesenheit? Oder woran sollte es sonst liegen?

Irgendwann hatte Anna Leo ins Bett gebracht und Sebastian sich für das Nightlife umgezogen. Als Sebastian um halb zwölf aus dem Haus trat, wartete das Taxi schon.

»Wo geht's hin?«, fragte die Fahrerin, eine bunte Person um die fünfzig, lila gefärbte kurze Haare, leuchtend blauer Pullover.

»Zum Hochbunker in Sankt Pauli.«

»Ah, zum Bunker, da ist doch heute diese … wie heißt das?«

»Elektroparty.«

»Elektroparty!«, wiederholte die Taxifahrerin laut. Dann musterte sie Sebastian, der neben ihr auf dem Beifahrerplatz saß. »Die Jacke ist vielleicht etwas dünn. Es ist kalt. Willste dir nicht noch schnell eine dickere holen?«

Wie sich doch die Menschen nachts verändern, dachte Sebastian. Er dankte für den Hinweis, aber seine Jacke war warm genug. »Ist viel los in der Stadt?«, fragte er.

»Viel los? Na hör mal! Die *Nacht der Theater* geht gerade zu Ende, in der Color Line Arena war ein Konzert, und Fußball war auch noch. Da steppt der Bär. Und alles konzentriert sich auf die Reeperbahn. Super ist das! Das gibt viele Patienten.«

»Patienten?«

»So nennen wir die Kunden.«

Unterwegs erfuhr Sebastian noch, dass das Taxi ihr gehörte, sie nur nachts fuhr, gerne und viel mit den Leuten redete und dass sie viele Geschichten zu hören bekam, die am Tage im Verborgenen blieben. Auch eine Welt für sich.

Der Hochbunker, ein gewaltiger Betonbau neben dem Heiligengeistfeld und dem Stadion des FC St. Pauli, zeichnete sich schwer und grau gegen den nassen Novemberhimmel ab. Die Leute warteten in einer langen Schlange geduldig und ruhig auf Einlass – die Bunkerpartys im obersten Stockwerk gehörten zu den besten der Stadt. Der Türsteher konnte immer nur zehn Leute einlassen, so viele passten in den Aufzug, der die Gäste nach oben transportierte.

Sebastian hielt Ausschau nach Jens, aber der kam entweder

später, oder er war schon oben. Vor dem Aufzug war die Garderobe. Sebastian beobachtete, wie sich eine Frau vorsichtig ihre Mütze vom Kopf zog. Dunkle Locken kamen zum Vorschein, vertraute Locken, sein Puls beschleunigte. Als die Frau sich umdrehte, hielt er für einen Moment die Luft an. Marie – sie war es tatsächlich. Sie tuschelte mit ihrer Freundin, während sie vor dem Aufzug warteten, sie fuhr sich durch die Locken, scheitelte das Haar unauffällig, brachte es in Form. Sebastian würde sie da drinnen überraschen. Mal sehen, was dann noch alles passierte. Als er seine Jacke an der Garderobe auszog, überlegte er. Wie lange war es her, dass er sie – oder sie ihn? – aus dem Club an der Reeperbahn abgeschleppt hatte? Sie hatten ihre Telefonnummern getauscht, doch nachdem Sebastian ihre Wohnung verlassen hatte, hatten sie beide nichts mehr voneinander hören lassen. Für einen Moment überlegte er, ob Marie sauer auf ihn sein könnte. Aber das war Quatsch – sie hätte ihn ja genauso anrufen können.

Sebastian trat aus dem Aufzug. Elektrobeats schallten über die tanzende Masse hinweg, die sich wie ein wogendes Meer durch die Halle zur Bühne bewegte, von wo der DJ die Bässe losschickte.

Rechts erstreckte sich eine endlose Bar, hinter der die Barkeeper rotierten. Sebastian schlenderte mit einem Bier durch die Räume. Es waren kleine und größere Bereiche, in denen Leute sich auf alten Sofas lümmelten und die Vorbeigehenden aus den Augenwinkeln abcheckten. Er hielt Ausschau nach Marie, doch es war zu voll, das Licht zu diffus. Früher oder später würden sie aufeinandertreffen. Als er wieder an der Bar vorbeikam, sah er dort Jens mit einer Bierflasche in der Hand. Er trug ein enges schwarzes Hemd und eine helle Jeans. Sebastian hatte sich ein weißes T-Shirt angezogen, dazu Jeans und die roten Turnschuhe. Sie lehnten sich an eine der rauhen Wände aus Beton und schauten sich um.

»Was sagen wir dieses Mal?«, fragte Sebastian.

»Ich bin Atomphysiker«, meinte Jens, dem immer noch etwas Neues einfiel.

Sebastian lachte. »Gut, dann bin ich das auch.« Er musste an Linda Bericks Bemerkung denken, dass manche Leute am Theater Realität von Illusion nicht unterscheiden könnten. Auch im Club gab es viele Menschen, und vor allem die jüngeren, die für ihren Auftritt in der Nacht lebten, die auf Podesten tanzten und sich feiern ließen. Jens behauptete, die tollsten Leute im Club säßen tagsüber im Supermarkt an der Kasse.

Jetzt nickte er Sebastian zu – das Zeichen, dass sie wieder ausschwärmten, jeder für sich, jedoch wissend, dass sie sich in den nächsten Stunden immer wieder begegnen würden.

Im Gang zu den Toiletten entdeckte Sebastian sie. Sie stand allein am Zigarettenautomaten und zählte Münzen. Sebastian überlegte nicht lange. Er tippte Marie auf die Schulter. Sie drehte sich um. »Was ist?«

Sie sah ihn nicht an, sie sah durch ihn hindurch.

»Erkennst du mich nicht?«, fragte Sebastian.

»Doch, klar.«

»Wie geht's dir?«

»Gut, danke.«

»Wirklich? Marie?«

Sie fuhr sich mit der Hand durch die Locken. »Ja, mir geht es sogar sehr gut.«

»Warum bist du dann so – merkwürdig?«

»Diese Frage solltest du dir selbst mal stellen.« Sie lächelte, aber ihr Gesicht hatte nichts Freundliches.

Sebastian kapierte nicht, was los war.

»Okay«, sagte sie, »offenbar schnallst du es nicht: Ich habe dir meine Telefonnummer gegeben, und du hast nie angerufen, nicht einmal, um zu sagen, dass es schön war, oder meinetwegen, dass es *nicht* schön war. Und jetzt soll ich mich freuen, dich wiederzusehen?«

»Du hast auch nicht angerufen«, sagte er vorsichtig.

»Und darüber bin ich jetzt auch froh.«

Sebastian blieb allein am Automaten zurück. Eine solche Abfuhr hatte er schon lange nicht mehr bekommen.

»Was ist los?«, fragte Jens an der Bar.

Nachdem Sebastian erzählt hatte, sagte Jens: »Ach, jetzt müssen sich also die Männer wieder bei den Frauen melden – interessant! Diese Marie macht sich das ein bisschen einfach, wenn du mich fragst.«

Sebastian wusste nicht, ob er Jens recht geben sollte. Jens hatte gut reden – er interessierte sich mehr für Männer. Aber dann entschied Sebastian: Ja, Jens hat absolut recht! Marie macht es sich wirklich zu einfach, und er musste den Vorfall jetzt vergessen.

Er fand wieder zurück in die entspannte Atmosphäre des Clubs. Es war ein warmer energetischer Fluss, der durch die Räume strömte, über die Köpfe der Tanzenden hinweg, entlang der Bar, durch Sebastians Körper hindurch und weiter.

»Und – schon eine Entdeckung gemacht?«, fragte er.

Jens suchte mit zusammengekniffenen Augen den Saal ab, zog Sebastian am Ellbogen näher und zeigte auf einen hochgewachsenen Mann, der sich angeregt mit einer blonden Frau unterhielt. »Den finde ich super.«

Das gibt es nicht, dachte Sebastian. Jetzt würde er Jens überraschen. »Soll ich ihn für dich ansprechen?«

Jens sah ihn an. »Wenn du heute zur Abwechslung einen Typen abschleppen willst, dann nicht gerade den, bitte schön!«

Sebastian lachte und machte sich auf den Weg. Keine fünf Minuten später war er mit den beiden zurück. »Das ist Jens, von dem ich euch eben erzählt habe.«

Jens schaute verwundert in die Runde.

»Hallo, wie geht's?«, sagte der Mann mit einem leichten englischen Akzent. »Ich heiße Max-Andreas, und das ist Olga.«

»Wir kennen uns von der Premiere«, erklärte Sebastian. »*Tainted Love.* Sie sind die Hauptdarsteller.«

Für einen Moment war Jens sprachlos. »Sebastian hat mir von dem Musical erzählt«, sagte er dann. Während er mit den beiden eine Unterhaltung aufnahm, betrachtete Sebastian Olga. Sie hatte ihr blondes Haar so aufgesteckt, dass es in großen Locken auf den Rücken herabfiel. Ihr glitzerndes Top war hauteng und floss über den Oberkörper in einen kurzen Plüschrock hinein. Die langen Beine wurden durch die hohen Pumps noch länger. Ihr Körper schien perfekt, fast irreal. Ihr Gesicht war ebenmäßig schön, mit offenen, hellen Augen, die ihn frech musterten, als wollte sie sagen: Ich weiß, ich bin toll.

Max-Andreas schlug vor, eine Runde Kurze zu bestellen. Er orderte Wodka. Als sie anstießen, rief der Tänzer: »Auf das Vergessen!«

»Auf das Vergessen!«

Nachdem sie getrunken hatten, fragte Sebastian: »Was wollen wir denn vergessen?«

»Alles«, sagte Max-Andreas mit einer eindeutigen Handbewegung.

»Den Stress«, schlug Olga vor. »Wir haben eine so stressige Zeit im Theater.«

»Wir vergessen alles, was wichtig ist«, meinte Jens.

»Was macht ihr denn eigentlich?«, fragte Olga. »Ich meine, beruflich.«

»Wir sind Atomphysiker«, antwortete Jens. »Die zwei jüngsten Atomphysiker Europas.«

Olga sah von Jens zu Sebastian und wieder zurück. »Das glaube ich nicht.« Aber ihr Gesicht verriet, dass sie unentschieden war.

»Es stimmt auch nicht ganz«, sagte Sebastian. »Wir sind nur die jüngsten Atomphysiker in Hamburg.«

»Wusste gar nicht, dass es so was in Hamburg gibt«, meinte Olga.

Plötzlich standen wieder vier Kurze vor ihnen auf dem Tresen, die der Barkeeper spendierte.

»Das haben wir euch zu verdanken«, sagte Jens.

»Auf die Nacht!«, rief Max-Andreas.

»Auf die Nacht!«

Sebastian spürte die wattige Wirkung des Alkohols. Jens und Max-Andreas unterhielten sich, Olga lehnte mit dem Rücken am Tresen und ließ ihren Blick über die tanzende Menge schweifen. Was für eine Frau, dachte Sebastian. Und was für ein Ort. Zwischen den Welten, dem Himmel nahe und von der Erdanziehungskraft gerade noch gehalten, und

Olga sieht einfach umwerfend aus. Halb Puppe, halb Mensch, nein, etwas Überirdisches, das war es. Oder lag alles nur am Wodka?

Jens hatte wieder Kurze bestellt. Als Sebastian sein Glas kippte, glaubte er, Olga hätte ihm beim Anstoßen tief in die Augen geblickt. Aber er war noch weit von der Sicherheit entfernt, die Frau zum Tanzen aufzufordern. Oder sich neben sie zu stellen und sie wie zufällig zu berühren. Eine weitere Zurückweisung würde er heute schwer ertragen. Aber dass Olga flirtete, war doch eigentlich klar, oder? Er hätte Jens gerne gefragt, ob er das auch so sah, aber der war mit dem Tänzer beschäftigt.

Wieder Kurze. Sebastian verlor langsam die Kontrolle, aber was nutzte hier schon Kontrolle? Höchstens könnte er mal abchecken, ob Olga überhaupt frei war.

Jens stand plötzlich allein, und Sebastian bat ihn, herauszufinden, ob Olga, und so weiter. Jens war gesund betrunken, mit allen Vorzügen wie Mutigsein, aber ohne die Nachteile wie Lallen. »Kein Problem«, sagte Jens und tippte Olga an. »Bist du eigentlich verheiratet?«

»Wie kommst du denn *darauf*?«

»Bist du in einer Beziehung?«

»Bin ich nicht.«

»Er« – Jens zeigte mit dem Finger auf Sebastian – »hat übrigens keine Freundin.« Jens drehte sich einfach wieder um.

Für einen kurzen Moment war Olga verwirrt. Dann kam sie rüber zu Sebastian und sagte: »Ich bin frisch getrennt, möchte aber trotzdem keinen Freund. Ich ziehe nämlich im Frühjahr nach Stuttgart.«

»Stuttgart?«

»Ein neues Engagement«, sagte sie und nahm seine Hand.

Sie tauchten ein ins wogende Meer der Tanzenden und wurden von einer Menschenmasse sanft aneinandergedrückt. Als sie sich umarmten, war es selbstverständlich. Zeit verging, eine Minute, eine Stunde, ein Jahr – Sebastian wusste es nicht. Als Olga die Augen schloss, küsste er sie. Weiche Lippen, leichter Schwindel. Es wurde ein langer Kuss. Er umfasste sie, spürte, wie schmal und fest sie war, warm und verschwitzt. Beim Tanzen umarmte Olga ihn von hinten, hob seine Hand, zog sie über ihre Köpfe hinaus, er sollte sich drehen, was er artig tat. Er zog Olga hinüber zur Wand, wo Paare dezent miteinander zugange waren, auch Jens und der Tänzer. Sebastian stellte sich mit Olga einfach daneben. Zeit existierte nicht mehr, Musik nur entfernt, irgendwo. Es war perfekt.

Irgendwann waren die Jungs weg. War es zwei Uhr oder fünf? Olga zog Sebastian zurück an die Bar. Jens und Max-Andreas waren dort und tranken schon wieder Kurze. Sebastian hatte genug. Olga ebenso. Sebastian bestellte Wasser und überlegte, wie es weiterginge. Wollte er mit Olga ins Bett? Ja, was sonst? »Sag mal, Olga, wie …«

Sie war weg. Sebastian schaute sich um: Dort hinten ging sie, in Richtung Toiletten.

Er setzte sich auf einen Barhocker und wartete. Da traf ihn ein Blick – Marie sah ihn im Vorbeigehen abschätzig an. Uupps! Das hatte gesessen. Blöde Ziege. Egal. Er musste jetzt aufpassen, dass die Stimmung nicht kippte. Kaum hatte er das gedacht, nahm er mit einemmal die Erschöpfung wahr.

War der Schwung schon raus? Hoffentlich nicht. Hatten Olga und er das Beste etwa schon hinter sich? Würde es zu Hause nun nicht wie immer ablaufen? Und wenn dann ein oder zwei Tage vergangen waren, bereute man schon wieder einiges.

»Es ist schon vier Uhr; ich muss heim«, sagte Olga. Er hatte sie nicht kommen sehen, sie musste sich neben seinen Barhocker gebeamt haben. Sie war eine Außerirdische. Aber sie war müde, ein normaler Mensch, wie er.

Vielleicht hatten sie das Beste doch noch vor sich. Manchmal war es besser, ein paar Tage verstreichen zu lassen und sich dann noch einmal zu treffen. Nüchtern.

Jens und Max-Andreas blieben noch. Draußen tauschten Sebastian und Olga ihre Nummern. Dann fuhr sie im Taxi davon. Sebastian atmete die kalte Winterluft ein. Er lächelte. Irgendwie war doch alles ganz gut. Er fühlte sogar so etwas wie Glück.

13

Als er am Nachmittag gegen drei Uhr in Hamburgs Norden fuhr, wo das Präsidium lag, war Sebastian noch ganz high von der Nacht im Hochbunker. Wie ein sich entfernendes Gewitter klang der Rhythmus der Clubmusik in ihm nach. Er fühlte Olgas Körper, sah ihre weiße Haut, rief sich ihren Geruch in Erinnerung. Doch er musste sich zügeln, denn er fuhr zur Arbeit.

An diesem Wochenende hatte er keinen Bereitschaftsdienst, aber die Belegschaft war wieder mal überlastet, und Eva Weiß hatte angerufen und ihn vorsichtig gedrängt, »wenn möglich, dann bitte unverzüglich« bei ihr zu erscheinen. Es sei etwas passiert. Worum es ging, wollte sie am Telefon nicht sagen. Die Leiterin des Morddezernats war nervös, was untypisch für sie war, und Sebastian hatte sich gleich auf den Weg gemacht.

Die Wochenenden: Ab Freitagabend stieg die Anzahl der kriminellen Vorkommnisse in Hamburg, wie in anderen Großstädten, stark an. Es war immer dasselbe, und bei diesem Gedanken meldete sich auch Sebastians schlechtes Gewissen, artig und stets einsatzbereit. Mitten am Wochenende, in der Samstagnacht, hatte er die schillerndsten Stunden des Jahres erlebt. Ausgerechnet er, der jüngste Hauptkommissar der Stadt, der fleißige und zuverlässige Arbeiter.

Sebastian dachte daran, wie er die Arbeitsstelle in Hamburg bekommen hatte. Es war viel Glück dabei gewesen. Er hatte sich just zu dem Zeitpunkt beworben, als der Nachfolger für die freigewordene Stelle ausgefallen war, und dann war man auch noch bereit gewesen, einen Vierunddreißigjährigen zum Hauptkommissar zu ernennen. Dass er auf dieser Position der Jüngste in der Geschichte der Hansestadt war, hatte Sebastian erst später erfahren. Frau Börnemann aus der Verkehrsabteilung hatte es ihm verraten.

Was ihm geholfen hatte, waren die Tipps seines Vorgängers und inzwischen pensionierten Herrn Lenz gewesen. Ein Kommissar müsse seinen Job wie einen Marathon ansehen, hatte der gesagt, wie einen Wettkampf zwischen Jäger und Gejagtem. Es gehe nicht darum, auf das Ziel loszupreschen. Wer das versuche, würde oft genug erleben, dass sich das Ziel einfach in Luft auflöste, gerade wenn man glaubte, es erreicht zu haben. Nein, es komme darauf an, die Kräfte richtig einzuteilen, auf gute Nerven und einen sehr langen Atem und dann zu laufen, laufen, laufen, bis der Gegner aufgab. Dies gelte für die Bearbeitung der einzelnen Fälle ebenso wie für die gesamte Karriere.

Um lange durchzuhalten, brauchte man Pausen. Und für Sebastian war das Eintauchen in die Welt des Nightlife die bestmögliche Erholung von seinem Daylife.

Als er die Treppen zum Eingang des Präsidiums hinaufging, dachte er wieder an Olga. Er hätte sie gerne schon heute angerufen. Aber das wäre zu aufdringlich gewesen. Schließlich waren sie erst vor wenigen Stunden auseinandergegangen. Er würde sie morgen anrufen, da war Montag – das war unverfänglicher.

Seine Chefin Eva Weiß, eine Frau von etwa sechzig Jahren, saß kerzengerade an ihrem gläsernen Schreibtisch und sprach ins Telefon. Sebastian wartete. Von weitem sah die dünne Frau in ihrem dunklen Kostüm und ihrem hellen Büro aus wie ein Buchstabe auf einem weißen Blatt Papier. Sebastian überlegte, welchem Buchstaben sie am ehesten entsprach, und musste innerlich kichern. Es war albern, wahrscheinlich litt er noch unter so etwas wie Restalkohol.

Als die Chefin auflegte, klirrte die feine silberne Kette an ihrem schmalen Handgelenk leise auf dem kalten Glas. Die Leiterin des Morddezernats zeigte auf den Stuhl vor ihrem Tisch, und Sebastian setzte sich.

»Vielen Dank, dass Sie so schnell gekommen sind. Herr Santer und Frau Schell sind auch schon unterwegs.«

Jens und Pia, dachte Sebastian, auch sie wieder ohne freien Sonntag. Mit dem Zeigefinger fuhr sich Eva Weiß über ihre silberblond gefärbten Haare, die perfekt in der Mitte gescheitelt waren. Dabei sah sie Sebastian aus kleinen Augen an: »Sie haben von dem neuen Musical gehört?«

»*Tainted Love*? Ich habe es sogar schon gesehen«, sagte Sebastian und hatte den Eindruck, dass sich unpassenderweise ein Hauch von Stolz in seine Antwort hineingemogelt hatte.

»Es gibt da einen Toten …«, erwiderte die Chefin knapp.

Sebastian stutzte. »Schon wieder?«

»Mir ist nicht zum Spaßen zumute, Herr Fink.«

»Entschuldigen Sie bitte.«

Ihre schmalen Lippen sahen aus wie zwei hell leuchtende rote Striche, aus denen Wörter hervorkamen: »Es handelt sich um ein Mitglied aus dem Ensemble.«

Sebastian setzte sich auf seinem Stuhl zurecht. Er spürte, dass sein Herzschlag sich beschleunigte. Eva Weiß suchte zwischen den Papieren auf ihrem Tisch. »Ein Mann. Er ist halb deutsch.«

Sebastian wurde nervös. Eine diffuse Ahnung.

Eva Weiß zog einen Zettel zu sich heran. »Hier haben wir es. Also: Es handelt sich um einen Engländer, dessen Mutter eine Deutsche ist ...«

Sebastian durchfuhr ein kalter Schauder. Er wollte es nicht hören.

»Aha, daher auch der gemischte Name. Der Mann heißt Max-Andreas Benson.«

Schock.

»Wie bitte?«, fragte Sebastian.

»Max-Andreas Benson«, wiederholte die Chefin. »Er wurde zu Hause in seinem Bett gefunden – Herr Fink, ist Ihnen nicht wohl?«

Seine Gedanken überschlugen sich: Szenen im Club. Tanzen. Körper. Elektrobeats. Sie tranken, um zu vergessen. Um was zu vergessen? Ein Unfall. T-O-T? Das kann doch nicht wahr sein! Es muss ein Unfall gewesen sein! Sebastian musste sich fassen.

»Weiß man schon, was und wann es passiert ist?«, fragte er.

»Die Putzfrau kam um elf Uhr in die Wohnung und fand Herrn Benson tot in seinem Bett. Sie rief Notarzt und Polizei. Es wurde festgestellt, dass der Mann erst wenige Stunden tot war. Todeszeitpunkt zwischen sieben und neun Uhr. Ursache unbekannt. Es gibt Ungereimtheiten. Die Nachbarn im Haus sind schon befragt worden, alle haben geschlafen. Außer einem älteren Herrn, der im Treppenhaus um halb acht eine Wohnungstür hat zuklappen hören. Die Spurensicherung ist in der Wohnung, die Leiche in der Gerichtsmedizin.«

Eva Weiß beugte sich ein wenig zu ihm vor: »Herr Fink, so wenig Aufsehen wie möglich.«

Sebastian nahm die Akte und ging. Er hatte weiche Knie. In seinem Büro schloss er die Tür hinter sich. Er setzte sich auf das Fensterbrett. Er wählte Jens' Nummer. Es tutete endlos. Sebastian versuchte seine Gedanken zu ordnen. Jens' Stimme. Aber nur vom Band: »Bitte sprechen Sie nach dem Piepton...« Er sprach kein Wort. Jens würde ja bald hier sein.

Er ging auf und ab. Er versuchte, die Nacht im Bunker zu rekonstruieren. Er sah Olga, fremde Menschen, laute Musik, ihre Vierergruppe, die Stimmung aufgeladen, wie ein Traum. Sie hatten viel getrunken. Als Olga ins Taxi stieg und er nach Hause ging – gegen vier Uhr –, waren Max-Andreas und Jens noch geblieben. Vielleicht war Jens danach mit dem Tänzer nach Hause gegangen... Sebastian biss sich auf die Unterlippe. Dann hätte Jens ein gewaltiges Problem. Sebastian nahm ein Gummiband, drehte es ungeduldig in der Hand, bis es davonflog. Er nahm ein neues.

Es klopfte. Die Tür öffnete sich vorsichtig, und ein Pagenkopf mit Brille erschien.

»Gut, dass du da bist, Pia! Mach mal die Tür zu.«

Pia sah ihn alarmiert an. Sebastian erzählte, was geschehen war, worauf Pia pragmatisch fragte: »Hast du schon mit der Spurensicherung gesprochen?«

Das hatte er noch nicht getan. Wann auch? Er ließ sich

verbinden, aber die Kollegen hatten noch keine Ergebnisse. Sebastian zog das Gummiband so weit auseinander wie möglich. »Dann fahren wir jetzt zu Professor Szepek und sehen uns die Leiche an«, sagte er. Die Leiche eines Menschen, mit dem er vor wenigen Stunden noch gefeiert hatte. Sebastian schoss das Gummiband quer durch den Raum.

In dem Moment klopfte es wieder. Sebastian und Pia sahen sich an.

»Hi!«, sagte Jens in der Tür. Er war gut gelaunt. Sehr gut gelaunt.

»Du hast es noch nicht erfahren«, sagte Sebastian.

»Was erfahren?«

»Um Himmels willen, Jens, setz dich.«

Er wollte nicht lange drum herumreden. Als Jens sich niedergelassen hatte, sagte Sebastian: »Max-Andreas ist tot.«

»Wie?« Jens hatte den Kopf nur einen kleinen Zentimeter bewegt, als wäre die Information einmal durch sein Hirn geschossen. »Quatsch. Was soll das?«

»Es ist wahr, Jens. Er ist heute früh gestorben.«

»Spinnst du?« Jens' Blick ging von Sebastian zu Pia.

»Es ist leider wahr«, bestätigte Pia ruhig.

»Was ist passiert?«

Sebastian wiederholte, was die Chefin berichtet hatte, und Jens wurde mit jeder Sekunde noch blasser, als er ohnehin schon war. Er stammelte: »Nach dem Bunker haben wir uns ein Taxi geteilt, ich habe ihn zu Hause abgesetzt und bin dann weiter zu mir.«

Wenigstens war Jens damit aus der Schusslinie. »Wann war das?«, fragte Sebastian.

»Um fünf sind wir aus dem Club gekommen. Etwa

Viertel nach fünf bei ihm, zehn Minuten später war ich zu Hause.«

»Hat man dich gesehen?«

»Der Taxifahrer und eine Nachbarin im Treppenhaus.«

Sebastian nahm seinen Mantel vom Haken. »Wir müssen los, in die Gerichtsmedizin. Willst du lieber hierbleiben?«

Jens stand auf. Er war ganz weiß. »Gebt mir ein paar Minuten«, murmelte er.

14

Pia saß reglos auf dem Beifahrersitz und starrte nach vorne, wo der Scheibenwischer alle paar Sekunden das Wasser beiseiteschob. Jens saß hinten und schaute schweigend aus dem Seitenfenster. Die Dämmerung hatte inzwischen eingesetzt.

Professor Szepek empfing sie stehend im gekachelten Saal. Er bat die drei, ihm in den hinteren Teil zu folgen, und führte sie zu einem Tisch. Unter dem weißen Tuch zeichneten sich die Konturen eines menschlichen Körpers ab. Szepek ging auf die andere Seite und schlug das Tuch zurück.

Das Gesicht war bleich, der Ausdruck friedlich. Es sah aus, als ob Max-Andreas schliefe. Sebastian starrte auf die Leiche. Es war nicht zu fassen: Eben noch war dieser Mann ein Akrobat, ein dynamischer Künstler der Bewegung gewesen. Und nun war er erstarrt.

Sebastian wagte einen Blick zur Seite, auf Jens. Der hatte sich abgewandt und war einen Schritt zurückgetreten.

»Er hatte eine hohe Dosis Schlafmittel im Magen«, sagte der Professor. »Die Sorte ist mir nicht bekannt. Es müssen Tropfen gewesen sein; ich habe etwas davon im Mundwinkel gefunden, er muss es hastig eingenommen haben. Aber an dem Mittel kann er nicht gestorben sein, dafür reichte die Dosis nicht.«

»Wissen Sie schon, woran er gestorben ist?«

»Es könnte sein, dass er im Schlaf erstickt ist.«

»Ein Unfall?«, fragte Pia.

»Das kann ich noch nicht beantworten.«

»Kann die Atmung durch die Wirkung der Medikamente von allein aussetzen?«, fragte Sebastian.

»Möglich.«

»Oder eine allergische Reaktion?«

»Auch möglich.«

»Irgendwelche Spuren von Gewaltanwendung?«, fragte Pia.

»Nichts.«

»Könnte also auch auf einen Selbstmordversuch hindeuten«, sagte Pia.

»In der Tat«, sagte der Gerichtsmediziner, und es kam Sebastian vor, als würde der Professor Max-Andreas mit einem mitfühlenden Blick ansehen.

»Aber das wäre doch merkwürdig«, sagte Pia. »Ein Mann will sich umbringen, nimmt eine zu geringe Dosis Medikamente und stirbt trotzdem?«

Die Frage blieb einen Moment im Raum stehen und löste sich wieder auf. Schweigend betrachteten sie die Leiche. Sebastian zwang sich, alle Gefühle zu verdrängen. Er fixierte das Gesicht des Toten. Je mehr er sich darauf konzentrierte, umso mehr schien es sich zu bewegen. Die Mundwinkel zuckten. Das Augenlid. Die feinen Wimpern bewegten sich. Nur die Hautfarbe war von einer Fahlheit, die bei lebendigen Menschen nicht vorkommt. Eine Farbe wie dichter Nebel.

Aber da war noch etwas. »Professor«, sagte Sebastian, »Schauen Sie bitte einmal hier.«

Ihre Köpfe näherten sich bis auf wenige Zentimeter dem Gesicht des Toten. Über dem Wangenknochen war die Haut leicht gerötet. Ein Schimmer, wie das allerletzte Tageslicht, pastellfarben und kaum wahrnehmbar. Ohne den Blick abzuwenden, sagte Szepek: »Kompliment, Herr Fink.«

»Schauen Sie bitte auch auf der anderen Seite.«

Der Professor musterte die Haut über dem rechten Wangenknochen. Hier dasselbe Phänomen.

»Was könnte das bedeuten?«, fragte Sebastian.

»Darüber muss ich nachdenken.«

Es war kein Selbstmord, vermutete Sebastian, und es war auch kein Unfall. »Gibt es sonst schon Erkenntnisse? Was ist mit Fasern?«, fragte er.

»Die genaue Analyse wird noch dauern. Aber von der Bettwäsche ist einiges dabei, das ist klar. Sehr feine Bettwäsche, übrigens.«

»Auch im Gesicht?«

»Natürlich, er lag ja mit dem Gesicht auf dem Kopfkissen.«

»Steht die Todeszeit inzwischen fest?«

»Sie können von sieben Uhr dreißig ausgehen. Gut, dass er schnell gefunden wurde, man konnte die Zeit noch relativ genau bestimmen.«

»Er schaut so friedlich aus«, sagte Jens unvermittelt.

Eine feierliche Stille breitete sich um den Toten herum aus. »Ja, er sieht friedlich aus«, meinte Pia nach einer Weile. »Vielleicht befindet er sich schon in einer besseren Welt.«

Das mochte sein, dachte Sebastian. Doch wie und durch wen und warum hatte er diese schlechte Welt so abrupt verlassen müssen?

Der Weg nach Sankt Georg, zu Bensons Wohnung, führte über die Steinstraße, wo eine gewisse Gosia Litowski wohnte, die Putzfrau, die am Morgen die Leiche entdeckt und die Polizei benachrichtigt hatte. Sebastian bat Pia, mit der Frau eine erste Befragung durchzuführen und später zur Wohnung des Toten, nur wenige Straßen entfernt, nachzukommen.

Max-Andreas wohnte im ersten Stock eines modernen Neubaus, von denen in Sankt Georg seit Ende der neunziger Jahre viele hochgezogen worden waren. Früher war der Stadtteil im Bereich der Langen Reihe, einer schönen Altstadtstraße, von Handwerks- und Gewerbebetrieben geprägt gewesen, was ihm einen heruntergekommenen Charme verlieh. Heute war es hier ziemlich schick, Straßencafés und Boutiquen bestimmten nun das Bild. Mieter und Wohnungskäufer zahlten für die sanierten Immobilien in diesem Viertel immer höhere Summen. Die schmale Greifswalderstraße gehörte allerdings zu den etwas weniger attraktiven Adressen. Und nicht weit von hier war die Drogenszene.

Der Chef der Spurensicherung, Paul Pinkwart, begrüßte Sebastian und Jens in der Wohnungstür. Ein paar seiner Leute packten bereits ihre Geräte zusammen. »Wir sind so gut wie fertig«, sagte Pinkwart und schaute auf die Uhr: »Achtzehn Uhr, gute Zeit. Die Ergebnisse haben Sie morgen auf dem Tisch. Aber eines vorweg: Einbruchspuren gibt es keine.«

Sebastian und Jens zogen Handschuhe an und Tüten über die Schuhe und betraten die Wohnung. Eine moderne Zweizimmerwohnung, mit Schlafzimmer und geräumigem Wohnraum, offene Küche und einer Fensterfront. Spartanisch eingerichtet. Die Wände weiß gestrichen, aus der Decke in der Diele hing ein Kabel, an dem eine Glühbirne baumelte.

Die Kollegen von der Spurensicherung verabschiedeten sich und zogen die Tür hinter sich zu. Sebastian und Jens horchten, wie die Schritte und Stimmen der Männer im Treppenhaus verhallten.

Jens rührte sich nicht von der Stelle.

»Alles okay?«, fragte Sebastian.

»Alles in Ordnung.«

»Lass uns im Schlafzimmer anfangen.«

Das Erste, was Sebastian auffiel, war ein Plakat, das über dem breiten Bett hing: Max-Andreas und Olga in einer Tanzszene aus dem Musical, eine Werbung für *Tainted Love*. Schon kurios, fand Sebastian. Da hatten sie sich den beiden als Atomphysiker vorgestellt, und jetzt standen Jens und er als Ermittler da, um die Todesumstände des einen aufzuklären. Irre. Ob Olga schon wusste, was passiert war? Er musste sie bald anrufen.

Sebastian stellte sich in die Mitte des Zimmers und sah sich langsam um. An der rechten Wand stand eine Kleiderstange, an der Hemden hingen. Daneben ein weiterer Ständer mit Hosen, darunter drei offene Pappkartons. Kommode oder Schrank gab es hier nicht. Sebastian bückte sich. In den Kartons lagen gestapelt Unterhosen, T-Shirts und ineinandergerollte Strümpfe.

Er inspizierte das tiefliegende Bett. Am Fußende lag die zerwühlte Decke, am Kopfende zwei länglich geschnittene Kissen nebeneinander. Max-Andreas hatte auf dem linken Kissen geschlafen, das rechte war unbenutzt.

Sebastian ging auf der rechten Seite in die Hocke und sah sich das Kopfkissen genau an.

»Weißt du«, sagte Jens, »dass ich eigentlich überhaupt

nichts über Max-Andreas erfahren habe? Wir hatten viel Spaß im Club, aber von seinem Leben weiß ich nichts. Und er von mir auch nichts. Nicht einmal, dass ich bei der Polizei bin.«

Sebastian besah sich abwechselnd beide Kissen. »Komm mal her«, sagte er. »Fällt dir etwas auf?«

Jens sah sich den Stoff genau an. »Der Überzug ist ziemlich zerknittert. Hier ein kleiner Fleck, und da, schau mal, ein Loch. Warum fragst du?«

»Ich will dich mit meiner Beobachtung nicht beeinflussen«, Sebastian deutete mit dem Kinn über das Bett hinweg. »Schau dir bitte mal das andere Kissen an, das Max-Andreas benutzt hat.«

Jens stieg vorsichtig über die Bettkante hinweg auf die andere Seite. Er schaute ein paarmal vom einen zum anderen Kissen. »Das von Max-Andreas ist an den Rändern weniger zerknittert«, sagte er.

»Genau das meine ich.«

»Und was schließt du daraus?«

»Dass jemand dieses Kissen fest gepackt hat.«

»Du meinst …, um Max-Andreas zu ersticken?«

»Könnte sein. Daher die roten Stellen im Gesicht. Und weil er Schlaftropfen genommen hatte und sich im Tiefschlaf befand, hat er sich nicht gewehrt.«

Das war doch schon eine recht realistische These. Sebastian war gespannt, welche weiteren Ergebnisse die Gerichtsmedizin zutage fördern würde.

Sie richteten sich wieder auf. Sebastian sagte: »Hatte Max-Andreas bei unserer Sauferei an der Bar nicht gesagt, er wolle trinken, um alles zu vergessen?«

»Darauf haben wir sogar angestoßen.«

»Warum wollte er alles vergessen?« Sie sahen sich ratlos an.

Jens schlug eine Erklärung vor, warum der Tänzer überhaupt Schlaftropfen eingenommen haben könnte: Er musste am Abend auf die Bühne und fit sein, und weil er Schlaf nachzuholen hatte, nahm er die Tropfen. Und weil er betrunken war, wurde es versehentlich eine zu hohe Dosis.

Das klang plausibel.

Sie durchquerten die Diele und kamen in den länglich geschnittenen Wohnraum. In der Mitte des Zimmers ein runder Tisch mit vier Stühlen. An der Wand ein helles Regal, hüfthoch, auf dem eine kleine Lampe mit hellblauem Schirm stand. Gegenüber befand sich die Front aus Fensterglas, an der Längsseite die Küchenzeile. Auf der Arbeitsplatte stand ein Teller mit Krümeln, darauf abgelegt ein Buttermesser mit Fettspuren. In der Spüle lag ein Becher. Sebastian nahm ihn heraus und roch daran. Kaffee. Er öffnete die Oberschränke. Die Regalfächer waren fast leer. In einer Ecke Salz und Pfeffer, daneben ein Glasbehälter mit getrockneten Kräutern. Im Schrank daneben Geschirr. Sebastian zählte: immer genau sechs Teile.

Jens öffnete den Kühlschrank. Er war fast leer. Nur ein Päckchen mit Käsescheiben, Butter, eine halbe Flasche Wasser.

»Ich finde, alles in dieser Wohnung wirkt irgendwie provisorisch«, sagte Sebastian.

»Die Musicalleute leben ja nur vorübergehend an einem Ort«, meinte Jens. »Meistens nur eine Spielzeit.«

»Wobei die ja ziemlich lange hätte werden können, *Tainted Love* scheint ja gut zu laufen.«

Sebastian klappte die Spülmaschine auf. Auch sie war so gut wie leer. »Sag mal, siehst du irgendwo noch einen Kaffeebecher?«

»Wieso?«

»Weil etwas merkwürdig ist. Max-Andreas besaß von allem genau sechs Teile, außer bei den Bechern, da sind es nur fünf.«

»Vielleicht ist einer kaputtgegangen.«

Vielleicht, dachte Sebastian.

Im Bad war es auffallend warm. Fußbodenheizung. Ein großes Bad. Auf dem Rand der Wanne standen mehrere Sorten Duschseifen, auf der Ablage über dem Waschbecken reihten sich diverse Männer-Kosmetikprodukte. Dazwischen lag ein kleines blaues Kissen, darauf der silberfunkelnde Salamander, den Sebastian an dem Ohr des Tänzers gesehen hatte.

»Siehst du sonst noch irgendwo Schmuck?«, fragte Sebastian. »Vielleicht in der Schildpattdose?« Sie stand auf der Waschmaschine in der Ecke.

Jens öffnete das Gefäß. Es war leer. Fast leer: Ein kleiner Ring lag in der Ecke. Ein merkwürdiger Aufbewahrungsort für einen einzelnen Ring.

»Lass uns mal nach anderen Wertsachen schauen«, sagte Sebastian. »Wo ist das Portemonnaie?«

Sie suchten in den Taschen der Hose, die Max-Andreas im Club getragen hatte und die im Schlafzimmer über einem Stuhl hing. Nichts. Sie schauten in seiner Jacke, in der Diele, in der Küche: kein Portemonnaie.

»Und noch etwas fehlt«, sagte Sebastian, »die Schlaftropfen.«

Sie sahen sich noch einmal um. Dann rief Sebastian Paul Pinkwart an, der bestätigte, dass auch er weder ein Schlafmittel noch ein Portemonnaie gefunden hätte.

Portemonnaie weg, eventuell Schmuck weg, Schlafmittel weg. Das sah aber mehr nach dem plumpen Versuch aus, einen Raub vorzutäuschen. Einem wirklichen Raub wären auch der Ring, vor allem aber der Salamander zum Opfer gefallen – selbst ein Laie konnte erkennen, dass der Ohrschmuck wertvoll war. Und warum sollte jemand Schlafmittel klauen wollen?

Um neunzehn Uhr dreißig traten sie aus dem Haus. Sie schauten zu den vom Licht der Stadt angeleuchteten Wolken, die sich über ihnen zusammenzogen. An der Ecke zur Langen Reihe trafen sie Pia, die von der Putzfrau kam. Pia berichtete, während sie ein paar Schritte nebeneinander hergingen.

Seitdem der Tänzer nach Hamburg gezogen war, kam Gosia Litowski in unregelmäßigen Abständen, mal in der Woche, mal am Sonntag, so wie es ihr am besten passte. Meist machten sie die Termine telefonisch aus, oder sie hinterließ Max-Andreas einen Zettel, auf dem der nächste Termin notiert war. Für diese Woche war der Sonntag verabredet gewesen. Um elf Uhr hatte die Putzfrau vor der Wohnungstür gestanden und sich gewundert, dass die Tür nur ins Schloss gezogen und nicht, wie sonst, abgeschlossen war. Wie immer wollte sie als Erstes den Staubsauger holen, der im Schlafzimmer hinter der Kleiderstange stand, und entdeckte dabei den Toten.

»Und was weiß sie über Max-Andreas?«

»Nicht viel. Sie hatte mit ihm kaum zu tun. Sie kennt nur seine Habseligkeiten und hat sich darauf einen Reim gemacht. Er war ordentlich, sauber, unauffällig. Nur seine Klamotten seien alles andere als unauffällig: glitzernde Schuhe und Hemden und so Zeugs. – Mehr war nicht.«

Nachdem die Kollegen den Weg nach Hause angetreten hatten – sie wollten zum nahe gelegenen Hauptbahnhof zu den S-Bahnen –, ging Sebastian zurück zu seinem Auto in der Greifswalderstraße. Es hatte zu nieseln begonnen. Mit den feinen Tropfen legte sich auf sein Gesicht etwas, das sich anfühlte wie Seide, feucht und kühl. Sebastian zog den Reißverschluss seiner Daunenjacke hoch. Als die ersten dicken Tropfen fielen, sprintete er los.

Schwere Tropfen prasselten auf das Autodach. Er saß in seinem Fiat und durchstreifte in Gedanken die vergangenen Stunden. Das Gesicht des toten Max-Andreas – eine Welle von Traurigkeit überkam Sebastian und ebbte wieder ab. Er verdrängte und hatte sich offenbar ganz gut im Griff.

Der Mann war kein Selbstmordkandidat, dachte Sebastian. Es war auch kein Unfall – das ergab einfach keinen Sinn. Raubüberfall auch unwahrscheinlich. Alles nur Thesen, aber Sebastians Gefühl sagte laut: Max-Andreas Benson wurde umgebracht.

Er dachte noch einmal an die Dinge, die fehlten: der sechste Becher, das Schlafmittel. Er vergegenwärtigte sich alle Eindrücke in der Wohnung. Das Gefühl, dass er etwas übersehen hatte, wurde von Sekunde zu Sekunde stärker.

Er rannte durch den Regen. Er musste noch einmal in die Wohnung zurück.

In das Treppenhaus fiel genügend Straßenlicht. Noch war keine Nacht vergangen, seit der mutmaßliche Mörder dieses Treppenhaus mit den marmornen Stufen betreten hatte. Sebastian hielt inne. Wie fühlt sich ein Mensch, der kurz davor ist, einen anderen Menschen zu töten? Sebastian ging die Treppe langsam hinauf. War es ein Plan gewesen? Wo war das Motiv? Auf jeder Stufe hätte er noch umkehren können. Aber er ging weiter. Stufe für Stufe. Als Sebastian vor der Wohnungstür stand, ließ er seine Phantasie spielen.

Es ist Sonntag früh. Draußen herrscht Dunkelheit, im Treppenhaus blasses Licht. Der Mörder tritt vor die Wohnungstür. Er horcht. Er klingelt. Wartet. Die Tür öffnet sich, Max-Andreas erscheint, schlaftrunken: »Was willst du denn hier so früh?«

»Nur mal vorbeischauen.«

»Vorbeischauen?«

»Konnte nicht schlafen.«

Max-Andreas bittet ihn herein. Sie gehen in die Küche. Der Tänzer bereitet Kaffee, immer noch schlaftrunken.

»Warst du aus?«, fragt der Besucher.

»Im Bunkerclub. Mit Olga. Wir haben dort zwei Typen kennengelernt, Olga hat den einen genommen, ich den anderen.«

Der Gast bekommt einen Schreck. »Ist der Typ hier?«

»Nein, der ist gleich mit dem Taxi weiter.«

Sie setzen sich an den Tisch. Der Besucher fragt: »Hast du Milch da?«

Max-Andreas steht auf, der andere nutzt die Sekunden und schüttet Tropfen in den Kaffee.

Der Tänzer kommt mit der Milch zurück. Sie trinken ihren Kaffee. Der Gast beobachtet sein Opfer. Sie reden über dies und das, bis Max-Andreas sagt: »Ich bin müde, ich muss ins Bett.«

»Geh ruhig. Ich hau jetzt ab. Kann ich meinen Kaffee noch zu Ende trinken?«

»Kein Problem«, sagt Max-Andreas und geht, nein, torkelt ins Schlafzimmer.

Der Gast wartet. Er trinkt seinen Kaffee aus und lässt den Becher in seiner Jackentasche verschwinden, er will keine Spuren hinterlassen. Mit leisen Schritten geht er durch die Diele zum Schlafzimmer. Er steht vor dem Bett, horcht auf das gleichmäßige Atmen von Max-Andreas. Der Tänzer schläft tief. Der Gast nimmt das zweite Kissen in die Hand…

Sebastian ließ das Kissen sinken. An dieser Stelle konnte er die Gedanken und Gefühle des Mörders nicht mehr nachempfinden. Er bemerkte die schwere Luft und kippte das Fenster auf. Der Regen fiel plätschernd auf den Asphalt. Das Vordach verhinderte, dass Wasser ans Fenster gelangte. Sebastian sog die frische Luft tief ein.

Er überlegte. Es gab keine Spuren von Streit oder Kampf. Was hatte den Mörder getrieben? Eifersucht? Hatte es mit Max-Andreas' Erfolg zu tun? Mit Liebe? Spielte Geld eine Rolle? Neid? Sebastian schloss die Augen. Er versuchte, sich wieder in den Mörder hineinzuversetzen.

Er steht mit dem Kissen in den Händen vor dem Bett, aber er zögert. Mitgefühl glimmt auf. Ein Moment der Besinnung. Aber eine unglaubliche Kälte erstickt den Funken wieder. Dann drückt der Besucher das Kissen auf das Gesicht des Schlafenden.

Aber warum wehrte sich Max-Andreas nicht? War die Dosis des Schlafmittels so hoch, dass er nicht mehr reagieren konnte? Wäre sie trotz Milch und Zucker im Kaffee nicht zu schmecken gewesen? Sebastian musste einen Experten dazu befragen.

In Gedanken spulte er die Szene noch einmal zurück: Der Mörder steht wieder vor dem Bett, Max-Andreas schläft friedlich, diesmal liegt das zweite Kissen noch neben ihm. Der Mörder zieht ein kleines Fläschchen aus der Hosentasche. Er öffnet es und geht langsam in die Hocke, neben dem Gesicht. Max-Andreas' Mund ist leicht geöffnet. Der Mörder tröpfelt ihm das Mittel vorsichtig auf die Zunge, ein wenig geht daneben. Vielleicht tritt der Schluckreflex ein, vielleicht auch nicht, aber die betäubende Wirkung setzt ein, über die Schleimhäute im Mund. Es ist ein schnell wirkendes Mittel, und zusammen mit der Dosis im Kaffee entwickelt es eine lähmende Kraft.

Der Mörder wartet. Was geht ihm durch den Kopf?

Sebastian wusste es nicht.

Der Mörder hat genug gewartet. Er nimmt das Kissen in die Hand, legt es sanft auf das Gesicht des Opfers und drückt zu, mit Kraft oder auch ohne.

In der Wohnung war es still. Eine traurige Stille. Sebastian packte den Becher und den Kopfkissenbezug für die Laboruntersuchung ein. Als er nach Hause fuhr, regnete es noch immer.

15

Am nächsten Morgen beeilte sich Sebastian – er wollte aus der Wohnung heraus sein, bevor die anderen wach wurden. Er öffnete die Tür zum Bad und sah einen halbnackten Mann pinkeln. Jürgen hatte Sebastian den Rücken zugewandt und summte leise vor sich hin.

Sebastian schloss leise wieder die Tür und ging zurück in sein Zimmer. Er wartete auf die Klospülung und sagte sich: Es hat keinen Zweck, sich zu ärgern.

Später, als Sebastian in die Küche kam, saß Anna allein und verschlafen am Tisch: »Warum schleichst du so?«, fragte sie.

»Was heißt ›schleichen‹? Ich gehe zu Arbeit.«

»Willst du nicht mit uns frühstücken? Dann kannst du Jürgen endlich mal kennenlernen.« Im Bad ging die Dusche an.

Nein, er wollte am frühen Morgen keinen Jürgen kennenlernen. Aber er wollte Anna zumindest über den Tod des Tänzers, den auch sie und Jürgen auf der Bühne erlebt hatten, informieren. Sebastian erzählte, Anna war entsetzt, wollte mehr wissen. Doch Sebastian durfte keine genaueren Informationen zum Stand der Ermittlungen verraten. Als die Dusche im Bad abgestellt wurde, sah Sebastian zu, dass er wegkam.

Jens und Pia waren schon in die Gänge gekommen. Pia kontaktierte gerade noch einmal sämtliche Hausnachbarn von Max-Andreas. Vielleicht hatte, neben dem älteren Herrn, doch noch der eine oder andere irgendetwas gesehen oder gehört. Jens war mit mehreren Beamten im östlichen Sankt Georg unterwegs, wo ein großer Teil der Drogenszene lag. Sie hatten Fotos von Max-Andreas dabei. Es musste überprüft werden, ob der Tänzer Kontakte zur Szene aufgenommen hatte oder die Szene zu ihm. Vielleicht war es nur ein Vorurteil, aber Sebastian dachte, dass man bei Menschen aus dem Showbiz den Drogenkonsum eher in Betracht ziehen musste als in anderen Branchen. Sebastian selbst würde Zeugen aus Max-Andreas' Umfeld vernehmen. Zum Beispiel Olga, für die er immer noch der Atomphysiker war.

Er betrat das Hans-Albers-Theater durch den hinteren Bühneneingang. Im Treppenhaus hingen am Schwarzen Brett Zeitpläne für Proben, das Wochenmenü aus der Kantine und andere Infos. Entfernt war Gesang zu hören, jemand übte die Tonleiter.

Im zweiten Stock kam Sebastian in einen langen Gang, von dem in regelmäßigem Abstand Türen abgingen. Die Garderoben. Er klopfte gegen die Tür, an der ein DIN-A4-Blatt klebte: *Hauptdarstellerin*.

Keine Antwort. Er klopfte noch einmal, jetzt kräftiger. Die Tür war nur angelehnt. Er ging hinein.

Der Raum war klein, mit einem Fenster. Es roch nach Parfüm. Olgas Duft. Am Garderobenständer hing das blauglitzernde Top, das Sebastian an Olga auf der Bühne und so ähnlich später im Club gesehen hatte. Auf dem Spiegeltisch standen Schminkutensilien und eine Mineralwasserflasche. Sebastian betrachtete die Fotos, die rund um den Spiegel gesteckt waren. Lachende Gesichter, ein paar Männer, viele Frauen, die meisten eher jünger, aber eine Oma war auch dabei.

»Stör ich?« Die Stimme kam von hinten.

Durch den Spiegel sah er sie im Türrahmen stehen. Sebastian drehte sich um. Von der schillernden Olga, wie er sie in Erinnerung hatte, war nicht viel zu sehen. Sie war ungeschminkt, hatte die Haare streng nach hinten gebunden, trug einen dicken Pullover über einer Jeans. »Was machst du denn hier?«, fragte sie verblüfft.

»Ich muss dich sprechen.«

Sie wussten nicht, wie sie sich begrüßen sollten. Er stand da. Olga stand da. Dann kam sie auf ihn zu, ging an ihm vorbei und setzte sich an den Spiegel. »Schön, dich wiederzusehen. Aber ich kann ungeschminkt einfach nicht auf die Bühne, nicht einmal zur Probe.« Sie suchte zwischen den Dosen und Stiften. »Und ich habe die ganze Nacht nicht geschlafen. Du hast sicher gehört, was passiert ist. Ich bin echt geschockt.«

Er sah sich im Spiegel hinter Olgas Stuhl stehen. Sie sahen beide müde aus. »Olga«, sagte er, »ich bin bei der Kriminalpolizei und leite die Ermittlungen im Fall Max-Andreas Benson.«

In Olgas großen Augen stand ein großes Fragezeichen.

»Willst du ein Wasser?« Ohne seine Antwort abzuwarten, öffnete sie die Flasche. Sie goss zwei Gläser voll und reichte Sebastian eines davon nach hinten über ihre Schulter. Dabei sah sie ihn im Spiegel an.

»Ich glaube das alles nicht«, sagte sie und begann sich zu pudern. »Es war ein Unfall, nicht wahr? Er hat aus Versehen zu viele Schlaftropfen genommen, oder?«

Sebastian dachte: Woher weiß sie, dass es Tropfen waren?

»Wahrscheinlich war er so besoffen, dass er nicht mehr wusste, was er tat«, sagte sie.

»Was weißt du denn von Schlaftropfen?«, fragte Sebastian.

»Immer, wenn er ausging, hat er danach ein paar Tropfen genommen. Das hat er mir auch mal empfohlen. Er hat behauptet, dann sei man am nächsten Tag wieder fit.«

Genau was Jens vermutete.

Olga prüfte den Inhalt ihrer Kosmetikdöschen. »Sag mal, dieser Jens ...«

»Der ist auch Polizist«, sagte Sebastian.

»Aha ... Ist der eigentlich noch mit Max-Andreas nach Hause gegangen?«

Sebastian verneinte. Olga fuhr mit dem Zeigefinger in ein Töpfchen und tupfte sich Punkte ins Gesicht. Sie bemerkte, wie er die Fotos an ihrem Spiegel betrachtete. »Freunde und Verwandte«, erklärte sie. »Normalerweise rede ich mit ihnen, wenn ich mich für die Show fertig mache.«

»Wie war dein Verhältnis zu Max-Andreas?«, fragte Sebastian.

Sie rieb sich sorgsam die Creme ins Gesicht. »Wir haben gut zusammengearbeitet, hatten aber ansonsten nicht viel miteinander zu tun.«

»Aber ihr seid doch am Samstag zusammen ausgegangen.«

»Zufall.« Olga tupfte sich wieder Punkte auf die Haut und verrieb sie. »Nach der Show hat er gefragt, ob ich Lust hätte, in diesen Bunkerclub mitzugehen. Das war das erste Mal. Bis dahin haben wir nie etwas privat unternommen. Und ich habe spontan ja gesagt. Ich kenne ja sonst niemanden in der Stadt. Wenn man jedes Jahr woanders arbeitet, hat man wenig Zeit, Leute kennenzulernen. Außerdem sind unsere Arbeitszeiten genau umgekehrt zu den normalen: Wenn die Leute Freizeit haben, müssen wir Musicaldarsteller arbeiten, und wenn wir frei haben, arbeiten alle anderen.«

»Mit wem aus dem Theater hatte Max-Andreas privat zu tun?«

»Meinst du von den Darstellern? Mit niemandem.«

»Hast du eine Erklärung dafür?«

Sie bearbeitete jetzt die Kanten ihres Kinns. »Er hat sich eigentlich nur mit Linda Berick getroffen, soviel ich weiß.«

»Wie war das Verhältnis zwischen den beiden?«

»Gut.«

»Was heißt das?«

»Die kannten sich ja schon aus London und haben sich eben gut verstanden.«

Sebastian meinte, dass Olga für den Bruchteil einer Sekunde seinem Blick ausgewichen war. »Und wie ist dein Verhältnis zu Frau Berick?«, fragte er.

Olga suchte auf dem Tisch, nahm einen Stift und begann sich die Brauen nachzuzeichnen. »Ich komme mit ihr aus.«

»Was heißt das genau?«

»Die meisten hier kommen weniger gut mit ihr aus. Weil sie sich ständig einmischt. Bei allem.«

Das überraschte Sebastian nicht. »Ist es nicht Aufgabe der Produzentin, sich einzumischen?«

»Co-Produzentin«, betonte Olga. Sie legte den Stift zurück und sah Sebastian an. Ihre Augen kamen ihm jetzt noch größer vor. »Mag sein, dass sie sich einmischen muss. Aber ob sie wirklich Ahnung hat, steht auf einem anderen Blatt.« Sie beugte sich vor, tuschte ihre Wimpern.

Sebastian erinnerte sich, dass auf der Premierenparty niemand Lust gehabt hatte, sich längere Zeit mit Linda Berick zu unterhalten.

»Das heißt, beide – Linda Berick und Max-Andreas – waren miteinander befreundet, aber im Theater eher isoliert?«

»Kann man so sagen.«

Olga stand plötzlich auf. »So, und jetzt raus mit dir. Ich muss mich umziehen.«

Sie stand vor ihm und sah phantastisch aus. Für einen Moment bedauerte er, dass er Privates und Berufliches so strikt trennen musste. Und doch, eine Sache musste er noch ansprechen, selbst wenn ihm das schwerfiel.

»Eine Frage noch«, sagte er.

»Ja, aber bitte mach es kurz.«

»Wo warst du am Sonntagmorgen zwischen sieben und acht Uhr?«

»Das weißt du doch: im Bett. Allein. Keine Zeugen.«

An der Tür verabschiedeten sie sich dann doch mit einem Küsschen links und rechts auf die Wange, was Sebastian eigentlich auch hatte vermeiden wollen. Aber es war ein Reflex von beiden gewesen, vielleicht ein feiner Hinweis auf das Thema, das sie völlig ausgespart hatten: die Stunden auf der Tanzfläche, an der dunklen Wand.

Ihre Haut war aufgequollen, die Haarfarbe wirkte nicht mehr kräftig und erinnerte an helles Gestrüpp. Linda Berick stand in der Tür ihrer Hotelsuite. Oberhalb der Stirn zwang eine große Klammer das Haar nach hinten, aber auch die saß etwas schief. »Kommen Sie herein«, sagte die Autorin mit schwacher Stimme. Sie trug so etwas wie einen Jogginganzug. »Setzen wir uns. Tee?«

Sie nahm einen Umweg über die offene Küche, wo sie im Vorbeigehen den Knopf des Wasserkochers drückte. Im Hinsetzen hob sie den Teller mit bunten Früchten an, um auf dem Couchtisch Platz zu schaffen, aber der Teller kippte zur Seite, und Äpfel, Birnen und Mandarinen rollten über den Tisch und fielen auf den Boden.

»Scheiße!«, entfuhr es ihr.

Sebastian half, die Früchte vom Boden aufzulesen. Die Autorin stöhnte dabei laut. »Ich bin völlig fertig mit den Nerven.«

»Wie haben Sie denn von dem Tod erfahren?«, fragte Sebastian, nachdem sie sich gesetzt hatten.

»Der Chef vom Theater, Heinz Ritter, rief mich gestern Mittag an. Ich konnte es überhaupt nicht glauben.« Mit dem Handrücken fuhr sie sich über die Augen, wo das Make-up schon ganz verwischt war.

»Was hat er Ihnen erzählt?«

»Dass Max-Andreas aus Versehen zu viel Schlafmittel genommen hat und dann erstickt ist. Furchtbar.«

Es war gut zu wissen, dass auch Linda Berick von einem Unfall ausging.

»Aber ich nehme an, da war wohl einiges an Alkohol im Spiel«, sagte sie.

»Wie kommen Sie darauf?«

»Weil ich mir nicht vorstellen kann, dass Max-Andreas sich in nüchternem Zustand in der Menge verschätzt.«

»Hat er denn öfter Schlafmittel genommen?«

»Nur in Notfällen. Ich hatte da keine Sorge. Ich mache das selbst auch manchmal. Warum interessiert Sie das?« Linda Berick presste die Ellenbogen an den Körper, die Knie eng aneinander und faltete die Hände im Schoß.

»Wissen Sie, welches Mittel er nahm?«

»Nedamus heißt das Zeug. Wir haben uns jeder ein Fläschchen aus England mitgebracht.«

»Wie war Ihr Verhältnis zu Max-Andreas Benson?«

»Wie meinen Sie das?«, fragte sie zurück, und Sebastian meinte etwas in ihren Augen bemerkt zu haben, ein kurzes Funkeln, wie eine ferne Erinnerung.

»Ich meine es so, wie ich es gesagt habe.«

»Wir hatten ein gutes Verhältnis. Professionell.«

»Hatten Sie auch privat miteinander zu tun?«

Linda Berick bückte sich ein wenig nach vorn, hob etwas auf, das neben dem Tischbein lag, und legte es mit zwei Fingern zurück auf den Teller. Eine Walnuss.

»Wenig«, antwortete sie.

Sebastian dachte an die Begrüßungsszene im Foyer, es wirkte sehr vertraut. »Was heißt ›wenig‹?«

Die Autorin zuckte die Schultern. »Manchmal sind wir nach den Proben zusammen im Auto vom Theater nach Hause gefahren – seine Wohnung ist ja hier um die Ecke. Solche Dinge. Doch gerade wenn man sich beruflich versteht, braucht man privat Abstand.«

Sebastian entdeckte eine Pflaume neben seinem Schuh.

Er legte sie zurück auf den Teller. »Können Sie mir sagen, mit wem Herr Benson privat Umgang pflegte?« Wieder war in Frau Bericks Augen etwas zu sehen, ein Moment von der Länge eines Wimpernschlags.

»Warum fragen Sie das?«

»Es gehört zu meinen Ermittlungen, dass ich mir ein Bild von dem Umfeld eines Verstorbenen mache. Reine Routine.«

»Routine..., Verstorbener – schreckliche Worte. Ich kann das mit Max noch gar nicht in Verbindung bringen.« Ihr Blick wanderte unruhig im Raum umher. »Er hatte eigentlich keine Freunde im Business. Außerhalb, soviel ich weiß, auch nicht, denn er war ja erst seit ein paar Monaten hier in Hamburg...«

Plötzlich brach sie in Tränen aus, vergrub ihr Gesicht in beiden Händen, ihr Körper schüttelte und krümmte sich. Sebastian wartete ab.

»Entschuldigen Sie«, stieß sie hervor. »Geht es Ihnen nicht auch so, wenn einem der Tod so nahe kommt?«

»Der Tod gehört zu meinem Beruf«, antwortete Sebastian schnell.

Aber sie hatte ihn ertappt. Im Beruf war der Tod einfach da. Aber in seinem privaten Leben empfand er ihn als eine unnatürliche, zerstörerische Kraft. Das Böse überhaupt. Es war eine fast kindliche Sicht, die vielleicht von jenem Moment herrührte, als der Tod in seine Familie eingebrochen war und seine Schwester mit sich fortgerissen hatte. Privat wollte er mit dem Tod nichts zu tun haben.

Ob die Autorin seinen kurzen Moment der Verunsicherung bemerkt hatte, konnte er nicht erkennen.

Linda Berick drückte sich ein Taschentuch gegen die Nase und fuhr fort: »Max-Andreas war ein Einzelgänger. Ein harter Arbeiter. Er nahm sich für Privates nur wenig Zeit.«

»Hatte er Feinde?«

»Feinde?« Die Autorin wirkte irritiert. »Gehört diese Frage auch zu Ihrer Routine? Es geht doch um einen Unfall.« Linda Bericks blaue Augen sahen ihn fragend an. »Sie glauben doch nicht...?«

»Ich glaube gar nichts. Ich gehe so vor, wie wir in jedem anderen Fall auch vorgehen. Als Nächstes werde ich Sie fragen, wie wichtig Herr Benson für das Geschäft war.«

»War...«, wiederholte sie und schüttelte den Kopf. Ihre Augen füllten sich wieder mit Tränen, aber sie hatte sich unter Kontrolle. »Für das Musicalbusiness, besonders für das Hans-Albers-Theater, war Max-Andreas natürlich sehr viel wert. Ein ›geldwerter Faktor‹ – so nennt man das. Sein Tod kann sich negativ auf die Zuschauerzahlen auswirken. Aber daran mag ich jetzt gar nicht denken. Und Feinde hatte Max-Andreas keine. Jedenfalls wüsste ich nichts davon. Mein Gott.«

Sebastian stand auf. Neben dem Sofa lag noch eine Banane, aber er ließ sie liegen. Der Teller sah nun fast wieder wie zu Beginn seines Besuchs aus. Aber Linda Berick kam ihm plötzlich abwesend, fast ängstlich vor. »Was ist mit Ihnen?«, fragte er vorsichtig.

»Ich weiß nicht, ob das hierhergehört...«, antwortete sie mit leiser Stimme.

Nach Sebastians Erfahrung waren Assoziationen oftmals genauere Treffer, als wenn das Gehirn versuchte, sich zu erinnern.

Die Frau presste die Lippen aufeinander. Dann sagte sie: »Ich fühle mich verfolgt.«

»Verfolgt? Können Sie das bitte konkretisieren?«

»Es ist einfach so ein Gefühl. Wenn ich draußen bin, auf der Straße, dann drehe ich mich um, und alles scheint normal.«

»Haben Sie irgendjemanden im Sinn? Gibt es einen Grund?«

»Ich weiß keinen Grund. Vielleicht spielen meine Nerven einfach verrückt.«

»Wurden Sie denn einmal bedroht?«

»Nein. Noch nie.«

»Wenn irgendetwas ist, können Sie mich jederzeit anrufen, das wissen Sie?«

»Oder ist es eine Todesahnung?« Linda Berick sah ihn lange an. »Glauben Sie, dass Max-Andreas ermordet wurde?«

Sebastian gab ihr die Hand. »Ich werde mich melden«, sagte er zum Abschied.

16

Es war am nächsten Tag, am späten Vormittag, als Sebastian die beiden Kollegen in sein Büro rief, um eine aktuelle Zusammenfassung der Ermittlungen zu bekommen. Außerdem waren die Berichte von Professor Szepek und Paul Pinkwart eingetroffen.

Jens stand an die Wand angelehnt zwischen einer Straßenkarte von Hamburg und einem abstrakten Poster. Pia saß auf dem Stuhl vor dem Schreibtisch. Hinter Sebastian war das Fenster leicht geöffnet, er spürte einen Luftzug am Hals. Er referierte, was in den Berichten stand: Max-Andreas Benson war um sieben Uhr dreißig erstickt. Selbstmord oder eine allergische Reaktion konnten ausgeschlossen werden. Er hatte eine übergroße Menge des Schlafmittels Nedamus, einer englischen Marke, im Körper. Rückstände des Mittels hatten sich an seinem Mund gefunden. Anzeichen von Gewalt gegen den Körper gab es nicht, abgesehen von Druckspuren auf den Wangenknochen. In der Nase fanden sich Partikel von Stofffasern der Bettwäsche, so tief, dass davon ausgegangen werden konnte, dass dem Opfer das Kissen ins Gesicht gedrückt worden war. Zudem fanden sich auf dem Kissenbezug Stofffasern, die auf einen Handschuh hindeuteten, Marke jedoch unklar. Von Tod durch Fremdeinwirkung musste ausgegangen werden.

Auf dem Becher, den Sebastian nachgeliefert hatte, fanden sich keine Spuren des Schlafmittels. Fingerabdrücke: diverse vom Opfer und solche, die noch nicht zugeordnet werden konnten. Ein Abgleich mit Daten im zentralen Erfassungssystem hatte keine Ergebnisse gebracht.

In der Wohnung fehlten zwar einige Wertsachen, doch ein wertvolles Stück, das gut sichtbar dagelegen hatte, war zurückgelassen worden: der Ohrschmuck in Form eines Salamanders. Einbruch war unwahrscheinlich. Das Opfer musste den Täter hereingelassen haben.

Sebastian schilderte seine These des Tathergangs so, wie es sich ihm dargestellt hatte, als er alleine in der Wohnung von Max-Andreas war, und er endete mit dem sechsten Becher: »Ich denke, der Mörder hat ihn mitgenommen, weil er keine DNA-Spuren hinterlassen wollte.«

Jens und Pia berichteten anschließend über ihre Recherchen. Pia hatte alle Hausmitbewohner erreicht, aber ohne Ergebnis. Nur der ältere Herr aus dem dritten Stock bestätigte noch einmal, dass er am Sonntag um sieben Uhr dreißig eine Tür im Treppenhaus gehört hatte. Aber gesehen hatte auch er nichts. Alle anderen schliefen um diese Zeit. Jens hatte mit dem Foto von Max-Andreas keinen Erfolg gehabt. Die meisten hatten den Mann noch nie gesehen, und eine Handvoll andere erkannten ihn nur von einem Plakat oder aus der Fernsehwerbung für das Musical. Es half nichts: Jens musste weiter in diese Richtung forschen. Es reichte ja schon, auf eine einzige Person im Drogenmilieu oder in dessen erweitertem Umkreis zu treffen, dem Max-Andreas Benson bekannt war. Das konnte sie weiterbringen.

Sebastian bat Pia nun noch einmal, mit mehreren Kollegen

in der ganzen Nachbarschaft Wohnung für Wohnung durchzuklingeln und zu fragen, wer am Sonntag früh zwischen fünf und acht Uhr eine verdächtige Person gesehen hatte.

»Dann machen wir uns auf den Weg«, sagte Pia gerade, als es klopfte. Noch bevor Sebastian antworten konnte, ging die Tür schon auf.

»Die Zeit läuft Ihnen davon«, sagte Eva Weiß. Sie blieb mitten im Raum stehen. »Es gab ein Gespräch mit dem Innensenator. Um es kurz zu machen: Der Senator macht sich Sorgen. Der Ruf Hamburgs als Touristenstadt. Die Musicaltouristen aus ganz Deutschland machen mittlerweile einen Großteil der gesamten Hotelauslastung aus, in der Regel bleiben sie ein paar Tage in der Stadt und lassen viel Geld hier. Da darf es keinerlei Irritationen geben. Herr Fink, ich vertraue Ihnen. Kommen Sie bitte morgen in mein Büro. Auf Wiedersehen.« Die Leiterin des Morddezernats nickte und verließ den Raum. Die Tür zog sie auffallend sanft zu.

»Der Innensenator und der gute Ruf – dass ich nicht lache«, meinte Jens, »der Mann soll sich mal lieber um seinen eigenen guten Ruf kümmern.«

Dem Innensenator wurde von einigen Medien seit geraumer Zeit eine Affäre mit einer Frau angedichtet, die angeblich in Kontakt mit einer Terrororganisation war, aber der Mann gab vor, die Frau überhaupt nicht zu kennen. »Bewiesen ist nichts«, sagte Sebastian.

Jens winkte ab. »Das ist nur eine Frage der Zeit, wenn du mich fragst. Aber ich ziehe jetzt los und kümmere mich um den guten Ruf der Hansestadt Hamburg: Ab ins Drogenmilieu!«

Während Jens und Pia in Sankt Georg ermittelten, fuhr Sebastian nach Sankt Pauli.

»Ich muss mich für die Unordnung entschuldigen«, sagte der Inhaber des Hans-Albers-Theaters. Der Mann stand mit einer Papprolle vor dem großen Fenster, das zur Reeperbahn ging. Ein orange gestrichener Raum. Keine schöne Farbe, dachte Sebastian. Zwischen den Bildern – gerahmte Schwarzweißfotos und alte Plakate – waren einige Stellen frei.

»Ich hatte gerade angefangen, eine neue Ordnung in meine Wandbilder zu bringen, als ich von Max-Andreas' Tod erfuhr«, erzählte Heinz Ritter. »Seither bin ich natürlich zu nichts mehr gekommen.«

Er ging in die Ecke des Raumes, wo er zwischen Rollen und Bilderrahmen die Papprolle ablegte. Der Mann war etwa Mitte vierzig, hatte schütteres Haar und ein freundliches Gesicht. Er trug ein braunes Jackett, eine Cordhose, ein gestreiftes Hemd, das gerade noch über den Bauchansatz hinwegtäuschen konnte. »Unser Theater«, sagte er und bat Sebastian mit einladender Geste, näher an die Bilderwand zu treten. »Vor zweihundert Jahren entstand in dieser Gegend ein Vergnügungsviertel mit Künstlern, Gauklern und Artisten, die in Holzbuden auftraten. 1860 wurden die Buden wegen der Brandgefahr durch feste Häuser ersetzt. Damals entstand auch unser Theater.« Er wies auf ein vergilbtes Foto: »Hier sehen Sie es im Jahr 1912 – ein imposantes Gebäude, nicht wahr? 1943, in den Bombennächten, ist alles zerstört worden. Das Bild hier zeigt das Theater im Jahr 1951 nach dem Wiederaufbau. Und dieses Foto hier wurde nach der Modernisierung Anfang der achtziger Jahre gemacht. Seitdem trägt es den Namen von Hans Albers, unserem berühmten Hamburger Sohn, Sie kennen ja das Lied« – Heinz Ritter sang die Textzeile – »*Auf der Reeperbahn nachts um halb eins…* Und wie prächtig das Theater heute aussieht, wissen Sie ja.« Der Mann sah einige lange Sekunden auf das letzte Foto, und Sebastian dachte: Er sieht so wehmütig aus.

»Max-Andreas war für die Rolle perfekt«, sagte der Mann. »Ich weiß nicht, wie das Publikum den Ersatzdarsteller annehmen wird.«

»Herr Ritter, wir ermitteln inzwischen wegen Mordes.«

Der Inhaber schaute Sebastian erschrocken an. Er lehnte sich an seinen Schreibtisch. »Ich dachte, er hätte aus Versehen zu viele Schlaftropfen genommen? Glauben Sie wirklich…«

»Wir ermitteln in alle Richtungen«, sagte Sebastian.

Heinz Ritter schüttelte ungläubig den Kopf. »Wissen Sie, was ich getan habe, als ich die Todesnachricht bekam? Ich habe mich erst einmal in meinen Sessel gesetzt und gebetet.«

»Und was haben Sie anschließend getan?«

»Mit unserer Presseabteilung gesprochen, damit wir eine Sprachregelung finden. Wir mussten ja jede Minute mit Anrufen von der Presse rechnen. Und die kamen dann auch prompt.«

»Wie lautet die Sprachregelung?«

Ritter schaute in die Luft, als würde er einen unsichtbaren Text verlesen. »Wir sind bestürzt über den Tod unseres Hauptdarstellers und Freundes Max-Andreas Benson und werden für ihn und in seinem Sinne die Show weiterspielen.« Der Inhaber überprüfte in Gedanken seine Worte. Dann nickte er. »Brauchen Sie den Wortlaut schriftlich?«

»Nicht nötig. Was haben Sie dann gemacht?«

»Unsere Zweitbesetzung informiert. Das war ganz schön heikel: Der Mann muss den Schock verarbeiten, dass der Kollege tot ist, und sich gleichzeitig auf den Auftritt in der Show vorbereiten.«

»Wie heißt der Mann?«

»Stefan Wedekind. Der war kurz in München und musste sofort herfliegen.«

»In München?«

»Bei seinen Eltern. Er kommt von dort.«

Sebastian dachte: Schade. Damit schied dieser Mann, dessen vorhersehbarer Aufstieg von der Zweit- zur Erstbesetzung ein mögliches Motiv gewesen wäre, als Tatverdächtiger schon aus. Trotzdem sollte sicherheitshalber die Reise nach München einmal genau überprüft werden.

»In der Regel sind die meisten Hauptdarsteller im deutschen Musicalbusiness aber Ausländer«, fuhr Heinz Ritter fort. »Wirklich gute Leute findet man in Deutschland nur ganz schwer. Die Musicalkunst hat hier leider keine Tradition.«

»Herr Ritter, was haben Sie getan, nachdem Sie Stefan Wedekind Bescheid gegeben hatten?«

»Ich habe herumtelefoniert und einige Leute aus unserem Theater informiert.« Er drückte mit dem Daumen ein Stück Tesafilm fest, das sich an der Ecke eines Plakats gelöst hatte. »Max-Andreas ermordet? Ich kann das nicht glauben.«

»Unterm Strich ist der Tod Ihres Hauptdarstellers doch auch eine gute PR?«, sagte Sebastian. »Oder nicht?«

Heinz Ritter sah ihn konsterniert an. »Ich kann mir wahrlich bessere PR vorstellen.« Er schüttelte verärgert den Kopf.

»Die Leute kommen nicht in mein Theater, um die Zweitbesetzung zu sehen. Und dann die ganze Aufregung. Alles was die Theatermaschinerie ins Stocken bringt, ist schädlich. Die Finanzierung ist wacklig wie ein Kartenhaus.«

»Und wie wichtig war die Karte Benson?«

»Ein überaus begabter Tänzer und Darsteller. Für diese Rolle perfekt. Zudem jemand, der mit Fans umgehen konnte.«

»Fans?«

»Ja, natürlich. Viele Musicalstars haben ihre Fans. Die reisen ihnen nach, kommen regelmäßig zu den Vorstellungen. Max-Andreas hatte eine eigene Website, um die er sich regelmäßig selbst kümmerte. Er beantwortete Briefe und Mails, schrieb Autogrammkarten. Mein Gott, ich kann gar nicht fassen, dass das jetzt alles ...«

»Wir müssen zunächst das nähere Umfeld durchleuchten«, erklärte Sebastian. »Mit wem war er befreundet, gab es mit irgendwem Streit, hatte er Feinde?«

Heinz Ritter rollte ein Plakat zusammen und dachte nach. »Weder viele enge Freunde noch irgendwelche Feinde, soviel ich weiß. Mit Pedro Gonzales, seinem Ankleider, hat er sich, glaube ich, ganz gut verstanden. Und da ist eine Frau, die ein wenig kompliziert ist, um es mal so auszudrücken ...«

»Ihr Name?«

Der Mann nannte den Namen, den Sebastian erwartet hatte: Linda Berick.

»Sie ist hier im Theater nicht sehr gut gelitten. Max-Andreas war eng mit ihr befreundet, und das hat sich wohl etwas negativ auf seinen Ruf ausgewirkt.«

»Warum ist Frau Berick so unbeliebt?«

»Weil sie sich überall einmischt.«

Genau das hatte Olga auch gesagt.

Der Mann klebte an das aufgerollte Plakat ein Stück Tesafilm und legte die Rolle quer über seinen Schreibtisch. »Frau Berick glaubt, dass nur sie das Wesen ihrer Schöpfung wirklich kennt und als Einzige weiß, wie alles zu sein hat: das Bühnenbild, obwohl wir hier einen sehr guten Bühnenbildner haben, die Kostüme, für die erfahrene Leute da sind. Auch die Beleuchtung, für die eigens ein Lichtdesigner angestellt ist, die Werbung, obwohl dafür eine Agentur zuständig ist. Sogar die Ticketpreise möchte Linda Berick bestimmen, was eine ganz sensible Angelegenheit ist. Dabei versteht die Frau leider sehr viel weniger von Musicalproduktion und Musicalbusiness, als sie denkt.«

»Glauben Sie, dass jemand aus dem Theater Max-Andreas Benson loswerden wollte?«

Ritter stutzte »Das kann ich mir gar nicht vorstellen. Macht ja keinen Sinn: *Tainted Love* ist extrem erfolgreich. Das ist heutzutage eine Seltenheit. Die Jobs hier sind sicher, und es gibt nicht so viele davon in der Branche.«

»Und wie sieht es mit Konkurrenten aus, könnten die Interesse am Tod Ihres Hauptdarstellers haben?«

Heinz Ritter schaute Sebastian verwundert an. »Interessante Idee. Darauf bin ich noch nicht gekommen.« Er überlegte und sagte dann: »Sie müssen eines bedenken: Mein Theater ist zwar groß, aber ich stehe in keinem Verbund. Ich bin nur ein kleines Licht im Vergleich zu den Musical-Giganten. Meinen Sie, die schlagen so zu, nur weil ich ihnen einmal voraus bin?«

Sebastian erlebte es oft: Menschen, die persönlich noch

nie mit Gewalt und Verbrechen in Berührung gekommen waren, konnten sich das Ausmaß der Brutalität und Grausamkeit und die Rücksichtslosigkeit, mit der manche Menschen vorgingen, nicht wirklich vorstellen. Es war etwas, das man aus dem Fernsehen kannte, das einen für einen Moment gruselte, das man aber auch genoss, im Bewusstsein, jederzeit umschalten zu können.

Die Konkurrenten vom Hans-Albers-Theater waren natürlich nicht vom Verdacht zu befreien. Gerade die wenigen Giganten, die in Deutschland die meisten Musicaltheater betrieben, standen sicherlich in scharfer Konkurrenz zueinander. Eine Maschinerie, die von täglicher Energiezufuhr abhängig war, und der Energiespender war die Summe der in die Musicals strömenden Massen, oder anders gesagt: der breite Strom des Geldes. Wenn so ein Monster auf einmal weniger zu fressen bekam, konnte es vermutlich schnell nervös werden.

Sebastian notierte einiges, bevor er sich wieder an den Inhaber wandte: Er wollte sich gerne etwas umsehen und sich mit dem Ankleider unterhalten, der mit dem spanischen Namen...

»Pedro?«, sagte Heinz Ritter und schaute auf die Uhr. »Der müsste schon da sein. Aber, Herr Fink, ich möchte Sie um etwas bitten...« Der Inhaber sah ihn beschwörend an. »Könnten Sie vielleicht morgen Vormittag wiederkommen?«

Für einen Moment glaubte Sebastian sich verhört zu haben. »Nein, das kann ich nicht. Wie kommen Sie darauf?«

»Es sind nur wenige Stunden bis zur Show, das ist zu viel Aufregung. Ich bitte Sie.«

»Es tut mir leid, Herr Ritter, aber ich habe einen Mord aufzuklären, das ist auch viel Aufregung.«

Der Inhaber wirkte verärgert. »Sie wissen ja nicht, wie überempfindlich und hysterisch die Darsteller sind. Die kommen mit einer Kerze auf die Bühne, legen eine Gedenkminute ein, oder die Show fällt ganz aus. Ist Ihnen klar, wie viel ein einziger Showausfall kostet? Fast hunderttausend Euro!«

»Herr Ritter, die Alternative ist, Ihr Theater gleich für mehrere Tage dichtzumachen, das wären dann mehrere hunderttausend Euro. Ich werde jetzt mit den Ermittlungen weitermachen.«

Der Ankleider Pedro Gonzales saß in der Garderobe des Hauptdarstellers über einen rotglitzernden Stoff gebeugt. Die Pailletten reflektierten das Licht und warfen rötliche Sprenkel auf sein rundliches dunkelhäutiges Gesicht. Wenn er den Stoff bewegte, huschten Leuchtpunkte durch den Raum. Der Mann trennte einen Saum auf, und Sebastian erkannte erst auf den zweiten Blick, dass er an einer Jacke arbeitete. »Für die Szene in der Disco«, erklärte der etwa Dreißigjährige mit leichtem spanischen Akzent. »Das wird damit zusammen getragen«, er wies mit dem Daumen neben sich: Auf einem Stuhl lag eine schwarze Hose, ordentlich gefaltet, darunter standen ein Paar silberne Schuhe.

»Müssen Sie das jetzt auf den Ersatzdarsteller, Herrn Wedekind, anpassen?«, fragte Sebastian.

»Stefan Wedekind ist jetzt der Hauptdarsteller. Der hat sein eigenes Outfit. Dieses Kostüm ist für die neue Zweitbesetzung.«

Sebastian zog sich einen Hocker heran und setzte sich zu dem Spanier. »Ist es richtig, dass Sie viel Zeit mit Max-Andreas Benson verbracht haben?«

Pedro Gonzales atmete tief durch und nickte.

»Ihr Chef meinte, im Theater hätten Sie ihm am nächsten gestanden.«

Der Ankleider arbeitete an dem Stoff, ohne zu antworten. Sebastian überlegte, was das Schweigen bedeutete. Er sagte: »Mit Linda Berick ist Max-Andreas auch sehr gut ausgekommen, nicht wahr?«

Es war, als hätte der Ankleider einen Moment gezögert, bevor er nickte.

»Also, ist er nicht mit ihr ausgekommen?«, sagte Sebastian.

Das wirkte: Der Ankleider war irritiert. Jetzt nickte er unentschieden.

»Also, kam er gut mit ihr aus?«, fragte Sebastian.

Der Ankleider schaute auf und blickte Sebastian in die Augen, als wollte er sagen: Halt doch einfach die Klappe. Sebastian wartete ab. »Es stimmt«, sagte der Mann nach einer Weile. »Sie haben sich sehr gut verstanden, bis…« Der Ankleider stoppte sich selbst und winkte ab.

Sebastian sagte: »Als ich Max-Andreas und Frau Berick nach der Premiere zusammen gesehen habe, wirkten die beiden sehr vertraut miteinander. Das war erst letzte Woche.«

Leuchtende Punkte schwirrten über die Wände, als der Ankleider die Jacke drehte. »Sie haben sich gestritten«, sagte er, ohne den Blick von dem Stoff abzuwenden, »am Samstagvormittag.«

»Woher wissen Sie das?«

»Das hat Max-Andreas mir erzählt.«

»Worum ging es bei dem Streit?«

»Max-Andreas wollte nicht darüber sprechen. Er war unheimlich sauer.«

Der Ankleider gab die Reserve auf. Er wandte sich Sebastian zu: »Wir trafen uns wie immer um achtzehn Uhr hier in der Garderobe, um ihn für die Zwanzig-Uhr-Show anzukleiden. Er hat den Streit mit Linda erwähnt, mehr aber nicht.«

»Was genau hat er gesagt oder angedeutet?«

»Er wollte sich nach der Show besaufen gehen, das hat er gesagt.«

»Kam das häufiger vor?«

»Eher selten.«

»Wie würden Sie denn das Verhältnis zwischen Max-Andreas und Linda Berick beschreiben?«

»Nicht schlecht.«

Er hat zu schnell geantwortet, dachte Sebastian. »Also, war das Verhältnis gut?«, fragte er.

»Ja, gut.«

»Sehr gut?«

»Normal gut.«

Das schien zu stimmen. Aber irgendetwas war hier noch verborgen. »Wie haben Sie sich mit Frau Berick verstanden?«

»Ich?«

»Ja, Sie.«

Gonzales wendete die Jacke, musterte einen Abschnitt. »Ich will darüber eigentlich nicht sprechen.«

»Warum nicht?«

Er nahm ein Tuch zur Hand und polierte einzelne Pailletten.

»Herr Gonzales, es geht um den Mord an Max-Andreas Benson. Ich verspreche Ihnen, dass Linda Berick nichts von unserem Gespräch erfährt.«

Er polierte schweigend weiter. Der Mann war mühsam.

Dann erhob Pedro Gonzales sich auf einmal und ging zur Tür. Er öffnete vorsichtig, schaute einmal nach links und rechts und schloss sie wieder fest. Er setzte sich auf seinen Platz und polierte.

Sebastian spürte eine leichte Wut in sich aufsteigen, aber es war jetzt wichtig, abzuwarten.

»Also gut, ich erzähle Ihnen etwas«, sagte der Ankleider schließlich. »Hier im Theater denken alle, dass Linda ein starker Mensch ist. In Wahrheit ist sie das aber nicht. Sie ist total unsicher. Deswegen ist sie so streng mit dem Team. Ein Streit, und man verliert den Job. Ist schon vorgekommen. Sie fragen, wie ich mit ihr auskomme; ich komme mit ihr mittelmäßig aus, aber das ist schon positiv. Nur Max-Andreas kam mit ihr gut aus. Er konnte gar nichts falsch machen. Wenn er in der Nähe war, war Linda…«, der Ankleider überlegte kurz, »…ja, dann war sie glücklich. Sie war in ihn verliebt.« Gonzales biss sich auf die Unterlippe. »Die bringt mich um.«

»Keine Sorge, das bleibt unter uns«, beruhigte ihn Sebastian. »Wie kommen Sie darauf, dass Linda Berick in Max-Andreas verliebt war?«

Der rotglitzernde Stoff lag jetzt auf dem Tisch, an der Decke standen die Leuchtpunkte still wie Sterne. »Ich sah es bei den Proben in den Wochen vor der Premiere. Wenn Max-Andreas auf der Bühne war, strahlten Lindas Augen wie zwei blaue Juwelen. Und wenn er irgendwo backstage auftauchte, war Linda aufgedreht und glücklich.«

»Haben Sie mit Max-Andreas darüber gesprochen?«
»Nein.«

»Hatten Sie den Eindruck, dass zwischen den beiden mehr lief?«

»Nein. Linda war einfach verliebt wie ein junges Mädchen. Oder wie eine Mutter.«

»Eine Mutter?«

»Ja, eine Mutter, die ihr Kind liebt. Hatte auch ein bisschen was davon.«

Merkwürdig, dachte Sebastian: Linda Berick hatte ihm einen anderen Eindruck ihrer Beziehung zu dem Tänzer vermittelt. Warum?

Als der Ankleider ihn ein wenig später durch die Flure zum Vorderausgang des Theaters führte und Sebastian bereits die Orientierung verlor, sagte Gonzales plötzlich: »Wir nehmen eine Abkürzung.«

Sebastian folgte ihm durch einen menschenleeren Korridor. Kleiderständer mit Kostümen standen herum. Daneben waren Ablagen mit Requisiten, im Vorbeigehen sah Sebastian Neonröhren in den Miami-Vice-Farben Rosa und Türkis. In einer Ecke stand ein Glastisch mit Beinen aus Stahlrohr. Typisch Achtziger. Darauf ein Plattenspieler und Schallplattenhüllen, zuoberst eine LP von den Simple Minds. Abends hatte all das seinen Platz auf der Bühne.

Sie bogen nach links ab und standen vor einer hohen Wand aus Stoff. »Kommen Sie«, sagte der Ankleider. Mit der ausgestreckten Hand teilte er den Stoff wie ein Magier. Sie gingen hindurch und kamen auf die Bühne. Der ganze Theatersaal war leer. Sebastian stellte sich in die Mitte der Bühne und ließ den Blick wandern. Er bemerkte die vielen stummen Scheinwerfer, die wie große Augen glotzten, vom

Rande, von oben, aus den Lichtlogen, eingelassen in die Seitenwände des Saals. Am Abend, wenn sie dann zum Leben erweckt wurden und strahlten, wurde hier oben auf der Bühne jede Bewegung von Tausenden Menschenaugen beobachtet. Ein merkwürdiges Gefühl.

Sebastian trat an den Bühnenrand und blickte in das weite Zuschauerrund. Er empfand Respekt – gegenüber den Geschichten, die hier in Jahren und Jahrzehnten erzählt und von den Menschen im Publikum aufgenommen worden waren.

Er schaute hoch zur Kuppel, die ihm inzwischen vertraut vorkam. Und plötzlich war da etwas: ein Moment, wie das Licht eines Leuchtturms, das einen streift. Ein kalter Luftzug, wo die Luft eigentlich stillsteht, ein ferner Ruf.

Er spürte es noch, als er hinter dem Spanier die Stufen am Rand der Bühne hinunterstieg. Er fragte ihn: »Haben Sie neulich die Aufregung um die Physiotherapeutin Silke Engelmann mitbekommen?«

»Ja, klar.« Der Ankleider ging vor ihm her, die erste Reihe entlang, bis sie den Mittelgang erreichten. Sie standen genau unter der Kuppel, als der Mann sagte: »Silke ist schon etwas verrückt. Aber sie ist nett.«

»Erzählen Sie von ihr.«

Pedro Gonzales sank auf einen der roten Sitze nieder. Es knarrte. Sebastian setzte sich neben ihn. Er nahm die Stille wahr, die im Saal herrschte. Als hielte das Theater einen Winterschlaf, bevor am Abend der Sommer, die Gäste und das Leben einkehrten.

»Als ich in diesem Theater zu arbeiten anfing, war Silke schon da. Sie war eine unauffällige Person. Wir hatten kaum

Kontakt miteinander. Das änderte sich, als Max-Andreas aus London zu uns kam.«

»Warum?«

»Silke hat sich sofort in ihn verguckt.«

»Woher wissen Sie das?«

»Max-Andreas hat es mir erzählt. Und ich habe es auch selber mitbekommen. Bei den Proben saß Silke hier in den Reihen und beobachtete ihn auf der Bühne.«

»Wie Linda Berick.«

Der Spanier wiegte unentschieden den Kopf. »Frau Berick saß weiter vorne. Außerdem war Frau Berick nicht immer da. Silke dagegen schon.«

»Hat das Max-Andreas nicht gestört?«

»Nein. Manchmal lag vor der Garderobentür ein kleines Geschenk. Ein Teddybär, ein kleiner Käfer aus Stein, eine Wollmütze, die Silke gestrickt hat. Max-Andreas fand das lustig. Der Teddybär und der Käfer stehen übrigens in der Garderobe auf dem Regal, haben Sie gesehen? Die Mütze war wahnsinnig hässlich: ein grelles Orange.« Gonzales lachte. »Die hat Max-Andreas noch am selben Tag im Vorbeigehen auf den Stuhl eines Straßencafés gelegt. Wir haben noch Witze gemacht und eine Wette abgeschlossen: Wer als Erster die Mütze auf dem Kopf eines Menschen sieht, muss die Person mit dem Handy fotografieren und gewinnt eine Flasche Champagner...« Der Ankleider verstummte. Als Nächstes hörte Sebastian ein leises Schluchzen.

Sebastian schaute über die Sitzreihen hinweg zur Bühne, die vollkommen leer war und doch irgendwie bevölkert schien, wie ein fernes Echo von dem, was dort jeden Abend passierte.

Nach einer Weile konnte Pedro Gonzales weitersprechen. Er erzählte, der Tänzer habe sich am Anfang von Silkes Zuneigung geschmeichelt gefühlt, aber später hätte sich das geändert.

»Was war passiert?«

»Zum Beispiel wartete sie vor seinem Haus. Als Max-Andreas sie dort traf, behauptete sie, sie wäre auf der Langen Reihe einkaufen gewesen – obwohl sie in Winterhude wohnt.«

Sebastian wollte wissen, ob das öfter vorkam, und tatsächlich war es wohl so. Am Wochenende traf Max-Andreas die Physiotherapeutin beim Brötchenholen in der Bäckerei bei ihm in der Parallelstraße. Er hatte das Gefühl, sie habe dort auf ihn gewartet, aber Silke Engelmann behauptete wieder, es wäre Zufall gewesen.

Sebastian überlegte. Bewunderung und Geschenke waren das eine. Etwas anderes war die Nähe, die Silke Engelmann herzustellen versuchte gegen den Willen von Max-Andreas.

Und noch etwas interessierte Sebastian. Er fragte den Ankleider: »Wusste Linda Berick von Silke Engelmanns Annäherungsversuchen?«

Der Spanier sah sich um, als würde die Autorin irgendwo schweigend im Saal stehen und zuhören. »Nein, Linda hat nichts davon erfahren, soviel ich weiß. Max-Andreas wollte es ihr nicht erzählen, weil er meinte, dann würde Silke sofort rausfliegen.«

»Wäre ihm das nicht entgegengekommen?«

»So war Max-Andreas nicht. Er hätte nicht gewollt, dass Silke wegen ihm den Job verliert.«

Silke Engelmann – die Frau mit den Visionen. Sebastian musste sie noch einmal treffen. Und zwar so schnell wie möglich.

17

Mit den Händen in den Taschen ihrer Winterjacke wartete Pia an der verabredeten Straßenecke. Kalte Böen jagten durch die lange Dorotheenstraße und wirbelten die müden Blätter noch einmal auf. Sebastian kickte im Gehen eine Kastanie, die mit ein paar Hüpfern unter einem parkenden Auto verschwand.

Pia hatte noch keine neuen Erkenntnisse aus der Nachbarschaft von Max-Andreas. Die Kollegen machten nun ohne sie weiter, damit Pia Sebastian in Winterhude begleiten konnte.

Sie gingen vorbei an Rotklinkerbauten und Häusern neueren Datums sowie alten Gebäuden aus der vorigen Jahrhundertwende, die einmal für die Oberschicht gebaut worden waren. In so einem wohnte die Physiotherapeutin. Pia schaute an der Fassade hinauf. »Ich könnte mir die Miete hier nicht leisten.«

Die Haustür stand offen. Silke Engelmann wohnte im dritten Stock, das konnte man der Klingelleiste entnehmen. Das Treppenhaus war schmal, aber durch die Höhe großzügig, es gab keinen Fahrstuhl. Hinter einer der unteren Wohnungstüren war klassische Musik zu hören, irgendwo weiter oben keifte eine Frau.

Im dritten Stock stellten sie fest: Die keifende Stimme

kam von hinter der Tür. Pia zeigte wortlos auf das Klingelschild: Engelmann.

Sie horchten. »*Nichts geschafft!*« Eine resolute Frauenstimme. »*Armseliges Geschöpf!*«

War das etwa Silke Engelmann? Sie lauschten beide gebannt. Dann eine zweite Stimme, leiser, beinahe ängstlich, und Sebastian erkannte, dass diese Silke Engelmann gehörte. Dann wieder die laute Stimme: »*…konnte doch nichts werden!…*«, schimpfte sie und entfernte sich in ein hinteres Zimmer.

»Klingeln?«, fragte Pia leise.

»Warte mal«, flüsterte Sebastian. Die Stimme kam wieder zurück.

»*Sag du doch auch mal was!*«

Die dritte Stimme, die nun antwortete, war tief, leise und nicht zu verstehen.

»*So ein Quatsch!*«, gab die Frau zurück.

Sebastian und Pia sahen sich an. In dem Augenblick vibrierte unter ihren Füßen der Boden, schwere Schritte näherten sich von innen. Sebastian stieß Pia an.

Sie hatten gerade die ersten Stufen zum vierten Stock genommen, als die Wohnungstür aufgerissen wurde. Eine Frau in Schwarz, mit Hut und samtener Schleife, starrte sie an. Sie war stark geschminkt. Betont freundlich sagte sie: »Guten Tag.«

Sebastian und Pia grüßten zurück, während sie weiter hinaufgingen. Als Sebastian sich noch einmal umdrehte, sah er, dass hinter der Frau ein älterer Mann aus der Wohnung trat, vorsichtig, fast ängstlich.

Waren das die Eltern der Physiotherapeutin? Sebastian

und Pia warteten im oberen Stock und horchten, wie die beiden die Treppe hinabstiegen, die Frau wütende Töne von sich gab, bis die Haustür klappte und Ruhe einkehrte.

Aber nicht ganz: In der Engelmann-Wohnung war nun Musik aufgedreht worden. Laut. Auch Pia hatte das Lied sofort erkannt: *Tainted Love* von Soft Cell. Die eindringliche Stimme des Sängers Marc Almond war bis in den Hausflur gut zu verstehen:

> *Sometimes I feel I've got to run away*
> *I've got to get away*
> *from the pain that you drive in the heart of me*
> *the love we share, seems to go nowhere*
> *and I've lost my light*
> *for I toss and turn*
> *I can't sleep at night*

Sebastian drückte den Klingelknopf. Es schrillte.

> *Once I ran to you*
> *now I run from you*
> *this tainted love that you've given*
> *I gave you all a boy could give*
> *you take my tears and that's not nearly all*

Die Musik lief weiter, nichts passierte. Pia wollte noch einmal klingeln, doch Sebastian hielt sie zurück: »Das Lied ist sowieso nicht lang.«

Don't touch me please
I cannot stand the way you tease
I love you though you hurt me so
now I'm gonna pack my things and go

Ein paarmal noch wiederholte die Stimme sehnsuchtsvoll *Tainted Love* in der ausklingenden Melodie.

»Was heißt eigentlich *Tainted Love*?«, fragte Pia.

»So etwas wie: befleckte Liebe«, meinte Sebastian.

In der Wohnung war es nun still.

Pia drückte wieder den Knopf. Schritte hinter der Tür. Silke Engelmann öffnete in einem weißen Jogginganzug, ihre dunklen Locken leicht zerzaust. Erschrocken sah sie die Besucher an.

»Können wir reinkommen?«, fragte Sebastian und trat mit Pia ein. Es war eine großbürgerliche Wohnung mit hohen, großen Räumen.

Die Physiotherapeutin schloss die Tür. »Ich war es nicht«, sagte sie.

»Was waren Sie nicht?«, fragte Sebastian.

»Ich ...« Silke Engelmann schaute verwirrt. »Ich dachte, Sie kommen wegen Max-Andreas.«

»Woher wissen Sie, dass er tot ist?«, fragte Pia.

»Von einer Kollegin aus dem Theater. Sie hat mir alles erzählt.«

»Wer war das, und was hat sie Ihnen erzählt?«

»Frau Lemke, die Garderobenfrau. Ich traf sie gestern auf der Straße. Die meinte, er sei ...« Die Physiotherapeutin schaute fragend von einem zum anderen. »Sie meinte, er sei umgebracht worden.«

»Frau Engelmann, wo waren Sie Sonntag früh um halb acht?«, fragte Sebastian.

»Hier. Ich war hier.« Ihr Gesicht wurde rot.

»Kann das jemand bestätigen?«

»Nein.«

Selten hatte Sebastian jemanden so rot werden sehen, wie Silke Engelmann es war. Viele Menschen wurden nur schon rot, wenn man sie verdächtigte, andere wiederum konnten eiskalt lügen. Wieder andere wurden rot, weil sie tatsächlich logen.

»Wir wollen uns hier ein bisschen umschauen«, sagte Sebastian.

Silke Engelmann trat einen Schritt zur Seite. Von der Diele gingen in beide Richtungen Zimmer ab. Sebastian ging ins erste und stutzte. Es war ein großer Raum von vielleicht fünfundzwanzig Quadratmetern, das Parkett aus Pitch Pine, an der Decke eine helle Lampe. Das war's. »Warum ist das Zimmer leer?«, fragte Sebastian.

»Ich benutze es nicht«, antwortete Silke Engelmann, als wäre es das Normalste der Welt.

»Warum ist es dann hellerleuchtet?«

»Ich benutze das Zimmer als Durchgang.«

»Durchgang – wohin?«

Die Frau antwortete nicht. Sebastian durchschritt den Raum. »Wohin führt die Tür?«, fragte er.

»Das ist mein Schlafzimmer.«

»Bitte öffnen Sie.«

»Muss das sein?«

»Ja, das muss sein.«

Es war eine Schiebetür, die Silke Engelmann zögernd auseinanderzog. Sebastian durchfuhr ein leiser Schreck: Max-Andreas. Er lächelte. Lebensgroß stand er da, in der rotglitzernden Jacke, die Pedro Gonzales in der Garderobe bearbeitet hatte.

»Ich habe ihn vor der Premiere mitgenommen, es waren ja genügend Pappaufsteller da«, sagte Engelmann leise.

Sebastian fiel auf, dass ein Teil von der Pappe abgetrennt war. Olga fehlte. Das war ja kein Wunder. Wie im Zimmer eines Teenagers waren die Wände mit Bildern und Postern gepflastert, großen und kleinen, Max-Andreas Benson in allen Posen.

»Sie sind ja ein großer Fan«, sagte Pia.

Engelmanns Augen füllten sich mit Tränen.

»Haben Sie Max-Andreas Geschenke gemacht?«, fragte Sebastian.

»Ja. Wir waren uns sehr nah.« Silke Engelmann schneuzte sich. Dann blickte sie von Sebastian zu Pia. »Sie glauben mir nicht...«

»Und Max-Andreas?«, fragte Sebastian. »Empfand er das auch so?«

Die junge Frau zog die Augenbrauen zusammen. Keine Antwort.

»Hat Max-Andreas Sie geliebt?«, fragte Sebastian.

Silke Engelmann ging hinüber zum Nachttisch und nahm das gerahmte Bild in die Hand. »Ja, das hat er«, sagte sie leise und betrachtete das Foto, ein farbiges Porträt.

»Darf ich?« Pia nahm ihr den Rahmen aus der Hand, schaute sich das Bild an und reichte es weiter an Sebastian. Max-Andreas lächelte begeistert in die Kamera. Sebastian gab es Silke Engelmann zurück.

»Ich habe es aus dem Programmheft herausgetrennt«, erklärte sie. »Den Rahmen habe ich selber ausgesucht. Ich habe hundert Rahmen ausprobiert, aber der hier ist der richtige.« Sie stellte das Bild wieder an seinen Platz.

»Wohnen Sie allein hier?«, fragte Pia.

Sie bejahte. Sebastian fragte, ob ihr Gehalt für die Miete dieser Wohnung ausreiche.

»Sie gehört meiner Mutter.«

»War sie vorhin hier?«, fragte Sebastian.

Silke Engelmann sah ihn überrascht an. »Ja, das war sie.«

»Und der Mann war Ihr Vater?«

Sie nickte und blickte zu Boden. Sebastian dachte, dass der Mann, der vorhin aus der Tür gekommen war, sehr traurig gewirkt hatte.

»Wie ist Ihr Verhältnis zu den Eltern?«, fragte Sebastian.

Sie ließ die Arme schlaff herunterhängen, ihre Augen irrten suchend umher.

»Gab es Streit?«

Sie kniff die Lippen zusammen, und Sebastian dachte: Jetzt sieht sie aus wie ein verängstigtes Mädchen. Nein, jetzt *ist* sie ein verängstigtes Mädchen. Er fuhr fort: »Mit Ihrem Vater hatten Sie keinen Streit, nicht wahr?«

Sie schüttelte den Kopf.

»Aber Ihre Mutter war böse auf Sie…«

Die junge Frau schien innerlich zu erstarren. Sebastian dachte: Jetzt aufpassen. »Sie ist sauer«, sagte er, »weil Sie den Job verloren haben, nicht wahr?«

Sie nickte.

»Sie ist streng.«

Silke Engelmann schaute im Zimmer umher. Auf einmal

sah sie Sebastian hilfesuchend an, die Lippen aufeinandergepresst. Er sagte: »Sie denken, dass Ihre Mutter ungerecht ist, nicht wahr?«

In ihrem Gesicht löste sich die Spannung ein wenig. Sie brachte ein leises, zustimmendes »Hmhm« hervor. Dabei schien sie abzuwägen, ob sie etwas, das sie verbarg, doch verraten sollte. Aber sie brachte es nicht über die Lippen.

»Frau Engelmann«, sagte Sebastian in sehr vertraulichem Ton, »ich glaube Ihnen, dass Sie mit dem Tod von Max-Andreas nichts zu tun haben, aber ich glaube Ihnen *nicht*, dass Sie sich am Sonntagmorgen um halb acht hier in dieser Wohnung aufgehalten haben. Sagen Sie mir die Wahrheit – wo waren Sie?«

Die Physiotherapeutin starrte ihn an.

»Sie waren in Sankt Georg, stimmt's?«

»Ich war an der Langen Reihe«, antwortete sie. »In der Bäckerei.«

»Sie haben auf Max-Andreas gewartet?«

Sie nickte schwach. »Er holt dort morgens seine Brötchen. Man kann da sitzen und Kaffee trinken.«

»Erinnern Sie sich, um welche Uhrzeit Sie sich dort hingesetzt haben?«

»Um halb acht, und ich blieb dort bis neun.«

»Wo genau ist die Bäckerei?«

»Ecke Danzigerstraße.«

»Von dort hätten Sie sehen können, wenn Max-Andreas auf die Lange Reihe gekommen wäre.«

Engelmann nickte noch einmal.

»Am Sonntagmorgen ist in der Gegend nicht viel los, richtig?«

»Ja, das stimmt.«

»Haben Sie denn irgendwen anderes beobachtet, der aus der Richtung von Max-Andreas' Wohnung kam?«

Silke Engelmanns Blick verdüsterte sich.

»Was haben Sie gesehen?«

Schweigen.

»Sie haben jemanden gesehen, stimmt's?«

Silke Engelmann war wie versteinert.

»Sie haben jemanden gesehen, der von Max-Andreas kam...«

Sie nickte schwach.

»Um halb acht?«

»Später.«

»Wann genau?«

»Um Viertel vor acht.«

Sebastian wartete, ob die Frau von sich aus weitersprechen würde. Sie schwieg.

Sebastian sagte: »Es war jemand, den Sie kannten...«

Sie nickte.

»Wer war es?«

Sie schüttelte den Kopf.

»Wer war es?«

Silke Engelmann kniff Lippen und Augenbrauen zusammen.

»Wer war es?«

Sie öffnete ihre Lippen wie in Zeitlupe und sprach es aus: »Frau Berick.«

18

Mit Blaulicht und Sirene jagten sie von Winterhude nach Sankt Georg.

Linda Berick hatte über ihre Beziehung zu Max-Andreas nicht die Wahrheit gesagt, hatte versucht, ihre Liebesbeziehung und den Streit zu kaschieren. Und wenn es stimmte, was Silke Engelmann sagte, war die Autorin nahe der Tatzeit sehr nahe am Tatort gewesen, und das an einem frühen Sonntagmorgen, wo man sich im kalten November eher irgendwo im Warmen aufhielt. Und womöglich besaß sie sogar einen Schlüssel zur Wohnung. Sebastian spürte Schweiß auf der Stirn. Jetzt wurde es ernst, und es wurde persönlich. Die Frau hatte ihn vermutlich mehrfach manipuliert.

Wer den längeren Atem hat, kommt ins Ziel – die Worte von Lenz gingen ihm durch den Kopf. Sebastian ermahnte sich zur Ruhe. Während er Gas gab, musste er sich bremsen.

Wie sich die Situation im Moment darstellte, gab es nur zwei Möglichkeiten, die Linda Berick wieder aus der Zange befreien würden. Entweder hatte Silke Engelmann gelogen, oder die Autorin konnte ein handfestes Alibi vorweisen. Beides würde sich in wenigen Minuten zeigen.

Pia stieg an der Langen Reihe vor der Bäckerei aus, wo vereinzelt Menschen an einer Handvoll Tische saßen. Sie würde Engelmanns Aussagen überprüfen. Sebastian wollte

Linda Berick einen Überraschungsbesuch abstatten. Er steuerte gleich weiter zum Hotel Atlantic, das nicht mehr weit war.

Leise Musik säuselte durch die Hotelhalle. Da und dort saßen Gäste in dunklen Ledersesseln, tranken Tee oder hatten einen Drink vor sich. Sebastian dachte an sein erstes Treffen mit Linda Berick im Theatersaal unter der Kuppel. Manche Menschen könnten nicht zwischen Realität und Illusion unterscheiden, hatte sie gesagt. Sie hatte es auf Silke Engelmann bezogen, und Sebastian war gar nicht auf die Idee gekommen, dass sie auch sich selbst damit gemeint haben könnte. Aber vielleicht war ihr das auch gar nicht klar gewesen.

An der Rezeption fragte er nach der Autorin.

»Tut mir leid, Frau Berick hat vor etwa zwei Stunden das Haus verlassen.«

»Wissen Sie, wohin sie gegangen ist?«

»Leider nein.«

Sebastian wollte es vermeiden, die Autorin anzurufen und sie damit vorzuwarnen. Er wählte die Nummer vom Inhaber des Theaters. Die Mailbox sprang an. Sebastian bat dringend um Rückruf. Aber was nützte ihm das im Moment?

Leute drängten an die Rezeption, als sein Handy klingelte. Es war Pia.

Sebastian zog sich in eine Ecke der Hotelhalle zurück. Pia erklärte, dass die Aussage von Silke Engelmann stimmte. Sie war am Sonntag durchgehend von halb acht bis etwa neun Uhr in der Bäckerei gewesen.

»Übrigens«, sagte Pia, »ich hab eben auch mit Jens gesprochen. Ich soll dir ausrichten, dass Stefan Wedekind, die Zweitbesetzung, das Wochenende tatsächlich bei seinen Eltern in München verbrachte, du hattest Jens gebeten, das zu überprüfen. Der Mann kam erst am Sonntag mit der Nachmittagsmaschine zurück.«

Sebastian hatte auch das erwartet.

»Und was sagt die Berick?«, fragte Pia.

»Sie ist weg.«

»Was?«

»Pia, ich melde mich gleich noch mal.«

Bevor er eine Fahndung ausrief, wollte er noch eines versuchen: Er scrollte durch die Namensliste seines Handys, bis er die Nummer fand.

»Olga, hier ist Sebastian.«

»Sebastian?«

»Sebastian Fink...«

»Ach, du bist es! Entschuldige, es gibt so viele Sebastians.«

»Hast du eine Ahnung, wo Linda Berick sein könnte?«

»Im Hotel vielleicht?«

»Da ist sie nicht.«

»Wie spät ist es denn?«

Sebastian sah auf die Uhr. »Zwanzig vor acht.«

»Dann ist sie im Theater. Die Show läuft, die hat heute schon um sechs begonnen.«

»Du glaubst, das schaut sie sich wieder an?«

»Die schaut sich das oft an.«

»Danke, Olga. Und: Bis bald!«

Dass er einmal mit Blaulicht ins Theater fahren würde, hätte er nicht gedacht, aber anders war es nicht möglich: Schon auf der Kennedybrücke über die Alster staute sich der Verkehr, und das ging so weiter bis Sankt Pauli.

Noch bevor er losgefahren war, hatte er die Staatsanwältin um einen Durchsuchungsbefehl gebeten. Pia sollte mit Kollegen die Suite von Linda Berick durchsuchen, während er die Autorin im Theater festnagelte. Vor allem sollte sie versuchen, den sechsten Becher, der in Max-Andreas' Wohnung fehlte, zu finden. War dieser tatsächlich in der Suite, wollte Sebastian Linda Berick gleich im Theater festnehmen.

Der Hintereingang des Hans-Albers-Theaters befand sich in der Kastanienallee, der Parallelstraße zur Reeperbahn. Die Pförtnerin bestätigte, dass die Produzentin in der Vorstellung saß. Sie rausholen? Schwierig. Sie saß ausnahmsweise nicht in der ersten Reihe, sondern sechste, Mitte. Aber in einer halben Stunde sei ohnehin Schluss, ob das nicht reiche? Das war sogar günstig, überlegte Sebastian, denn so hatte Pia Zeit für Bericks Suite. Er nahm das Angebot an, auf einem der Notsitze in der Lichtloge zu warten, in Gesellschaft von Scheinwerfern, mit eingeschränkter Sicht auf die Bühne. Einen anderen Platz gab es nicht, die Show war wieder ausverkauft.

Den Saal erfüllte das melancholische *The Day Before You Came*. Sebastian lehnte sich über das Geländer und sah hinunter. Er zählte ab, sechste Reihe, Mitte, da war sie. Linda Berick starrte zur Bühne. Aber sie schien das Geschehen dort gar nicht wahrzunehmen. Als ein Lichtschein ihr Gesicht traf, sah es aus, als ob ihr Tränen über die Wangen liefen.

Sein Handy vibrierte in der Hosentasche. Pia. Er hielt ein Ohr zu und behielt Linda Berick im Blick. »Nichts«, sagte die Kollegin, »kein Becher, und auch sonst nichts.«

»Okay. Danke.«

Er seufzte und betrachtete die Autorin. Wäre ja auch zu einfach gewesen.

In diesem Moment schaute sie hoch und ihm direkt in die Augen. Hastig wischte sie sich über die Wangen und sah mit leerem Blick wieder zur Bühne.

Sebastian überlegte, unten Position zu beziehen. Als hätte sie seine Gedanken gehört, wandte sich Linda Berick flüsternd an ihren Nachbarn. Er ließ sie vorbei. Platz für Platz drängte sich die Autorin durch die Reihe.

Sebastian lief zur Treppe, die in breitem Schwung nach unten führte, nahm vier Stufen auf einmal und war in wenigen Sekunden im menschenleeren Foyer. Linda Berick kam von der anderen Seite, um ein Haar wären sie zusammengestoßen.

»Warum glotzen Sie mich von dort oben an?«, zischte sie. »Was tun Sie hier eigentlich?«

Ihr Angriff überraschte ihn. »Eventuell nehme ich Sie fest«, erwiderte er streng.

»Wie bitte?«

»Hatten Sie einen Schlüssel zu Max-Andreas' Wohnung?«

»Den habe ich immer noch. Und ich muss Ihnen sagen, ich bin wirklich sauer auf Sie, Herr Fink. Warum erfahre ich erst heute, dass Max nicht an einem Unfall gestorben ist, sondern dass die Polizei längst von einem Mord ausgeht? Das ist ja schrecklich! Warum haben Sie mir das nicht gesagt, als Sie gestern bei mir im Hotel waren?«

»Wo waren Sie am Sonntagmorgen um sieben Uhr dreißig?«, fragte er.

Ihr Gesicht versteinerte. »Sie verdächtigen mich? Das ist ja nicht zu fassen! Ich sage Ihnen gern, wo ich war, das weiß ich zufällig genau. Ich schaute um punkt sieben Uhr dreißig auf die Uhr in der Hotelhalle. Ich war auf dem Weg zu einem kleinen Spaziergang.«

»Wohin?«

»Ein Spaziergang durch Sankt Georg. Übrigens auch am Haus von Max-Andreas vorbei – das wird Sie sicher interessieren!«

»Das interessiert mich sehr. Warum machen Sie so früh am Morgen einen Spaziergang, und dann ausgerechnet zum Haus von Max-Andreas?«

»Das ist doch gar nicht so ungewöhnlich, hören Sie mal. Ich habe in den letzten Nächten wenig geschlafen, ich bin immer früh wach. Und ich bin nicht absichtlich zum Haus von Max-Andreas gegangen.«

»Das glaube ich Ihnen nicht.«

»Höchstens unbewusst.«

Aus dem Zuschauerraum ertönte jetzt Applaus, der Vorhang war offenbar gefallen.

»Können Sie mir sagen, wann genau Sie in seiner Straße waren?«

»Mein Gott, Sie sind aber auch ... Nun, vom Hotel bis zur Greifswalder geht man etwa eine Viertelstunde, wenn man, wie ich, langsam geht. Also war das dann etwa Viertel vor acht.«

Das deckte sich mit der Aussage von Silke Engelmann. Das Entscheidende war nun, ob Linda Berick genau zur

Tatzeit um sieben Uhr dreißig im Hotel gesehen worden war.

»Garantiert hat mich jemand gesehen«, antwortete sie auf seine Frage, »da war sehr viel los in der Hotelhalle.«

»Viel los – am frühen Sonntagmorgen?«

Linda Berick zuckte die Schultern. »Eine japanische Reisegruppe, die gerade im Begriff war, abzureisen. Als ich zurückkam, habe ich kurz mit dem Rezeptionisten gesprochen, da war es acht Uhr und die Japaner fort.«

Sebastian würde das gleich überprüfen. Es klang allerdings nicht gelogen. Hinter der Saaltür brandete immer wieder Applaus auf. Sebastian fragte: »Warum haben Sie mir eigentlich die Wahrheit über Ihre Beziehung zu Max-Andreas verschwiegen?«

»Warum sollte ich darüber Auskunft geben, wenn es sich um einen Unfall handelte? Hätten Sie gleich gesagt, dass es sich um ... dass es Mord ...« Die Autorin wandte ihr Gesicht ab.

»Ich bin erschüttert über das alles«, sagte sie. Sie lehnte sich erschöpft an die Wand. Sebastian dachte, dass die Frau verändert aussah, älter. Die Wut von eben wich Trauer.

Und dann sagte Linda Berick unvermittelt etwas, das ihrem Gespräch eine neue Wendung gab. Sie sagte: »Ich habe ihn mit einer anderen ertappt.«

»Mit wem?«

»Ich kenne sie nicht. Sie saßen in einem Lokal an der Langen Reihe, im Café Enzo. Sie haben sich umarmt. Aber er hat es geleugnet.« Die Autorin zuckte die Schultern, Ratlosigkeit in ihren Augen.

Für einen Moment wusste Sebastian nicht, ob er Linda

Berick diese Geschichte abnehmen konnte, aber sein Gefühl sagte ihm, dass es stimmte.

»Wir waren Seelenverwandte«, sagte sie. »Ich kann mir nicht erklären, warum er mir so eiskalt ins Gesicht gelogen hat. Aber ich habe ihm verziehen. Gott sei Dank noch bevor er gestorben ist.«

»Bitte beschreiben Sie mir die Frau«, sagte Sebastian. In dem Augenblick öffneten sich die Saaltüren. Menschenmassen strömten auf beiden Seiten an ihnen vorbei. Linda Berick beschrieb eine Frau mit Ponyfrisur, mit einem Muttermal, einem karierten Mantel. Der Strom der Musicalbesucher drängte sie näher zusammen, und Sebastian fragte so, dass nur die Autorin seine Worte verstand: »Haben Sie einen Verdacht, wer Max-Andreas ermordet haben könnte?«

Linda Berick zog ein Gesicht, als hätte ihr jemand einen nassen Waschlappen in den Nacken gelegt. »Ich mag darüber gar nicht nachdenken!«

»Das sollten Sie aber!«

»Ich kann nicht. Ich kann es mir nicht vorstellen.«

»Alles, was Ihnen einfällt – rufen Sie mich an.«

Linda Berick nickte schwach. Bevor sie sich verabschiedeten, blieb noch eine Sache zu sagen. »Erschrecken Sie nicht, wenn Sie ins Hotel zurückkommen, meine Leute haben Ihre Suite durchsucht.«

Die Autorin winkte kopfschüttelnd ab, und die beiden ließen sich auseinandertreiben, Linda Berick Richtung Garderoben, Sebastian zum Ausgang.

19

Am nächsten Tag fuhr Sebastian mit Jens und Pia nach Sankt Georg. Jens hatte sich in den vergangenen Tagen mit dem Foto von Max-Andreas durch die Drogenszene gefragt, was naturgemäß eine mühsame Angelegenheit war, denn keiner wollte gerne näher mit der Polizei zu tun haben. Max-Andreas war höchstens als Musicalstar bekannt, aber nicht als Drogenkonsument. Es war wohl kein Dealer, den er am Sonntagmorgen in seine Wohnung gelassen hatte.

Sebastian erzählte von Linda Berick und Silke Engelmann. Jens wirkte gereizt. »Ich bin sehr gespannt auf das Alibi dieser Autorin«, sagte er.

Jens und Pia sollten im Hotel das Alibi überprüfen, Sebastian wollte sich auf die Suche nach der Frau mit dem Muttermal machen. Nachdem er die Kollegen am Vordereingang des Hotels abgesetzt hatte, fuhr er zur Langen Reihe.

Das Café Enzo hatte schon geöffnet und war, wie Linda Berick es beschrieben hatte, von außen gut einsehbar. Heute waren kaum Gäste da. Hinter der Theke polierte ein schlanker, fast dünner Mann mit feingeschnittenem Gesicht und kurzgeschnittenem hellblondem Haar ein Weinglas.

Sebastian grüßte, legte ein Foto von Max-Andreas auf die Theke. »Kennen Sie diesen Mann?«

Der Kellner schaute nicht auf das Foto, sondern in Sebastians Gesicht. »Kenne ich dich?«

»Sebastian Fink, Kriminalpolizei.« Er zeigte seinen Ausweis. »Und wie ist Ihr Name?«

»Götz. Hallo.« Über die Theke reichte er die Hand. »Was ist denn passiert?«

Sebastian tippte auf das Foto. »Kennen Sie den?«

Der Kellner schaute auf das Bild. »Ach, der. Der gestorben ist. Habe ich in der Zeitung gelesen. Der war oft hier. Wohnte irgendwo in der Nähe.«

»War er letzte Woche Freitag hier?«

»Kann sein.«

»Bitte überlegen Sie. Wann haben Sie ihn zuletzt gesehen?«

»Wie gesagt, der war öfter hier. Aber hierher kommen ja viele. Ich führe keine Strichliste.«

»Denken Sie bitte nach.«

Götz stellte das Glas auf die Theke und überlegte. »Freitag... Freitag... Ich glaube, Sie müssen mich etwas Leichteres fragen.«

Mein Gott, dachte Sebastian, der ist aber zäh. Er überlegte kurz, ob er laut werden sollte, hatte aber das Gefühl, dass Götz dann automatisch blocken würde. Er musste es irgendwie anders versuchen.

»Wer arbeitet außer Ihnen sonst noch hier?«, fragte er.

Götz nahm das Glas von der Theke, hielt es musternd ans Licht. »Unter der Woche nur ich und der Koch. Der kommt um neun und bereitet das Mittagessen vor.«

Sebastian sah auf die Uhr. »Wenn der Koch jetzt da ist, würde ich ihn gerne sprechen.«

»Den Koch?«, entfuhr es Götz. »Der kann Ihnen auch nicht weiterhelfen. Der weiß nicht, was hier vorne passiert. Und auch sonst weiß der nicht viel.« Er stellte das Glas ins Regal.

»Ich möchte ihn trotzdem sprechen.«

Kurz darauf stand Sebastian in einem Dunst von Brühegeruch neben einem rundlichen Mann, der einen Teig knetete.

Der Koch grummelte »Tach auch« und konzentrierte sich auf seine Arbeit. Die Küche war sehr aufgeräumt.

»Wie ich sehe, haben Sie jeden Tag zwei Mittagsgerichte«, sagte Sebastian. »Was gab es am letzten Freitag?«

Der Koch hob die Hände aus dem Teig, wandte sich um und sah auf eine Liste. »Kasseler und Penne Arrabiata.« Er knetete weiter.

Sebastian sah, dass auf der Liste etwas durchgekritzelt war. »Warum ist *Carbonara* gestrichen?«, fragte er.

Ohne sich umzudrehen, antwortete der Koch: »Weil es keine Carbonara gab.«

»Warum stand es dann erst da?«

»Weil es Carbonara hätte geben sollen.«

»Und warum gab es keine?« Von hinten konnte Sebastian sehen, wie der Koch einmal tief einatmete und seine Schultern sich hoben.

»Warum es keine gab?«, wiederholte der Koch, um dann mit einem Seufzer seine Schultern wieder fallen zu lassen: »Weil die Sahne fehlte.«

Weil die Sahne fehlte, dachte Sebastian. Der Mann knetete weiter und gab damit schweigend zu verstehen, dass er zu tun hatte.

»Was redet ihr denn über Sahne?« Im Türrahmen stand Götz.

Sebastian ging darauf nicht ein, sondern fragte den Rücken des Kochs: »Konnten Sie keine besorgen?«

Jetzt drehte der Koch seinen Kopf. »Fragen Sie *den* mal.«

»Ich kann nichts dafür!« Götz stieß sich vom Türrahmen ab und verschwand.

»Ich lasse Sie gleich in Ruhe«, sagte Sebastian zum Koch, und dachte: Die Sahne könnte eine Chance sein. Er sagte: »Warum sollte ich Götz wegen der Sahne fragen?«

Der Koch zog die Hände wieder aus dem Teig, aber er sah Sebastian nicht an. »Ich konnte hier nicht weg, und Götz hat es verpeilt, von drüben aus dem Supermarkt Sahne zu holen.«

»Danke.« Sebastian war zufrieden, er hatte einen Plan.

Götz stand mit verschränkten Armen hinter der Theke und schaute starr auf die Straße hinaus. Sebastian stellte sich zu ihm und seufzte: »Der Typ in der Küche ist ja voll die Niete.«

»Da sagen Sie was.«

»Der kapiert ja gar nichts.«

»Und das geht mir auf den Keks, das können Sie mir glauben.«

»Ohne Sie würde der Laden wahrscheinlich gar nicht laufen.«

Götz' Miene hellte sich auf.

»Der Besitzer kann froh sein, dass er Sie hat«, fügte Sebastian noch hinzu.

Götz nahm ein Glas aus dem Regal und begann wieder zu polieren.

»Wie sind Sie denn das Problem mit der Sahne angegangen?«

»Ganz einfach. Ich bin rüber in den Supermarkt, aber die hatten nur noch fünf Becher da.«

»Der Koch wollte aber mehr?«

Götz begutachtete das Glas und stellte es wieder zurück. »Er wollte zehn. Und was habe ich gemacht? Ich hab's ganz gelassen.«

»Weil sie natürlich wussten, dass der Koch genauso gut Arrabiata kochen konnte.«

»So ist es.«

»Und dann sind Sie wieder zurück ins Café.«

»Genau.«

»Jetzt habe ich noch eine Frage, die nur Sie beantworten können.« Sebastian wartete, bis Götz ihn gespannt ansah. »Als Sie vom Supermarkt zurückkamen, hatten Sie da eine Jacke an?«

»Wie?«

»Das ist meine Frage.«

Der Kellner zog eine Grimasse, die besagte: Der Typ hat sie nicht alle. Dann zeigte er auf eine schwarze Lederjacke am Haken.

»Haben Sie den Reißverschluss der Jacke zugezogen, als Sie aus dem Supermarkt traten?«

»Was soll denn der Quatsch?«

»Haben Sie oder haben Sie nicht?«

»Hab ich, klar.«

»Sind Sie da vorne über die Ampel gegangen?«

Der Kellner nickte sehr bestimmt.

»Warum erinnern Sie sich daran so genau?«

»Ganz einfach: weil auf der anderen Seite eine Horde Kinder stand. Ich mag Kinder nicht besonders.«

»Und dann?«

»Dann wurde es grün, die Gören mir alle entgegen. Und ich: Augen zu und durch.«

»Und dann?«

»Bin ich hierher ins Café.«

»Bleiben Sie in Gedanken bitte einmal vor dem Café stehen.«

Götz sah Sebastian fragend an. Sebastian sagte nichts. Götz wandte den Blick ab.

»Ja!«, rief er. »Als ich hereinkam, saß der Mann da vorne am Tisch, am Fenster. Also: Ja – er war am Freitag hier. Sind Sie Psychologe?«

»War er alleine?«

»Ich glaube, da hat noch jemand gesessen.«

»Überlegen Sie!«

»Also, der Mann saß mit dem Rücken zum Fenster, mit dem Gesicht in den Raum, und die andere Person mit dem Rücken hier zu mir. Die schaute raus. Die war kleiner als er.«

»Frau oder Mann?«

»Eine Frau, glaube ich.«

»Haarfarbe?«

»Dunkel. Und ein bisschen länger, glaube ich.«

»Haben Sie die beiden bedient?«

»Klar, aber daran erinnere ich mich wirklich nicht mehr, ich bediene hier jeden Tag, seit Jahren. An den Mann erinnere ich mich besser, er hatte ein rotkariertes Hemd an.«

»Ich suche eine Frau mit einem Muttermal.«

»Mit einem Muttermal?«

»Im Gesicht.«

»Im Gesicht? Das habe ich noch nie gesehen.«

»Fragen Sie doch bitte in den nächsten Tagen Ihre Gäste, ob die hier eine Frau mit einem Muttermal gesehen haben.«

»Ungern.«

»Aber Sie machen es trotzdem?«

»Für Sie – immer.«

Sebastian legte seine Karte auf die Theke. »Wenn Ihnen noch etwas einfällt, melden Sie sich bitte bei mir.«

Draußen warf Sebastian einen Blick auf sein Handy: keine Nachricht. Er ging durch die Gurlittstraße, die auf die Außenalster zu führte. Der Himmel spiegelte sich bläulich im Wasser, wie hingepinselt sahen die wenigen weißen Segel aus, die noch über die Alster glitten. Die Segelsaison war längst vorbei, aber es gab immer ein paar Unerschrockene.

Sebastian spazierte am Ufer entlang, bis auf Höhe des Atlantic Hotels, wo ein hölzerner Steg weit aufs Wasser hinausging. Er schrieb eine SMS an Jens und Pia, dass er hier warten würde. Dann lehnte er sich an das gusseiserne Geländer am Ende des Stegs und betrachtete die Segelboote. Es wehte eine leichte Brise kalter Luft, aber die Novembersonne wärmte. Er lockerte seinen Schal, öffnete die Jacke, schaute in den Himmel und schloss die Augen. Sämtliche Sorgen schmolzen weg wie Eis.

Es war noch keine halbe Minute vergangen, da drängten seine Gedanken wieder zu dem Fall: Warum brauchten die Kollegen im Hotel so lange, um das Alibi von Linda Berick zu checken? Was folgte aus der Tatsache, dass Kellner Götz den Besuch einer Frau mit Muttermal in seinem Café weder ausschließen noch bestätigen konnte?

Sebastian öffnete die Augen. Pia und Jens kamen mit großen Schritten über den Steg. Endlich Antworten.

Jens war aufgebracht. »Weder der Page noch die beiden Leute an der Rezeption, noch zwei weitere Angestellte, die sich am Sonntag um halb acht in der Hotelhalle befanden, haben Linda Berick gesehen.«

Ein bisschen überraschte das Sebastian. Jens sah ihn herausfordernd an, als wollte er sagen: Mensch, kapierst du es nicht – wir müssen die Frau festnehmen!

Pia ergänzte: »Um diese Zeit waren sogar noch mehr Angestellte als sonst in der Halle, weil eine japanische Touristengruppe abreiste.«

Die Japaner hatte die Autorin auch erwähnt, dachte Sebastian. Sehr merkwürdig. Oder konnte es sein, dass gerade weil die Touristengruppe die Halle flutete, man die Frau, die dort seit über drei Monaten regelmäßig durchging, nicht wahrgenommen hatte? Er gab es den Kollegen zu bedenken. Pia konnte sich nicht vorstellen, dass alle Mitarbeiter Linda Berick übersehen hätten.

»Sie hat jedenfalls kein Alibi«, sagte Jens ungeduldig. »Was sollen wir tun?«

»Hat sie überhaupt jemand aus dem Hotel hinausgehen sehen?«, fragte Sebastian. »Zu einem früheren Zeitpunkt, meine ich.«

Jens und Pia tauschten einen Blick, und Pia antwortete: »Wir haben niemanden gefunden, der sie hat hinausgehen sehen. Zu keinem Zeitpunkt.«

Na also, dachte Sebastian. Bevor die Touristengruppe zum Auschecken in die Hotelhalle kam, war es dort am frühen Sonntagmorgen vermutlich leer, und Linda Berick wäre garantiert aufgefallen. Wenn sie also niemand um die Zeit gesehen hat, war sie auch nicht da. Das sprach wieder dafür, dass sie durch die volle Halle gegangen war und dabei übersehen wurde.

Sebastian schaute hinüber zum schneeweißen Gebäude, an dessen Eckseite, gestützt von zwei steinernen Figuren, eine Weltkugel thronte, die nach Einbruch der Dunkelheit zu einer Leuchtkugel wurde und in die Nacht hinausstrahlte. Sein Blick wanderte entlang der Fensterreihe im vierten Stock, wo die Suite von Linda Berick lag. Hinter einem der Fenster glaubte er eine Gestalt zu erkennen – war es die Autorin selbst? Er verengte die Augen zu Schlitzen, aber es war zu weit weg. Ob sie ihn und seine Kollegen auf dem Steg beobachtete? Ihnen zusah, wie sie überlegten, ob sie sie festnehmen sollten?

In dem Moment klingelte Sebastians Handy. Es war Frau Knauer, die Klassenlehrerin von Leo. Auch das noch. Bevor er das Gespräch annahm, sagte Sebastian zu den Kollegen: »Wenn Linda Berick um halb acht in der Greifswalderstraße jemanden umgebracht hätte, müsste sie spätestens um sieben Uhr das Atlantic verlassen haben. Also findet mir jemanden, der sie vor sieben aus dem Hotel hat gehen sehen – erst dann ist ihre Aussage widerlegt, und wir können sie festnehmen.«

Sebastian schimpfte laut vor sich hin, als er im Wagen zur Grundschule jagte, wo Leo wartete. Der Junge musste abgeholt und zur Klavierstunde gebracht werden – das hatte eigentlich Anna tun wollen. Die Lehrerin hatte Anna nicht erreichen können, und auch Sebastian erreichte nur ihre Mailbox. Wahrscheinlich war sie irgendwo mit Jürgen unterwegs und hatte alles andere vergessen.

Als Sebastian in die Straße einbog und Leo mit dem Ranzen auf dem Rücken am Schultor stehen sah, rief Anna zurück.

Sie war ganz außer sich. Sie habe die Zeit vollkommen vergessen. Erst auf Nachfrage bestätigte sie, dass sie mit Jürgen unterwegs sei. Sebastian zwang sich zur Beherrschung. Eine Diskussion würde jetzt in einen Streit ausarten. Aber bei nächster Gelegenheit würde er das nachholen. Darauf konnte Anna sich verlassen.

Die Lehrerin war viel ruhiger als Sebastian. »Kann doch mal vorkommen«, meinte sie.

Aber Leo sah blass aus. »Ich will nicht zur Klavierstunde!«, schimpfte er. Das war ja klar, dachte Sebastian. Er überlegte, was er dem Jungen anzubieten hatte. Irgendetwas musste ihm einfallen, und zwar schnell, denn einmal im Auto, würde Leo nur noch nach Hause wollen, und Sebastian käme gar nicht mehr los.

Er hatte Glück: Ein Schnellrestaurant lag in der Nähe. Der Junge liebte Cheeseburger und Pommes, und Anna war prinzipiell gegen Fastfood. Die Taktik ging auf: Als Sebastian und Leo vom Restaurant zum Haus der Klavierlehrerin gingen, hüpfte der Junge schon wieder fröhlich. Er rief: »Da waren wir!«, als der Turm der Michaeliskirche in einiger Entfernung über den Dächern der Stadt auftauchte.

Sebastian erinnerte sich an ihren Ausflug, den Blick über das Häusermeer, den Bussard.

Ein Touristenpärchen sprach Sebastian auf Englisch an, ob er ein Foto von ihnen machen könne. Sebastian tat den beiden den Gefallen.

Die Klavierstunde begann ein paar Minuten zu spät. Als Sebastian wieder auf die Straße trat, sah er das Touristenpärchen am Ende der Straße um die Ecke biegen. Sebastian blieb stehen. Plötzlich sah er es klar vor sich: Linda Bericks Alibi.

20

Sie saß allein an der Bar und drehte einen Zahnstocher zwischen den Fingern.

Um diese Zeit waren die Gäste des Atlantic Hotels entweder noch im Restaurant bei Dessert oder Kaffee, hatten sich zum Mittagsschlaf zurückgezogen, oder sie erkundeten die Stadt. Linda wollte eigentlich gar nichts trinken, aber die Atmosphäre hier, nahe der Halle, wo immer etwas Leben war, hatte sie angezogen.

Die Unterhaltung mit Kommissar Sebastian Fink im Foyer des Theaters hatte ihr Angst gemacht. Hielt er es ernsthaft für möglich, dass sie etwas mit dem Tod von Max zu tun hatte? Der noch junge Kommissar hatte auf sie eigentlich einen vernünftigen Eindruck gemacht. Bei ihrer allerersten Begegnung hatte sie sogar so etwas wie Sympathie verspürt. Wie er ihr zugehört hatte, als sie ihm auf der Aftershowparty aus ihrem Leben erzählt hatte, es war nur so aus ihr herausgeflossen, obwohl sie doch sonst gar nicht so gern von sich erzählte. Dieser Mann hatte irgendetwas an sich, das vertrauenerweckend war. Eine Tiefe. Etwas Trauriges in den Augen. Er konnte Menschen verstehen. Aber war er wirklich fähig, den Täter zu finden? Linda tippte mit der Spitze des Zahnstochers auf das Holz der Theke.

Sie überlegte. Der Täter... Handelte es sich vielleicht gar

nicht um einen Täter, sonder um eine Täterin? Linda dachte an die Frau mit dem Muttermal. Nun, da Max tot war, warum meldete sie sich nicht bei der Polizei? Auch als heimliche Freundin würde man sich doch für die Ermittlungen interessieren und helfen wollen. Der Zahnstocher tippte weiter auf das Holz.

Sie dachte an die Szene, die sie aus ihrem Versteck heraus beobachtet hatte: Die Schwarzhaarige und Max-Andreas kamen aus dem Café gegenüber, schlenderten über die Lange Reihe, sie waren – Linda musste es sich eingestehen –, die beiden waren glücklich. Doch was war danach passiert? Vielleicht hatte Max noch andere Affären? Hatte er auch die Frau mit dem Muttermal angelogen, und sie war durchgedreht?

Linda steckte den Zahnstocher zu den anderen zurück. Als sie zu ihrer Suite ging, nahm sie sich vor, Sebastian Fink noch einmal auf diese Frau anzusprechen.

Sie hatte ihre Tür fast erreicht, als sie stehenblieb. Sie drehte sich um und schaute in den langen Flur mit den hohen Wänden zurück. Irgendetwas war anders. Linda überlegte. Die Kommode, die sonst am Anfang des Korridors gestanden hatte, war ein paar Meter in den Gang hineingerückt worden. Warum? An der alten Stelle hatte sie doch nicht gestört.

Sie ging weiter. Der weiche Teppich schluckte jedes Geräusch. Als sie vor ihrer Tür stand, bückte sie sich: ein Kratzer. Ziemlich groß sogar. Merkwürdig, er war ihr zuvor nie aufgefallen. Als ihr Schlüssel nicht passte, wurde Linda schlagartig klar, dass sie im falschen Stockwerk ausgestiegen sein musste. Nie, in all der Zeit, die sie in diesem Hotel wohnte, war ihr das passiert. Ihr Kopf war einfach voll von den ungeheuerlichen Vorgängen der letzten Tage. Sie hätte heulen können, aber sie hatte in den letzten Tagen schon so viel geheult.

Sie entschied, nicht wieder über den langen Flur zurück zu den Aufzügen zu gehen, sondern in die andere Richtung, wo irgendwo die Treppe war.

Max kam ihr wieder in den Sinn. Max und seine Geheimnisse. Es war merkwürdig: in ihrer Zeit der *special relationship* war sie gar nicht auf die Idee gekommen, dass er Geheimnisse vor ihr haben könnte. Jedenfalls keine größeren. Warum auch? Sie waren sich doch über das Wesentliche immer einig gewesen. Nein ... irgendetwas hatte Linda nicht verstanden. Irgendetwas ... Plötzlich sah sie Gewalt. Max ermordet? Ein grauenhafter Gedanke. Ganz furchtbar. Unvorstellbar. Unglaublich! Sie bog um die Ecke – wieder ein langer Flur. Es war ein riesiger Bau. Und so still. Wahnsinnig still. Wie lange irrte sie schon durch diese verdammten Gänge hier?! Auf einmal bekam sie Angst, und diese Angst breitete sich mit jedem Schritt aus. Beruhige dich! Aber alles, was ihr Gehirn hervorbrachte, war der beunruhigende Gedanke, dass sie ganz allein zu sein schien auf diesen verdammt langen Korridoren. Und in den Zimmern nur Leichen. Leichen? Wurde sie verrückt? Sie ging schneller. Das Ende des Flurs: eine Sackgasse. Linda lauschte, hörte Schritte. Sie war nicht allein. Jetzt bloß nicht loslaufen. Sie kehrte um. In der Mitte des Korridors eine Tür zu einem anderen Gang, die sie vorhin übersehen hatte. Linda bog ein. Offenbar waren die Lichter hier gedimmt, sie konnte nicht mal das Ende des Gangs erkennen. Wieder Schritte. Linda blieb stehen. Woher kamen die? Sie hielt die Luft an und horchte. War auch sie in Gefahr? Ein Hotel voller Toter. Warum dachte sie so einen Quatsch? Sie war nicht in Gefahr! Weitergehen! Endete auch dieser Flur an einer Wand? Bitte nicht... Bitte! Es ging in zwei Richtungen weiter. Sie bog nach rechts ein und blieb stehen: War sie nicht eben schon hier gewesen? Ging sie im Kreis? Linda versuchte zu rekonstruieren. Doch es sah alles gleich aus. Da! – ein Geräusch. Klingt wie... Quietschen. Aber woher? Vor Angst war ihr schwindelig. Sie ging weiter. Sie war in Gefahr. Sie war längst in Gefahr! Sie wusste es doch. Seit Tagen hatte sie es gespürt. Vor Angst konnte sie kaum gehen. Sie hörte das Geräusch nicht mehr. Sie hörte nur noch ihr eigenes Atmen. Dann sah sie es: Nur etwa zehn Meter von ihr entfernt, über der Tür, leuchtete das Schild *Notausgang*. Wegweiser zum Glück. Sie lief los. Rannte. Fasste die Klinke. Die Tür war schwer. Linda stemmte sich gegen sie mit aller Kraft. Sie ging auf. Als Linda direkt vor sich das Gesicht sah, konnte sie nur noch schreien.

Mein Gott, kann die schreien, dachte er.
Die Autorin hielt sich an der Türklinke fest, die andere Hand drückte sie an die Brust, sie rang nach Luft.
»Entschuldigung!«, bat er, während der Schrei noch im Treppenhaus nachhallte.
»Was machen Sie denn hier?«, keuchte sie.
»Die Aufzüge waren besetzt«, antwortete Sebastian, »ich bin zu Fuß hoch, ich wollte zu Ihnen.«
»Ich bin falsch ausgestiegen und habe mich verlaufen. Hab Panik bekommen. In welchem Stockwerk sind wir?«
»Im dritten, wir müssen eins höher.«

In ihrer Suite kam die Autorin langsam wieder zur Ruhe. »Wahrscheinlich sind meine Nerven einfach nur überstrapaziert«, meinte sie. »Man rechnet ja niemals damit, dass ein Mensch, der einem nahesteht, einem Verbrechen zum Opfer fällt, nicht wahr?«

»Ich kann verstehen, wie Sie sich fühlen«, sagte Sebastian, und das meinte er ernst.

Aber die Zeit drängte. Sebastian sagte der Autorin, sie solle nicht fragen, warum, aber er müsse ein paar Fotos von ihr schießen. Während er den Fotomodus seines Handys einstellte, schaute sie ihn immer noch erstaunt an. Linda Berick war es nicht mehr gewohnt, Anweisungen zu folgen, und es war zu spüren, wie viel Mühe es ihr bereitete, Fragen zu unterdrücken. Sie sah an sich herunter, zog den Pullover glatt, überprüfte die Haare. Da hatte Sebastian schon abgedrückt. Er schoss mehrere Porträts, ging rückwärts, fotografierte aus verschiedenen Entfernungen.

»Was haben Sie denn mit den Bildern vor?«, fragte sie schließlich doch noch.

Er hatte ihr nichts von seinem Plan preisgegeben. Es hätte keinen Zweck gehabt, er wusste ja nicht, ob er aufgehen würde. Er bestellte Jens und Pia in sein Büro. Als sie ihm auf der anderen Seite seines Schreibtisches gegenübersaßen, schob Sebastian ein DIN-A4-Blatt rüber, das eine Liste enthielt, und bat Jens, sie vorzulesen. Der Kollege überflog die Zeilen und machte ein Gesicht, als müsse er buchstabieren lernen.

»No-ri-ko Mya-za-ki.« Jens Finger rutschte eine Zeile tiefer. »Mi-za Ko-di-ku-shi.«

Pia sah perplex von Jens zu Sebastian und wieder zurück: »Was ist das, bitte?«

»Was schätzt du?«

»Weiß nicht. Klingt wie Gerichte im japanischen Restaurant.«

»Es sind die Namen von den dreißig Japanern, die am Sonntagmorgen im Atlantic auscheckten, bevor sie zum Flughafen gebracht wurden«, erklärte Sebastian. »Ich möchte, dass ihr die Liste den Kollegen in Tokio schickt. Die sollen die Touristen ausfindig machen und ihnen diese Fotos von Linda Berick vorlegen. Die habe ich eben geschossen.«

Pia machte ein zweifelndes Gesicht. »Damit die sagen, ob sie Frau Berick an jenem Morgen in der Hotelhalle gesehen haben?«

Nein. Sebastian wollte, dass diese Touristen angefragt würden, ob sie zur Tatzeit in der Hotelhalle Fotos geschossen hätten. Die Chancen waren gut: Das Auschecken hatte eine Weile gedauert – so die Aussage des Rezeptionisten –, die Halle war fotogen, und Japaner fotografierten unheimlich viel. Wer fotografiert hatte, sollte überprüfen, ob Linda Berick auf einem oder mehreren Fotos zu sehen war und diese Bilder sofort an die Hamburger Polizei mailen. Jens schaute Sebastian verwundert an. Dann sagte er: »Keine schlechte Idee.«

Es war kurz vor sieben, als Sebastian auf die Uhr sah. Er war müde. Er hatte aufgeräumt, Papiere geordnet, Notizen zum Fall noch einmal durchgelesen. Die Kollegen waren schon zu Hause. Die Aktion Japan lief seit Stunden, jetzt blieb ihnen nichts anderes übrig, als auf Antwort aus Tokio zu warten. Aber irgendetwas hielt Sebastian davon ab, das Licht zu löschen und nach Hause zu fahren.

Er dachte an Anna. Eigentlich ließ sie Leo nie aus den Augen. Dass sie ihren Sohn heute vergessen hatte, war deshalb umso seltsamer. Andererseits konnte es auch ein gutes Signal sein, weil es zeigte, dass in Annas Leben Bewegung gekommen war. Dennoch lag Sebastian die Wut auf sie noch im Magen wie ein verschluckter Stein.

Würde sich Annas Affäre nur als ein Zwischenspiel erweisen, und danach wäre alles wie früher? Oder steuerte ihre kleine Wohngemeinschaft womöglich auf das Ende zu? Weil die Ermittlungsarbeit Zeit und Energie fraß, war Sebastian noch gar nicht dazu gekommen, sich Gedanken über diese veränderte Situation zu machen. Aber: Würde er das denn wirklich tun, wenn er mehr Zeit hätte? Sich mit sich selbst und seinen Problemen ernsthaft befassen?

Ach, ich würde am liebsten verreisen, dachte Sebastian. Allein an einen einsamen Strand. Und den ganzen Tag im flachen, warmen Wasser liegen.

Er schloss die Augen und ging am Strand spazieren. Der Sand war warm und fest und knirschte. In der Luft Sonne und Salz, vom Ozean her der warme Wind. Er trug keine Kleidung, der Wind wärmte genug. Keine Menschen, keine Probleme, nur Natur. Er spazierte am Meer entlang. Er ging ins Wasser, immer weiter, bis der Boden unter seinen Füßen wegglitt und er sich treiben ließ.

Plötzlich ein heftiges Gewitter über dem Ozean, es klang elektronisch und war unerträglich laut. Sebastian öffnete die Augen, griff nach dem klingelnden Telefon auf seinem Schreibtisch. Er hob so schnell ab, dass er nicht einmal die

Nummer auf dem Display gesehen hatte. Eine Frauenstimme auf Englisch: »*Excuse me, I would like to speak to Mister Funk…*«

»*Who ist speaking?*«, fragte er.

»*Good evening, Mister Funk. Would you please come to the office of your chief?*«

Eva Weiß! War sie etwa betrunken?

Sebastian ging rüber. Die Chefin war alles andere als betrunken. Nüchtern wie immer fragte sie: »Was soll ich mit all diesen Japanern?« Auf ihrem Schreibtisch waren Farbausdrucke ausgebreitet, viele japanische Gesichter, die freundlich in das kühle Büro der Chefin lächelten. »Die Mails mit den Bildern kamen von den Kollegen in Tokio, in der Anrede ein Mister Funk. Es hat einen Moment gedauert, bis ich kapiert habe, dass nur unser Sebastian Fink gemeint sein kann.«

Ohne zu fragen, ging Sebastian um den Tisch herum. Er stellte sich neben Eva Weiß, die auf ihrem Stuhl saß, wobei er an einer schnellen Bewegung des Kopfes bemerkte, dass ihr das nicht recht war, aber das war jetzt egal. Er schaute sich die Fotos an.

»Was haben die Japaner mit Ihrem Fall zu tun?«, fragte sie.

»Es geht nicht um die Japaner.«

»Darauf muss man erst einmal kommen, wenn man ausschließlich Japaner vor sich hat. Worum dann?«

Sebastian musterte ein Bild nach dem anderen. »Sind das alle?«

»Herr Fink! Würden Sie mir jetzt bitte verraten, was Sie suchen?«

»Ich suche eine Frau«, sagte Sebastian. »Eine Frau aus England.«

Die Chefin wiederholte es langsam: »Eine Frau aus England…«

Auf den Fotos waren tatsächlich nur Japaner zu sehen, im Hintergrund die Halle des Atlantic-Hotels. Verständnislos betrachtete Eva Weiß die Bilder. Da! Sebastian schlug mit der flachen Hand auf den Tisch. Ein Schnappschuss, wie aus Versehen gemacht: Eine Japanerin, die sich gerade aus dem Bild bewegte und Platz machte – für Linda Berick. Sebastian erkannte, wie die Autorin im Hintergrund in ihrem schwarzen Mantel auf den Fotografen zukam. In der Ecke des Bildes war die Hoteluhr zu sehen: Es war genau halb acht – Linda Berick hatte also die Wahrheit gesagt.

Sebastian sah Eva Weiß zufrieden an. Sie blickte ernst zu ihm hoch. Kleine, stechende Augen. »Und nun?«, fragte sie.

»Nun geht es weiter«, antwortete er etwas irritiert. »Warum?«

»Alibi schön und gut. Aber wieder keine ernsthafte Spur. Herr Fink, der Innensenator könnte bald nervös werden, und das ist dann eine Nervosität, die ansteckt, erst den Polizeipräsidenten, dann mich, dann Sie und Ihre Kollegen, und wer weiß, wo das endet.«

Wortlos verließ Sebastian mit dem Foto in der Hand das Büro. Die Leiterin des Morddezernats hatte natürlich nur zu recht.

Es roch nach Curry. Auf dem Bildschirm in der Ecke war die Live-Übertragung von *Tainted Love* zu sehen, im gesamten Backstage gab es kleine Monitore, die das Geschehen im

Theatersaal übertragen, damit alle Mitarbeiter jederzeit und überall im Bilde waren.

Sie saßen in der Kantine des Hans-Albers-Theaters, einem kleinen, gelb gestrichenen Raum. Acht Tische, eine kurze Theke, dahinter die Küche. Sebastian ging es nicht besonders gut.

Linda Berick saß ihm gegenüber, und seit der Premierenparty sah Sebastian sie zum ersten Mal lächeln. Sie betrachtete das Foto, auf dem sie gedankenverloren durch die Hotelhalle ging.

»Frau Berick«, sagte Sebastian, »ich habe Ihnen geholfen, jetzt müssen Sie mir helfen.«

Sie spielte mit den bunten Steinen ihrer Kette, vermutlich Glasperlen. »Das würde ich sehr gerne. Aber ich weiß wirklich nicht, wie.«

Einen Moment schwiegen sie. Als der Koch klingelte, stand Sebastian auf. Er hatte das Tagesangebot Curryhuhn mit Reis gewählt, Linda Berick hatte sich für den Salat entschieden.

Als Sebastian das Essen auf einem Tablett hatte und sich umdrehte, hielt er einen Moment inne: Da saß die Frau ganz allein am Tisch und blickte zum Fernseher hoch. Es war ein merkwürdiges Bild, aber was Sebastian berührte, war etwas anderes. Ja, die Verkäuferin aus Manchester, die es so unglaublich weit gebracht hatte, sah auf dem Bildschirm ihr Musical, die Erfüllung ihres Traums, aber: Es spielte sich alles ohne sie ab. Im Saal arbeiteten die Darsteller, Musiker und Techniker konzentriert, im Zuschauerrund saßen tausendsechshundert Gäste und genossen die Show, und Linda Berick, ohne die das Bühnenstück nicht existiert hätte, saß hier unten in der kleinen Kantine und wartete auf ihren Salat. Das war's. Sie war wieder allein.

»Einer Autorin geht es wie einer Mutter«, sagte sie, als hätte sie seine Gedanken gelesen. »Sie setzt ihr Kind in die Welt, und schneller, als sie es für möglich hält, fängt es an zu laufen. Die Mutter will es festhalten, muss aber akzeptieren, dass ihr Kind fortgehen wird und sie nur eine Durchgangsstation war.«

Sie aßen schweigend. Das Curry schmeckte erstaunlich gut. Der Ton vom Fernseher war leise, entfernt spielte ein Lied, das Sebastian im Original von *Depeche Mode* kannte und mochte: *Everything Counts in Large Amounts*. Es folgte ein Teil, in dem länger gesprochen wurde, ferne Stimmen.

Sebastians Gedanken drifteten ab. Sie führten ihn in die Wohnung von Max-Andreas, wo er versucht hatte nachzuvollziehen, was der Mörder empfand.

»Frau Berick«, sagte Sebastian, und er hatte es wohl mit so viel Nachdruck herausgebracht, dass die Autorin erschreckt aufsah. »Im Theater – oder auch im Umfeld des Theaters – muss es einen Menschen geben, der Max-Andreas hasste. Wer könnte das sein?«

Die Autorin schüttelte den Kopf, erst langsam, dann noch mal entschiedener. »Max war eine Garantie für ausverkaufte Shows«, sagte sie. »Alle haben von ihm profitiert. Die wären doch bekloppt, wenn sie –« Ihre Stimme brach ab. Sie senkte den Blick, stocherte mit der Gabel im Salat.

So ähnlich hatte auch der Inhaber des Theaters geantwortet. Sebastian fragte nun auch die Autorin und Co-Produzentin nach der Konkurrenz. »Hätte die ein Interesse, Max-Andreas zu beseitigen?«

Linda Berick kramte ein Taschentuch hervor und schneuzte sich. Sebastian ergänzte: »Wenn er ein Publikumsmagnet war, zog er von den anderen Häusern Zuschauer ab.«

»Sprechen Sie mal mit Timmy Wolf«, schlug sie vor. »Sie haben ihn ja kennengelernt.«

Sebastian erinnerte sich. Der smarte Manager von *Music-U-Nights*, der sich in der Pause am Premierenabend ins Gespräch zwischen Sebastian und Linda Berick eingemischt hatte.

»Er hat *Music-U-Nights* zu einem Imperium gemacht. Sie besitzen in Deutschland inzwischen vierundzwanzig Theater. Angeblich wollte Timmy Wolf auch das Hans-Albers-Theater kaufen.« Sie zuckte die Schultern. »Ob das wirklich stimmt, weiß ich aber nicht.«

»Hat Herr Wolf versucht, Max-Andreas Benson abzuwerben?«

Linda Berick stutzte. »Nicht dass ich wüsste.«

Sebastian machte sich eine Notiz, und Linda Berick sagte in einem so beiläufigen Ton, dass Sebastian es fast überhört hätte: »Bald habe ich mit all dem nichts mehr zu tun.«

Sebastian sah auf. Hier öffnete sich gerade eine Tür, das war sofort klar. »Was wollen Sie damit sagen?«, fragte er.

Die Autorin vergewisserte sich mit einem kurzen Blick, dass der Koch außer Hörweite war, bevor sie antwortete. »Ich habe mich entschieden, Hamburg zu verlassen. Ich möchte nicht, dass mein Stück weiterhin in dieser Stadt gespielt wird.« In ihrem Gesicht war jetzt gut zu sehen, was ihr zum Erfolg verholfen hatte: Sie war kühl und konsequent.

»Wie kommen Sie zu diesem Entschluss?«, fragte Sebastian.

»Ach, wissen Sie, es ist einfach zu viel Hässliches passiert. Ich möchte mit der Stadt nichts mehr zu tun haben. Ich lasse die Verlängerung ausfallen und gebe die Lizenzrechte an ein anderes Theater. Es gibt genug Anfragen aus der ganzen Welt.«

Sebastian überlegte: Es war schwer vorstellbar, dass eine aufwendige Bühnenproduktion, die vermutlich schon in der Entwicklung Unsummen verschlungen hatte, so leicht abziehbar wäre, nur weil die Autorin sich in einer Stadt unwohl fühlte. »Geht das so einfach?«, fragte er.

»In meinem Fall geht es so einfach«, antwortete Linda Berick sehr bestimmt. Sie erklärte: Durch ihr Vetorecht konnte sie theoretisch alles blockieren, und zwar direkt und indirekt. Jede neu zu besetzende Position, vom Regisseur bis zum Konzertmeister, von den Darstellern bis zu den Ton- und Lichttechnikern, konnte sie ablehnen, ebenso jede Entscheidung für die weitere Vermarktung des Musicals. Infolgedessen war klar, dass, wenn Linda Berick definitiv nicht mehr wollte, es keinen Zweck hatte, sich auf einen endlosen Rechtsstreit mit ihr einzulassen, das machte alles nur noch schlimmer und teurer. Linda Berick hob die Schultern: »So einfach ist das.«

Sebastian schwieg. Was blieb dazu noch zu sagen?

Als hätte sie seine Gedanken gelesen, lenkte Berick ein bisschen ein: »Natürlich werde ich dem Hans-Albers-Theater noch ein paar Monate Übergangsfrist gewähren.«

»Haben Sie schon jemandem von Ihrem Plan erzählt?«, fragte Sebastian.

»Heinz Ritter, der Inhaber des Theaters, weiß Bescheid. Sonst niemand.«

»Wie hat er reagiert?«

»Gefreut hat er sich nicht, aber das ist wirklich nicht mein Problem. Er wird schon ein neues Stück aufspüren.«

Aus den Lautsprechern ertönte das Lied: *A Walk in the Park*. Linda Berick lächelte traurig.

War sie traurig, weil ein Abschied nahte? Eher ein im Grunde trauriger Mensch. Sebastian vermutete, dass ihr überstürzter Entschluss Folgen haben könnte, die die Frau unterschätzte. Aber das war ihre Sache.

Auf dem Weg nach Hause ging ihm das Lied *A Walk in the Park* der Nick Straker Band nicht aus dem Kopf. Es war ein One-Hit-Wonder, danach hatte man nichts mehr von den Leuten gehört. Wie wirkte es auf Menschen, wenn sie in kurzer Zeit weltberühmt wurden, im grellen Scheinwerferlicht standen, aber dann wanderte das Licht weiter, und sie mussten die Bühne wieder verlassen? Das Gefühl des Verlustes war vermutlich härter, als man es sich vorstellen konnte. Vielleicht, dachte Sebastian, fühlt es sich an wie von dem Menschen, den man liebt, verlassen zu werden.

Es war zweiundzwanzig Uhr, als er den Schlüssel im Schloss der Wohnungstür drehte. Anna saß am Tisch, blätterte in einem Magazin und sah entspannt und zufrieden aus. »Na, du machst ja ein Gesicht«, stellte sie fest.

Es war merkwürdig: Anna ging ihm einfach auf die Nerven. Was machst du für ein Gesicht – was für eine Frage. Er machte gar kein Gesicht, er war einfach da. Sebastian antwortete nicht, hängte seine Jacke auf, zog die Schuhe aus und stellte sie ins Schuhregal. Er ging in sein Zimmer und legte sich in seinen Klamotten aufs Bett.

21

Das Telefon riss sie aus dem Schlaf. Linda sah auf die Uhr. Mitternacht! Wie war das möglich?

Nach dem Treffen mit Sebastian Fink in der Kantine hatte sie sich in diesen Raum begeben, ihr sogenanntes Büro im Hans-Albers-Theater, das ihr von der Theaterleitung zugeteilt worden war, eine Abstellkammer mit Schreibtisch und Telefon. Und einem zerschlissenen Sofa, das wahrscheinlich schon viele Auftritte auf der Bühne absolviert hatte, bevor es ausgemustert worden war und man es ihr unterschob.

Ein Büro mit Ausstattung hatte sie sich damals als Bedingung in den Vertrag schreiben lassen, für manche Leute im Theater vielleicht eine Provokation, denn diese Behandlung hatte vor ihr noch kein Autor bekommen – und auch keiner verlangt, wie ihr später zugeflüstert worden war. Aber sie hatte schließlich einen Diamanten geliefert, ein Musical mit Fullhouse-Garantie. Ihren Ärger über dieses Loch hatte sie gegenüber Heinz Ritter niemals zum Ausdruck gebracht. Sie hatte den Raum die meiste Zeit ignoriert, hatte sich vom Hotel zum Theater und wieder zurückkutschieren lassen, und das oft mehrmals am Tag. Die Rechnungen gingen selbstverständlich ans Theater.

Nur manchmal legte sie sich hier kurz aufs Ohr, zum Beispiel wenn sie im Anschluss an die laufende Show noch etwas zu bereden hatte und etwas Zeit überbrücken musste. So war es auch heute gewesen. Sie hatte ein paar Worte mit den Lichttechnikern wechseln wollen, weil sie meinte, dass ein Scheinwerfer an einem gewissen Punkt zu stark auf einen Nebenaspekt eingestellt war.

Sie war wohl eingeschlafen, und erst das Bürotelefon weckte sie. Wie in Trance nahm sie ab. Eine junge Stimme kam aus dem Hörer: »Hier ist die Portiersloge.« Linda war noch ein wenig schlaftrunken, den Namen hatte sie nicht verstanden. Ein Umschlag sei abgegeben worden. Informationen zu Max-Andreas Benson. Ein Rundgang stünde an, der Umschlag könne an der Balustrade übergeben werden. Bevor Linda etwas nachfragen konnte, hatte er schon aufgelegt.

Infos über Max? Das war interessant. Treffpunkt Balustrade kam ihr entgegen, denn sie musste dafür nur ein Stockwerk nach oben und zwei Gänge entlanggehen, und das war in diesem verwinkelten Gebäude eine kurze Strecke.

Linda sah in den kleinen Spiegel, fuhr sich über die Haare, strich sich die Kleidung zurecht. Sie würde die Gelegenheit nutzen, von der Balustrade aus einen Blick in den Saal zu werfen. Es könnte nach ihrer Entscheidung, Hamburg zu verlassen, das letzte Mal sein. Sie würde Abschied nehmen.

Im Gebäude war es vollkommen still. So still hatte Linda es noch nie erlebt. Sie fand keinen Lichtschalter, aber um durch die Gänge zu gelangen, reichte die Notbeleuchtung. Ein menschenleeres Theater in der Nacht ist der stillste Ort der Welt. Sie hörte nur ihre eigenen Schritte, jeden Atemzug. Und auf einmal war die Erinnerung da: wie sie sich im Hotel verlaufen hatte und schier durchgedreht war vor Todesangst.

Aber hier war es anders. Mit Theaterhäusern empfand Linda eine merkwürdige Verbundenheit. Hier hatte sie keine Angst. Im Gegenteil, Linda fühlte sich gut: Sie hatte eine Entscheidung getroffen, und gleich würde sie mehr über die geheimnisvolle Frau mit dem Muttermal erfahren – endlich! Und dann würde sie so schnell wie möglich aus Hamburg verschwinden. Linda trat an die Balustrade.

Sie sah hinunter. Der wunderbare Theatersaal. Ein Meer in Rot. Morgen würde auf jedem einzelnen der tausendsechshundert Plätze wieder ein Mensch sitzen, und jeder ließe sich einfangen von der großen Illusion.

Und dann tat Linda etwas, das sie zuvor noch nie getan hatte: Sie berührte mit den Fingerspitzen ihre Lippen, breitete weit die Arme aus und warf den Kuss hinunter, ein Abschied, eine Geste der Liebe. Es passierte einfach, und Linda musste leise lachen.

Plötzlich ein Geräusch hinter ihr. Sie fuhr zusammen und wollte sich umdrehen, aber zwei Hände hielten sie fest. Eine unheimliche Kraft drückte ihren Hals, es fühlte sich an, als würde ihr der Kopf abgetrennt. Etwas Rauhes. Sie wollte schreien, aber sie bekam keine Luft. In ihrem Mund ein dicker Stoffballen. Die Hände hoben sie auf die Balustrade, als wäre sie ein kleines Kind. Dort unten die Sitze, die Bühne, die Tiefe, sie versuchte, das Geländer zu umklammern. Was war das an ihrem Hals? Bitte…, warum…?

Dann raste alles auf sie zu.

22

Sebastian lag, die Beine ausgestreckt, die Hände über der Decke auf dem Bauch gefaltet, wie aufgebahrt. Es war kurz nach sieben Uhr. Neben seinem Bett warteten seine Joggingschuhe. Über dem Stuhl hingen die lange Sporthose und der blaue Kapuzenpullover. Jens hatte ihm einmal den Tipp gegeben, die Sportsachen schon am Abend hinzulegen, damit man am Morgen nach dem Aufwachen sofort hineinschlüpfen konnte, bevor sich Widerstände formierten.

Er sah zum Fenster. Die Nacht ging zu Ende. Schneeflocken tanzten in den Morgen. Ein neuer Tag.

Mit einem Ruck stand er auf.

Er war gerade aus der Wohnungstür getreten, als er das Klingeln seines Handys hörte. Er hatte es auf der Fensterbank liegenlassen. Sebastian schloss die Tür wieder auf, griff nach dem Gerät – eine Hamburger Nummer.

»Kipke. Davidswache. Es ist mir unangenehm. Die haben eben wieder aus dem Theater angerufen. Dort soll eine Leiche hängen ...«

»Das gibt es nicht.«

»Sehe ich auch so. Wahrscheinlich spinnt da wieder jemand. Zwei Mann habe ich eben rübergeschickt. Wenn Sie ein paar Minuten warten, kann ich Ihnen wahrscheinlich gleich Entwarnung geben.«

»Wer hat Sie informiert?«

»Eine Frau, ich glaube, eine Ausländerin. Sprechniek oder Spreknek oder so. Scheint eine der Putzfrauen dort zu sein. Sie war ziemlich aus dem Häuschen.«

Sebastian legte auf und starrte aus dem Fenster.

Das Foyer war hellerleuchtet. Die Saaltüren standen offen. Kipke sah blass aus. Sebastian schaute hinauf zur Kuppel.

Ein Mensch hing an einem dicken Strick, wie eine große, schwere Puppe. Sebastian erkannte plötzlich die bunt blinkenden Steine der Kette. »Das gibt es doch nicht«, flüsterte er. Ihm wurde schwindlig. Sah er wirklich richtig? Es war unglaublich. Er musste sich zusammenreißen. Konzentrieren. Aber tausend Gedanken stürzten auf ihn ein. Und einer schob sich nach vorn: Hier, genau an dieser Stelle, hatte er am Morgen der Premiere zusammen mit Linda Berick gestanden. Beide hatten sie nach oben zur Kuppel geschaut. Er hörte noch Linda Bericks Stimme: »Wo bitte sollte da eine Leiche hängen?«

Sebastian sah wieder hinauf. Der leblose Körper hing an einer der Beleuchtungsstangen, ziemlich genau oberhalb der Mitte des Saals. Die Lampen waren an das andere Ende der Eisenstange verschoben worden. Jemand musste dem Körper einen kräftigen Stoß gegeben haben, wonach der Strick von der Balustrade aus an der Stange entlanggerutscht war, anders war es nicht zu erklären, und genauso hatte Sebastian es sich vorgestellt, als er neulich die Balustrade in Augenschein genommen hatte.

Er musste sich einmal kurz hinsetzen. Er ließ sich auf einen der roten Sitze nieder. War es vielleicht Selbstmord?

Nein, nicht Linda Berick. Schon gar nicht auf eine so demonstrative Weise. Dieses Verbrechen hatte sich ein krankes Hirn ausgedacht. Sebastian stand wieder auf.

»Bizarr«, sagte jemand hinter ihm. Kipke berichtete, die Kollegen hätten begonnen, den Tatort zu sichern, die Spurensicherung sei unterwegs, ebenso Herr Santer und Frau Schell. Weitere Kollegen seien dran, den Inhaber des Theaters aufzutreiben. Die Sekretärin würde aber oben im Büro warten.

»Danke.« Sebastian wollte sich zuerst ein Bild vom Tatort machen. Auf der Balustrade beratschlagten die Beamten, wie man die Leiche bergen könne, einer von ihnen sprach von »an Land ziehen«. Als sie Sebastian bemerkten, traten sie einen Schritt zur Seite.

Ob Linda Berick vorher schon tot gewesen war oder ob sie jemand über die Brüstung geworfen hatte, würde die Obduktion ergeben. Sebastian schaute hinüber zu dem leblosen Körper. Die Autorin. Unfassbar, dass sie ihm erst gestern Abend, ein paar Stockwerke tiefer, in der Kantine gegenübergesessen und von ihren Plänen für die Zukunft erzählt hatte.

Unten gingen Jens und Pia durch die Sitzreihen, schauten hoch, kommentierten. Jetzt entdeckten sie Sebastian. Er gab ihnen ein Zeichen: Wir treffen uns im Foyer.

Jens und Pia standen inmitten der goldenen Sterne auf dem nachtblauen Teppich, als Sebastian zu ihnen stieß. Pia sagte: »Frau Spreknek vom Reinigungspersonal steht unter Schock und kann noch nicht vernommen werden. Ist es okay, wenn ich mich zuerst um die Liste der Mitarbeiter kümmere?«

»Bitte.« Sebastian schaute auf die Uhr. »Außerdem müssen alle Mitarbeiter einbestellt werden, auch die Darsteller. Für die Befragungen brauchen wir, schätze ich, zehn Kollegen zusätzlich. Ich möchte wissen, wer Linda Berick gestern nach einundzwanzig Uhr dreißig gesehen hat und wo. Kümmert euch bitte darum.«

Als Sebastian hinauf zu den Büroräumen ging, sagte er laut: »Ich fass es nicht. Ich fass das alles nicht.«

In dem Raum mit den orange gestrichenen Wänden und dem weiten Blick auf die Reeperbahn lag noch immer Papier in Stapeln auf Schreibtisch und Fußboden, Bücher und Prospekte waren auf Couchtisch und Sofa abgelegt. An der Bilderwand immer noch die freien Stellen.

»Hier geht alles nur noch bergab«, sagte eine rauchige Stimme in Sebastians Rücken.

Er drehte sich um. Die Frau, die in der Tür stand, war braungebrannt und sehr mager. »Sind Sie der Kommissar?«, fragte sie. »Ich bin die Sekretärin. Viola Albani.«

»Ist Herr Ritter inzwischen eingetroffen?«, fragte Sebastian.

Die Frau schüttelte den Kopf. Obwohl ihre Haare tiefschwarz waren, schätzte Sebastian die Sekretärin auf weit über sechzig.

»Haben Sie eine Ahnung, wo er sein könnte?«

»Er hat gestern Nachmittag das Büro verlassen, seitdem habe ich ihn nicht mehr gesehen. Zu Hause ist er nicht, seine Nachbarin hat eben nachgesehen. Und an sein Handy geht er nicht.«

»Um welche Uhrzeit kommt er normalerweise ins Theater?«

»Am späten Vormittag.«

Die Frau schaute starr vor sich hin. Sebastian fragte: »Warum sagten sie eben, hier ginge alles nur noch bergab, Frau...?«, ausgerechnet jetzt fiel ihm der Name nicht ein.

»Albani. Ist italienisch«, erklärte sie. »Ich sah, dass Sie die Fotos an der Wand anschauten...«

»Und *warum* geht hier alles bergab?«

Sie blickte aus dem Fenster.

»Das Theater ist doch jeden Tag ausverkauft«, sagte Sebastian.

»Die letzten Monate waren doch nur eine kleine Verschnaufpause.«

»Was heißt das? Ist das Theater pleite?«

Die Frau schloss die Bürotür. »Ach, wissen Sie, ich habe ja schon für den Vater gearbeitet, Kurt-Alois Ritter. Er hat das Theater nach dem Krieg wiederaufgebaut. Er hat immer gesagt: ›Mein Heinz ist ein guter Junge, aber er hat keine Ahnung vom Geschäft.‹ Ritter senior lebt im Heim, nachdem er einen Schlaganfall hatte. Vor sieben Jahren hat der Junior das Theater übernommen. Seither geht es hier bergab. Im Frühjahr waren wir kurz davor, Insolvenz anzumelden. Linda Berick hat uns im letzten Moment gerettet. Und nun das...« Die Sekretärin drehte sich mit ängstlichem Blick um, als würde hinter ihr die Leiche hängen.

»Frau Berick hat das Haus gerettet, indem sie die Lizenz für *Tainted Love* dem Hans-Albers-Theater und nicht der Music-U-Nights-Gruppe gab, richtig?«

»Genau. Danach lief alles perfekt. Schon vor der Premiere hatten wir Tausende Tickets verkauft. Nach der Premiere hat die Presse gejubelt, und alle Tickets für die nächsten Monate waren weg. Wir wären schon in einem Jahr komplett saniert gewesen. Ein Traum.«

»Sie wissen also, dass Frau Berick das Stück abziehen wollte?«

»Herr Ritter hat es mir gestern erzählt.« Viola Albani trat ans Fenster und ließ den Blick über die Reeperbahn schweifen. »Das ist das endgültige Aus.«

»Nun, da Linda Berick tot ist, kann sie das Stück doch gar nicht mehr abziehen«, sagte Sebastian.

»So einfach ist das nicht.« Die Sekretärin verschränkte die Arme vor der Brust und sah müde aus. »Frau Berick hat zusammen mit Rutherford Entertainment die Lizenzrechte vergeben. Ich weiß nicht, wie es jetzt geregelt wird.« Ihr Blick huschte für einen Moment zu einem Schrank in der Ecke.

»Befinden sich die Verträge in dem Schrank?«, fragte Sebastian.

Frau Albani zögerte, bevor sie bejahte. Sebastian bat darum, die Verträge ansehen zu dürfen. Frau Albani öffnete den Schrank und zog aus einer Reihe von Ordnern einen heraus, blätterte im Stehen und nahm einen Hefter heraus. »Bitte.« Sie legte das Dokument auf den Schreibtisch, wie sie es seit Jahrzehnten für den Chef des Hauses machte.

Sebastian hatte einen Moment überlegt, ob er sich bei Jens und Pia erkundigen sollte, wie es bei ihnen lief, doch er verwarf den Gedanken wieder, sie würden sich melden, sobald es etwas Neues gab.

Er setzte sich auf den Platz von Heinz Ritter, überflog ein Blatt nach dem anderen. Etwa dreißig Seiten. Buchstaben- und Zahlenreihen. Einmal sah er kurz auf, die Sekretärin beobachtete ihn mit besorgter Miene. »Sie können sich setzen«, sagte er freundlich.

Frau Albani rollte einen Stuhl heran, als würde gleich ein Diktat beginnen.

Sebastian blätterte weiter und blieb an einem Passus hängen. Er las ihn Frau Albani vor: »*Das Hans-Albers-Theater verpflichtet sich, pro Aufführung von ›Tainted Love‹ 15 % der Nettoeinnahmen zu gleichen Teilen an Rutherford Entertainment und Linda Berick zu zahlen.*« Sebastian schaute auf. »Die beiden teilen sich die Einnahmen?«, fragte er.

»Normalerweise partizipieren auch andere, die einen kreativen Input geben, z. B. der Regisseur, der Choreograph, der Lichtdesigner, der Bühnenbilddesigner, aber Mister Rutherford und Linda Berick haben ihnen damals die Rechte abgekauft.«

»Wie viel Geld bekommen die beiden pro Abend?«

Frau Albani überlegte einen Moment, vermutlich, ob sie diese Interna preisgeben dürfe. Dann erklärte sie: »Wir rechnen als Durchschnittspreis für eine Karte 65 Euro, das multipliziert mit 1600 sind etwas über 100 000 Euro, den Rest kann man sich leicht ausrechnen: Beide bekommen jeweils 7500 Euro pro Abend. Im Monat haben wir 35 Vorstellungen – sonntags und samstags sind es jeweils zwei, Montag ist dafür frei, das machen alle großen Musicaltheater – das sind also... jetzt muss ich selber rechnen... 260 000 Euro Lizenzgebühr pro Partei und Monat.

Was für ein unglaubliches Monatseinkommen, dachte Sebastian. »Frau Berick sagte mir, dass sie Lizenzanfragen aus der ganzen Welt hätte...«

»Das kann ich mir vorstellen. Das ist normal, wenn ein

Stück so gut läuft und wenn es international funktioniert, was bei *Tainted Love* der Fall ist.«

»Bekommen die Lizenzgeber für jede vergebene Lizenz dasselbe Geld?«

»Natürlich.«

»Und mit wie vielen Lizenzvergaben könnte man bei *Tainted Love* theoretisch rechnen?«

Frau Albanis Augen wanderten zur Decke, während sie überlegte und aufzählte: »Melbourne hätte sicherlich Interesse, Paris wahrscheinlich auch, Dublin, Amsterdam, New York natürlich …« Die Finger ihrer kleinen Hände zählten mit. »Und dann kommen natürlich weitere Theater aus Deutschland hinzu. Soviel ich weiß, gab es schon Anfragen aus Stuttgart, Berlin, Essen, Köln, na ja, eben die Städte, die große Musicaltheater haben. Also ich würde schätzen, dass man die Lizenz von *Tainted Love* an mindestens zehn Theater verkaufen könnte. Die Ticketpreise sind in diesen Städten in etwa dieselben, deswegen auch dieselben Lizenzeinnahmen.«

Sebastian rechnete und kam auf unvorstellbare Summen: Beide Lizenzgeber konnten mit jeweils dreißig Millionen Euro pro Jahr rechnen. Mindestens. Das war irrsinnig. Und natürlich verbarg sich dahinter ein mögliches Motiv für einen Mord.

»Wer wird denn nun anstelle von Linda Berick bestimmen, wohin die Lizenzrechte vergeben werden?«

»Das kommt auf den Vertrag an. In der Regel wollen die Lizenzgeber das Vergaberecht für sich allein beanspruchen, wenn der Partner ausfällt, weil es mit Erben meistens nur Ärger gibt.«

»Das Geld fließt aber weiter an die Erben, oder?«

»Natürlich.«

»Das heißt, es kommt dem Lizenzgeber in erster Linie darauf an, dass er die Lizenzen genau so vergeben kann, wie er es für richtig hält.«

Frau Albani nickte.

Sebastian blätterte in dem Vertrag, bis er den entscheidenden Passus *Erbfall* gefunden hatte:

Im Fall des Ablebens des Vertragspartners Linda Berick werden seine Rechte zur Lizenzvergabe von ›Tainted Love‹ von Rutherford Entertainment, London, vertreten.

Sebastian lehnte sich zurück. Er dachte an die Unterhaltung mit der Autorin in der Kantine. Ein wenig kopflos hatte sie die Entscheidung getroffen, ihr Musical aus Hamburg abzuziehen, und nur weil sie in dieser Stadt unglücklich geworden war. Eine heikle Entscheidung, denn in der Hansestadt hingen inzwischen viele Arbeitsplätze und ein Traditionstheater mit einer hundertfünfzigjährigen Geschichte von ihr ab. Aber das war noch nicht alles. Auch in London, wo ihr Musical im Royal Court Theatre lief, war man auf die Kooperationsbereitschaft der Autorin angewiesen. Selbstverständlich machten die Manager von Rutherford Entertainment längst Pläne, das Stück weltweit zu vermarkten. Jedes Mal brauchten sie die Zustimmung der ehemaligen Verkäuferin aus Manchester, die sie einst so unterschätzt und die ihnen weitgehende Vetorechte abgeluchst hatte. Linda Berick war unversehens zur tragenden Säule einer weltweit operierenden Firma geworden, die Unmengen von Geld aufsaugte, Hunderte Arbeitsplätze bereitstellte und innerhalb einer glamourösen Branche Verantwortlichen und Angestellten viel Prestige einbrachte.

Dass Linda Berick ihre Macht genossen hatte, lag auf der Hand. Aber hatte sie die enorme Verantwortung begriffen? War ihr die Tragweite, die jede ihrer Entscheidungen hatte, bewusst gewesen? Es hat nicht so geklungen, dachte Sebastian.

Die Autorin hatte Sebastian erklärt, dass sie nur mit Heinz Ritter über ihre Pläne gesprochen hätte und mit niemandem sonst. Das war sicher die Wahrheit. Aber hatte Ritter vielleicht sofort mit London telefoniert? …

Sebastian fragte die Sekretärin, die noch immer auf ihrem Stuhl saß und vor sich hinstarrte. Sie sagte, sie wüsste nichts davon, dass Ritter die Engländer schon über Bericks Plan informiert hätte.

Eine Überprüfung von Ritters Telefonaten würde Klarheit schaffen. Sebastian ging aber erst einmal davon aus, denn es lag ja nahe. Also: Wenn die Manager von Rutherford Entertainment von Linda Bericks überhastetem Entschluss wussten, nahmen sie womöglich an, dass die launische Autorin sich in kommenden Fällen ebenso sprunghaft verhielt. Sie müssten jederzeit damit rechnen, dass Linda Berick die Lizenzvergabe an andere Theaterhäuser vereiteln würde, wenn es ihr gerade nicht passte. Waren die Manager womöglich zu der Erkenntnis gekommen, dass die Autorin keine berechenbare Geschäftspartnerin war? Waren sie zu dem Schluss gekommen, dass die Millioneneinnahmequelle *Tainted Love* ohne ihre Erfinderin ergiebiger und sicherer sprudelte als mit ihr?

Sebastian stand auf und ging ein paar Schritte durch das Büro. An der Bilderwand blieb er stehen. Hundertfünfzig Jahre. Nicht einmal seine Urgroßeltern waren geboren, als hier an diesem Flecken oberhalb der Elbe schon Theater gespielt wurde. Das Haus hatte viele Krisen überlebt. Pleite war es bislang nie gewesen.

Hatte Linda Berick ihr Todesurteil gefällt, als sie Heinz Ritter egozentrisch und arglos, wie es ihre Art war, über ihre Pläne in Kenntnis setzte?

Sebastian dachte an den Inhaber des Theaters. Er war ein freundlicher Mann, aber er war unter Druck. Das Theater wäre saniert gewesen, ein Traum, wie seine Sekretärin sagte, später hätte es satte Gewinne eingefahren, es wäre für die Zukunft bestens gerüstet gewesen. Nun aber war die Pleite sicher. So nahe beieinander lagen Existenz und Nichtexistenz.

Sebastian bat Frau Albani, noch einmal nach Heinz Ritter zu suchen. Vielleicht war er inzwischen im Hause? Die Frau tippte eine Nummer, sprach mit dem Empfang. Dann sah sie Sebastian sorgenvoll an, während sie den Kopf schüttelte.

Er holte sein Handy hervor und wählte Jens' Nummer. Jens hatte den Mann ebenfalls nirgends ausfindig machen können. Sebastian befahl, sofort eine Großfahndung nach Heinz Ritter auszulösen. Viola Albani brach in Tränen aus.

23

Die Absperrgitter der Polizei rund um das Theatergebäude hatten die Schaulustigen, die sie abhalten sollten, erst angelockt, eine Menge, die mit jeder Minute größer wurde. Journalisten standen mit Mikrofonen im gleißenden Licht vor Fernsehkameras.

Als Sebastian herauskam, scharte sich die Meute gerade um ein paar Darsteller des Musicals, die entsetzt und erregt Interviews gaben. Sebastian kam unbemerkt vorbei. Im Auto schaltete er das Radio an.

»Zwölf Uhr«, sagte der Moderator, und die Nachrichtenerkennungsmelodie von Radio Hamburg ertönte. »Im Hans-Albers-Theater hat sich ein spektakulärer Todesfall ereignet. Zeugen berichten von einer Leiche, die von der Kuppel hängen soll. Wir schalten zu unserem Reporter vor Ort. Stefan, hörst du mich?«

Euphorisch und mit sich überschlagender Stimme berichtete der Reporter vom Hörensagen. Offenbar war noch nicht durchgesickert, um wen es sich bei der Leiche handelte, aber das würde sicherlich nicht mehr lange dauern. Es klang, als könne der Reporter seine Begeisterung nur mit Mühe zügeln. Diese Story würde in den kommenden Tagen ein mächtiges Interesse garantieren. Für die Reporter war der gewaltsame Tod im Theater ein Glücksfall. Aber nicht nur für sie, auch für alle Medienkonsumenten. Ein weiterer Beitrag zur endlosen Unterhaltung. Und wenn erst Linda Bericks Name durchsickerte, würden die Fragen nach den Todesumständen im Fall von Max-Andreas Benson richtig losgehen. Bislang hatten die Medien die Version vom Unfall geglaubt und erst einmal abgewartet. Aber in Kombination mit dem zweiten Tod war es eine Mischung wie Benzin und Feuer.

Sebastian schlug mit der flachen Hand auf das Lenkrad. Er hatte kaum mehr Zeit. In der Ferne sah er die Weltkugel auf dem Hotel Atlantic. Er gab Gas. Solange der Name Berick in den Medien noch nicht genannt wurde, konnte er noch einigermaßen ruhig in ihrer Suite ermitteln. Und vielleicht hatte er Glück und fand das, was er suchte, tatsächlich dort. Die Autorin selbst hatte ihm davon erzählt.

Aber sie hatte ihm natürlich nicht erzählt, wo sie es aufbewahrte. Sebastian stellte sich in die Mitte des Wohnzimmers der Suite und sah sich langsam um. Es war aufgeräumt. Der Obstteller, der umgekippt war und den die Autorin und er wieder arrangiert hatten, sah aus wie vor drei Tagen. Sebastian zog sich Handschuhe an und ging ins Schlafzimmer. Das Nachtschränkchen war leer. Ebenso jenes auf der anderen Seite. In den Schubladen des Schreib- und Schminktisches befanden sich nur Informationsbroschüren über das Hotel. Er öffnete die Türen des breiten Kleiderschranks. Mehrere dunkle Röcke hingen dort, Kostüme, ebenfalls dunkel, und das schwarze Abendkleid, das Sebastian bei der Premiere an Linda Berick gesehen hatte. Auf dem Boden standen einige Einkaufstüten teurer Geschäfte. In den Regalen lagen Pullover, auch dunkel, und T-Shirts. In den Schubladen fanden sich Socken und Unterwäsche, aber nicht, was er suchte.

Er rüttelte an der Tür zum Safe und bat einen der Beamten, der vor der Suite Wache hielt, den Manager des Hotels zu benachrichtigen, er möge ihm den Code für den Safe nennen. Während er wartete, suchte Sebastian im Bad und im Wohnraum. Nichts. Kein Wunder. Es musste im Safe sein.

Der Beamte steckte seinen Kopf durch die Tür und meldete, der Manager sei unterwegs.

Sebastian trat hinaus auf die Terrasse. Kalt und feucht war die Luft. Unten strömte der Verkehr über die Kreuzung.

Als er die Terrassentür wieder schloss, bemerkte er hinter dem bodenlangen schweren Vorhang ein braunes Schimmern. Er zog den Vorhang zur Seite. Zum Vorschein kam ein rundes Eckschränkchen aus edlem Holz mit feinen goldenen Verzierungen. Die kleine Tür war durch ein altmodisches Schloss gesichert, das eher symbolischen Charakter hatte. Auch wenn der filigrane Schlüssel nicht gesteckt hätte, wäre es ein Leichtes gewesen, dieses Schlösschen zu knacken. Sebastian drehte den Schlüssel.

In tiefblauen Stoff gebunden und ordentlich aufeinandergelegt, lagen sogar zwei Tagebücher da. Obendrauf wachten zwei kristallene Tiger in fauchender Pose. Sebastian stellte die Figuren auf das Eckschränkchen und nahm die Bücher heraus.

Linda Berick hatte damals während ihrer Unterhaltung auf der Aftershowparty nur nebenbei erwähnt, dass sie Tagebuch schreibe, und Sebastian hatte es sich gemerkt, ohne zu wissen, wozu es einmal gut sein könnte.

Auf der Fahrt zum Polizeipräsidium telefonierte er mit Jens, der die Großfahndung nach Heinz Ritter koordinierte. Sechzig Kollegen waren im Einsatz, die Porträts des Gesuchten waren an alle Einsatzzentralen in Hamburg, Schleswig-Holstein und Niedersachsen geleitet worden. Aber noch keinerlei Antworten.

Als Sebastian das Auto parkte, rief Professor Szepek an, der die Leiche von Linda Berick untersuchte. »Die allerersten Ergebnisse, Herr Fink: Es hat einen Kampf gegeben, darauf weisen mehrere Stellen am Körper der Toten hin. Der Tod trat durch Genickbruch ein. Todeszeitpunkt: etwa um Mitternacht.«

Dann hatte Linda Berick womöglich das Haus nach ihrem Treffen in der Kantine gar nicht mehr verlassen? Warum war sie im Theater geblieben? Wer außer ihr konnte um Mitternacht noch im Gebäude gewesen sein?

Die neue Entwicklung war keine gute Voraussetzung, um Eva Weiß gegenüberzutreten. Sie stand neben ihrem Schreibtisch und stützte sich mit zwei Fingern auf der gläsernen Platte ab. Ihr Mund war ein schmaler roter Strich.

»Was ist eigentlich in diesem Theater los?«, fragte sie.

»Ich habe keine Ahnung«, antwortete Sebastian und dachte: blöde Frage.

Eva Weiß setzte sich auf ihren Platz. »Ich habe in wenigen Minuten eine Telefonkonferenz mit dem Polizeipräsidenten und dem Innensenator...« Sie legte die Ellbogen auf den Tisch, faltete die Hände vorm Gesicht, stützte ihr Kinn darauf und sah Sebastian nachdenklich an. »Herr Fink, Sie bringen mich arg in die Bredouille. Statt Ermittlungsergebnissen im Fall Benson haben wir nun einen weiteren Fall. Was soll ich denn dem Senator sagen?«

Sebastian fühlte sich mies. Das Ganze war eine Katastrophe.

Er legte sich flach auf den Boden seines Büros, streckte Arme und Beine von sich und versuchte, sich auf seinen Atem zu konzentrieren. Aber die Gedanken rasten ihm durch den Kopf, es zirpte und fiepte und rauschte, als sei sein Hirn auf der Suche nach einem Radiosender. Aber es fand keinen.

Fünf volle Minuten gönnte Sebastian sich. Sein Atem wurde ruhiger und langsamer, und er spürte ein vages Gefühl von Zuversicht.

Er hatte nie Tagebuch geschrieben, als Erwachsener nicht und als Jugendlicher oder als Kind schon gar nicht. Er hätte nicht gewusst, was er hineinschreiben sollte, und was ihn beschäftigte, hätte er nicht beschreiben können. Aber Linda Berick konnte das vermutlich. Sie hatte sich bedroht gefühlt, das hatte sie erzählt, aber ob die Bedrohung real war, hatte sie nicht zu sagen vermocht. Also hatte sie wohl nichts anderes in ihr Tagebuch geschrieben. Aber vielleicht hatte sie gewisse Zusammenhänge in den vergangenen Wochen und Monaten gar nicht bemerkt, die aber in ihrem Tagebuch zu erkennen waren.

Sebastian setzte sich mit den Büchern an seinen Schreibtisch und schlug eines davon auf. Das Erste, was ihm auffiel, war die kindliche Schrift, eine typische Mädchenhandschrift, klar und rund. Der letzte Eintrag war zwei Tage vor Linda Bericks Tod erfolgt. Die Autorin überlegte, Hamburg zu verlassen, ihr Stück anderen Theatern zur Verfügung zu stellen. Sie beschrieb, wie unwohl sie sich in der Stadt fühlte, nach dem Tod von Max. Sebastian blätterte rückwärts. Sein eigener Name tauchte auf. Dass der Kommissar sie wegen Max' Tod aufgesucht habe und nach einem Malheur Früchte und Walnüsse auf dem Boden lagen und der Kommissar ihr beim Aufsammeln geholfen habe. Es war erstaunlich: Da war ein geliebter Mensch gestorben, und die Frau schrieb über Früchte und Walnüsse.

Andererseits: Im Schock und in der Not hielt man sich an Dingen fest, die greifbar waren, wie ein Schiffbrüchiger im weiten Ozean. Früchte und Walnüsse.

Sebastian blätterte weiter, bis er ein Stichwort fand, das ihn aufmerken ließ: »Muttermal«. Die Autorin machte sich Sorgen, dass die Polizei die Spuren der Frau mit dem Muttermal nicht ausreichend verfolgte. Sebastian dachte, dass Linda Berick mit dieser Einschätzung vielleicht recht hatte. Er hatte sich zwar auf die Suche gemacht, und auch würde er vom Kellner im Café Enzo sofort Bescheid bekommen, falls die Frau noch einmal dort auftauchte, aber... Sebastian merkte, wie sich in ihm Gewichtungen verschoben, aber ja, er hätte nach dieser Frau eine größere Suche starten sollen. Er würde es gleich bei der nächsten gemeinsamen Sitzung mit den Kollegen besprechen und gegebenenfalls eine Fahndung anordnen. Aber zunächst sollten sie doch abwarten, was die Fahndung nach Heinz Ritter brachte.

Kurz darauf trat Pia in sein Büro. Sie kam aus dem Theater, wo sie die Befragung der Mitarbeiter koordiniert hatte. Sie sah erschöpft aus. Die Befragungen seien bald durch, sagte sie. »Die Beleuchter haben gestern direkt nach der Show gemeinsam das Gebäude verlassen, ein Maskenbildner blieb noch etwas länger, hat Frau Berick aber nicht mehr gesehen und ist dann mit einer Darstellerin losgezogen. Und so weiter. Noch ist nichts Augenfälliges dabei. Die Protokolle liegen morgen früh vor. Dann wissen wir hoffentlich mehr.«

Jens hatte ihr von seiner Suche nach Heinz Ritter berichtet. Ein paar Leute hätten gesehen, wie der Mann am Nachmittag sein Theater verließ und die Reeperbahn hinunterging. Wohin, wusste niemand. Ob und wann er in seiner Wohnung in Eimsbüttel ankam, konnte man noch nicht feststellen. Bislang war der Mann spurlos verschwunden.

Sebastian überlegte: Man musste es nur wenig zuspitzen, um festzustellen: Bei dem Mann ging es um Leben und Tod. Wollte er leben, musste die Autorin sterben. Das Motiv war bestechend. Außerdem konnte Heinz Ritter jederzeit das Theater betreten, und er hätte auch die Kraft dazu gehabt, die nicht ganz leichte Autorin über die Balustrade zu hieven. Und er versteckte sich …

»Wir können nur hoffen, dass Jens den Mann bald findet«, sagte er.

»Da können wir im Moment nichts tun«, erwiderte Pia.

Genau das machte Sebastian nervös.

»Und was ist das?«, fragte Pia mit einem Blick auf das aufgeschlagene Buch. Sebastian schob es ihr rüber und bat sie, einen Blick hineinzuwerfen. Sie zog sich einen Stuhl heran und setzte sich Sebastian gegenüber.

Er selber nahm sich das zweite Buch, das ältere der beiden, vor. Hier beschrieb Linda Berick ihre letzten Monate in London und den Umzug nach Hamburg. Etliche Namen von Theatermitarbeitern kamen vor, meist war die Autorin verärgert über deren Unzulänglichkeit. Max-Andreas nannte sie damals schon Max oder »Darling«. Die beiden hatten schon in London viel zusammen unternommen.

Es war vielleicht eine Dreiviertelstunde vergangen, als Pia aufschaute und eine Frage stellte: »Weißt du etwas über eine Melissa?«

Sebastian forschte in seinem Gedächtnis. Der Name war ihm bekannt. Dann fand er das Gesicht und einen neongelben Plastikgürtel. »Melissa und Scott – das sind zwei Freunde von Linda Berick aus Manchester. Sie waren auf der Aftershowparty. Warum?«

»Ist dir bei eurer Begegnung irgendetwas aufgefallen?«, fragte Pia.

Sebastian dachte nach. Die beiden hatten sich dort oben im fünfundzwanzigsten Stockwerk zu ihm und Linda Berick an den Tisch gesetzt. Die Autorin schien sich über den Besuch nicht besonders gefreut zu haben.

Pia reichte ihm das Buch über den Tisch. »Schau dir mal diese Stelle an.«

Linda Berick zeigte sich verärgert, dass Scott sie vor Kommissar Fink blamiert habe – sie sei früher »ein armes Mädchen« gewesen... Sebastian erinnerte sich an die Szene. Im nächsten Satz entrüstete sich die Autorin darüber, dass Melissa dem nichts entgegengehalten hatte, dann folgte eine kurze Tirade über die Freundin aus Manchester. Linda Berick befand, dass Melissa ganz offensichtlich auf sie und ihr Leben eifersüchtig war, und wünschte sich, dass »diese Frau« möglichst bald aus Hamburg verschwand und sie in Ruhe ließ.

Sebastian überlegte. Tatsächlich war eine Spannung zwischen den beiden Frauen zu spüren gewesen: Da hatten sich zwei ehemalige Freundinnen auseinandergelebt, und die eine wollte es noch nicht wahrhaben. Aber *Hass* war das nicht, das wäre zu viel gesagt. Und dennoch sollte man überprüfen, wie lange sich diese Melissa nach der Premiere noch in der Stadt aufgehalten hatte.

»Ich kümmere mich darum«, sagte Pia.

Draußen war es schon lange dunkel. Aber es ging gerade erst auf halb sieben zu.

In Sebastians Kopf arbeitete es hart. Ein Gedanke hatte sich inzwischen immer stärker nach vorne gedrängt und beanspruchte mehr Beachtung: Gingen sie eigentlich von ein und demselben Täter aus, und wenn ja, warum eigentlich? Dafür sprach natürlich vieles, vor allem, da beide Morde sozusagen innerhalb einer Firma begangen worden waren. Doch schon ein naheliegendes Faktum sprach gegen diese Theorie, und das durften sie nicht vergessen.

Pia sah Sebastian fragend an. »Was meinst du?«

»Etwas ist unlogisch: Heinz Ritter hat zwar ein bestechendes Motiv, Linda Berick zu beseitigen – seine Existenz war durch sie bedroht. Aber im Fall Benson ist es genau umgekehrt: Der Tänzer war für die Sicherung seiner Existenz enorm wichtig. Es könnte sich also um zwei verschiedene Motive und zwei verschiedene Mörder handeln.«

»In *einem* Theater?« Pia war skeptisch.

Konnte es sich vielleicht um zwei sehr unterschiedliche Motive und dennoch um denselben Mörder handeln? Sebastians Blick ging zum Telefon, als ob es geklingelt hätte. Aber es stand still und verlangte keine Beachtung. Er hatte es sich nur insgeheim gewünscht. Irgendeine Antwort.

Das Telefon klingelte. Sebastian lächelte, und als er Jens' Namen auf dem Display sah, wusste er, was geschehen war. Er wandte sich Pia zu: »Wir haben ihn!«

24

Heinz Ritter war in die Ausnüchterungszelle der Davidswache gebracht worden. Der Arzt hatte 2,4 Promille gemessen.

»Hast du schon mit ihm gesprochen?«, fragte Sebastian Jens vor der geschlossenen Zellentür.

»Der versteht gar nicht, was los ist.«

»Ich will ihn sehen«, sagte Sebastian.

Jens hatte berichtet, dass Heinz Ritter nicht etwa von der Polizei aufgespürt worden war, sondern einfach in die Davidswache gekommen war, sturzbetrunken. Offenbar hatte man ihn zuerst gar nicht erkannt. Und er musste auch schon einige Zeit seelenruhig über die Reeperbahn gewankt sein.

Jetzt saß der Theaterinhaber auf einer Pritsche und verströmte den Geruch nach Schweiß, Rauch und billigem Alkohol. Sebastian beugte sich zu ihm hinunter. Ritter sah ihn wie aus der Ferne an. Dann breitete sich ein Lächeln auf seinem Gesicht aus, und er sagte lallend: »Wir kennen uns doch?«

»Kommissar Sebastian Fink.«

Heinz Ritter deutete mit der schlaffen Hand einen Gruß an, und war im nächsten Moment wieder bei einem anderen Gedanken, wenn man bei seinem Promillewert überhaupt von Gedanken sprechen konnte.

Sebastian ging auf Augenhöhe. »Herr Ritter, Sie wissen, was mit Linda Berick passiert ist?«

»Hm?«

»Sie ist tot.«

»Hm?«

»Sie wurde umgebracht.«

»Linda? Wieso?« Zwei Worte in zehn Sekunden.

»Haben Sie Linda Berick getötet?«

Heinz Ritter reckte sich nach einer Wasserflasche und verlor beinahe die Balance. Sebastian reichte ihm die Flasche. Ritter trank, Wasser rann an seinem Kinn herunter.

»Haben Sie Linda Berick getötet?«

»Nö.«

»Wo waren Sie gestern Abend?«

Der Mann machte ein Gesicht wie ein vollkommen geistloser Mensch, und es wirkte nicht einmal gespielt.

»Wo sind Sie gestern Nachmittag hingegangen, nachdem Sie das Theater verlassen hatten?«

Ritter schaute sich langsam in der Zelle um. Irgendwo grölte jemand, es klirrte, dann sorgten strenge Männerstimmen wieder für Ruhe. »Wo bin ich?«

»Sie sind auf der Davidswache, Reeperbahn.«

»Richtig.«

»Woher sind Sie gekommen?«

Ritter lächelte, als wäre er bei einem Streich ertappt worden. »Sag ich nicht.«

Damit schien es Sebastian klar, wo der Mann gewesen war: Wahrscheinlich in der Herbertstraße, oder er war gleich mit einer der Prostituierten mitgegangen, die auf den Nebenstraßen warteten. Das war eine Chance. Sie mussten die

Person oder die Personen finden, mit denen Heinz Ritter die letzten Stunden verbracht hatte, ihnen hatte er im Suff vielleicht etwas verraten.

Sebastian setzte sich neben den Mann auf die Pritsche und legte den Arm um dessen Schultern. »Los, Heinz, erzähl. Was haste erlebt?«

Heinz Ritter grinste.

»War es gut?«

Ritter kicherte.

»Wollen wir noch mal zusammen losziehen?«

Ritter schüttelte heftig den Kopf. »Zu teuer!«

»Ich lade dich ein …«

Ritter wandte sich Sebastian zu, schaute an ihm hoch und runter: »Krösus, was?«

Sebastian zuckte vielsagend die Schultern. Heinz Ritter stieß ihm in die Rippen und brach in ein tiefes, polterndes Lachen aus. Dann sagte er mit erhobenem Zeigefinger: »Ich hab nämlich nix mehr.«

»Los, Heinz, jetzt mal raus mit der Sprache: Wo warst du?«

Ritter versuchte sich zu erinnern und sah dabei fast dümmlich aus. »Hm… Romy. Die Letzte hieß Romy. Wie die Schneider.«

»Wo hast du Romy getroffen?«

»Weiß nicht.«

Der Mann kicherte, dann fielen ihm langsam die Augen zu.

»Heinz!«, sagte Sebastian. »Wo hast du Romy getroffen?«

Ritter saß da, das Kinn auf der Brust. Er war eingeschlafen.

Eine Frau namens Romy, die würden sie finden.

Tatsächlich war Romy bei den Kollegen bekannt, wie die meisten Nutten den Beamten der Davidswache namentlich bekannt waren. Es diente auch ihrem Schutz. Romy, sagte einer der Kollegen, arbeitete im Sherry Lady in der Silbersacktwiete, einer Straße nicht weit von der Herbertstraße entfernt. Von dort musste Heinz Ritter zu Fuß bis zur Reeperbahn und in Richtung Theater getorkelt sein, wo ihn schließlich der Mann aus dem Souvenirladen, der über die Suche informiert war, sah und ihm geraten hatte, gleich rüber zur Davidswache zu gehen.

Sieben Minuten später waren Sebastian und Jens und Pia im Sherry Lady, einem Bordell, das im vorderen Bereich wie eine gewöhnliche Bar aussah. Hinten hingegen war es ein Labyrinth aus Séparés, Vorhängen, Fluren, Türen und Zimmern. Die Chefin, die sich als Véronique vorstellte, warf nur einen Blick auf das Foto und bestätigte, dass der Mann die Nacht und den ganzen Tag bis vor etwa zwei Stunden hier, im Sherry Lady, gewesen sei. Und tags zuvor habe er schon im Lipstick den Nachmittag verbracht, das wisse sie von einer Kollegin. »Das heißt, er war über vierundzwanzig Stunden lang im Bordell?«, fragte Sebastian.

»Richtig«, sagte Véronique. »Er war ja gut versorgt.«

»Wie viel hat er bezahlt?«, fragte Jens.

»Interessiert Sie das?« Die Frau schaute in die Runde. »Ich habe ihm einen Pauschalpreis gemacht, tausend Euro, alles inklusive.«

»In bar?«

»Ja, was dachten Sie denn?«

Das Lipstick lag um die Ecke in der Herrenweide – ausgerechnet –, einer kleinen Straße nur knapp hundert Meter entfernt von der Silbersacktwiete.

Die beiden Frauen, die gestern gearbeitet hatten, waren auch heute da. Sie bestätigten, dass Heinz Ritter gegen vier Uhr mit einem Haufen Bargeld in der Tasche in das Etablissement gekommen war und sich stundenlang dort aufgehalten hatte. Danach sei er direkt rüber ins Sherry Lady.

Sebastian, Jens und Pia tauschten einen Blick: Damit war also klar, dass Heinz Ritter Linda Berick nicht umgebracht haben konnte. Schon wieder ein Rückschlag also. Es war zum Verzweifeln.

Das Scheinwerferlicht des Wagens war auf die Rückseite des Theatergebäudes gerichtet, das schwer und voluminös vor ihnen stand. Sebastian hatte den Motor schon gestartet und die Heizung aufgedreht. Er wollte sich mit den Kollegen noch beratschlagen, bevor er sie nach Hause fahren würde.

Jens, der auf dem Beifahrersitz saß, sagte: »Wenn Heinz Ritter selbst nicht der Täter war, könnte er jemanden bezahlt haben, der es für ihn erledigt.«

Pia stimmte zu. »Und er hat sich derweil besoffen.«

Dafür sprach auch, dass der Mörder freien Zugang zum Gebäude gehabt hatte. Rein logisch hätte das alles stimmen können, und dennoch hatte Sebastian Zweifel. Erstens: Heinz Ritter hätte dann entsprechende Kontakte haben müssen – aber auf Sebastian wirkte der Mann nicht wie jemand, der diese Art Kontakte hatte. Zweitens, und entscheidender: Ein Auftragsmord wäre diskreter und weniger umständlich erledigt worden. Nein, diese These war einfach zu unwahrscheinlich. Es musste irgendetwas ganz anderes passiert sein.

Sebastian überlegte laut: »Die Leiche über dem Zuschauerrund, das hat doch symbolischen Charakter. Es ist eine Inszenierung. Der Täter will damit etwas sagen.«

Die Kollegen antworteten nicht, was nicht hieß, dass sie die These abwegig fanden. Aber es bedeutete, noch mal alles von vorne zu überdenken, und das war kein Anlass zum Jubeln.

Sebastian fuhr fort: »Wir müssen verstehen: Was will der Täter sagen? Wem will er es sagen? Wie hängt die Tat mit dem ersten Mord zusammen, wenn sie überhaupt zusammenhängt? Wer hätte einen Grund, ein derartiges Zeichen zu setzen? Und schließlich: Ging es wirklich um die beiden Personen, oder gaben ihre herausragenden Positionen den Ausschlag? Sollte innerhalb der Branche ein Zeichen gesetzt werden?«

»Glaub ich nicht«, meinte Jens. »Es gibt im Hans-Albers-Theater genug Menschen, die Linda Berick persönlich die Pest an den Hals gewünscht haben. Einer von denen war's.«

Und damit waren sie tatsächlich wieder am Anfang. Dass Linda Berick nicht sehr beliebt war, wusste Sebastian schon seit dem Premierenabend: Wenn die Autorin in ihrem schwarzen Kleid sich näherte, bewegten sich alle weg – als sei sie ein Magnet, verkehrtherum gehalten. Und die, die doch eine Weile bei ihr stehen blieben, wirkten erleichtert, wenn sie zum nächsten Gespräch weiterziehen konnten. Aber wirkliche Anfeindungen waren es nicht gewesen.

Sebastian hatte plötzlich das Gefühl, dass seine Gedanken unscharf wurden. Es gab so viel zum Nachdenken, und er brauchte Zeit dazu. Vor allem brauchte er ein paar Stunden Schlaf. Er legte den Gang ein, und die Lichtkegel der Scheinwerfer bewegten sich langsam an der Hauswand entlang auf die Straße.

Es war schon nach Mitternacht. In der Wohnung war es still. Nur durch das gekippte Fenster drangen die entfernten Geräusche der Stadt und ein feiner Streifen kalter Luft in sein Schlafzimmer. In dem Moment, da Sebastian sich ins Bett gelegt hatte, war er wieder wacher geworden, und nun war er hellwach.

Er tastete nach dem Wasserglas auf dem Nachttisch. Er starrte ins Dunkel. Seine Gedanken kreisten. Wie der Bussard, auf der Suche nach Beute, die sich irgendwo in der Ferne versteckte. Sebastian setzte sich in seinem Bett auf. Seine Augen hatten sich ans Dunkel gewöhnt. Die Vision der Physiotherapeutin. Irgendjemand hatte sie nachgestellt. Der Täter war ein Trittbrettfahrer. Aber warum machte er das?

Sebastian schloss die Augen und öffnete sie wieder.

Die Geschichte von der Halluzination der Physiotherapeutin war natürlich im Theater herumgegangen. Aber das genaue Bild der Vision konnte nur Silke Engelmann selbst darstellen.

Wem hatte sie es erzählt?

25

Sebastian drückte den Messingknopf am Klingelbrett. Es war der nächste Morgen, und Pia und er hatten zuvor vergeblich versucht, Silke Engelmann telefonisch zu erreichen. Sebastian klingelte ein zweites und ein drittes Mal. Kalter Wind fuhr in die Äste des Baumes, der beim Hauseingang wachte.

»Schau mal«, sagte Pia.

Sebastian drehte sich um. Eine Frau in schwarzem Hut mit samtener Schleife und hohen Schuhen kam mit großen Schritten die Dorotheenstraße entlang. Es war die Mutter von Silke Engelmann, die Frau, die gerne schimpfte. Als sie an ihnen vorbei den Schlüssel in das Schloss steckte, vermied sie es, Pia und Sebastian anzusehen.

»Frau Engelmann?«, fragte Sebastian.

Die Frau musterte ihn. »Und wer sind Sie?«

»Sebastian Fink, meine Kollegin Pia Schell, Kripo Hamburg.«

»Schon wieder? Meine Tochter hat mir von Ihrem Besuch erzählt. Was gibt es denn noch?«

»Das wollen wir mit Ihrer Tochter besprechen.«

»Warum klingeln Sie dann nicht?«

»Ihre Tochter öffnet nicht.«

»Dann schläft sie wohl noch.« Widerwillig ließ die Mutter sie ins Treppenhaus. Wortlos folgten Sebastian und Pia in den zweiten Stock. Frau Engelmann schellte, während sie gleichzeitig die Tür öffnete und mit lauter Stimme in die Wohnung rief: »Silke, aufstehen!«

Die Wohnung antwortete mit trotziger Stille.

»Das gibt es doch nicht! Silke!« Frau Engelmann ließ ihre Handtasche auf den Boden fallen, durchquerte mit großen Schritten die Diele und den leeren Raum, der zum Schlafzimmer führte. Vor der Schiebetür blieb sie eine Sekunde stehen, bevor sie die beiden Flügel ruckartig auseinanderschob.

Das Bett war ordentlich gemacht. Frau Engelmann sah sich um, als könnte ihre Tochter sich irgendwo zwischen dem Krimskrams verkrochen haben. »Ich verstehe das nicht«, murmelte sie. Sie schaute auf ihre goldene Armbanduhr und sah Sebastian ratlos an.

»Einkaufen?«, meinte Pia.

Die Mutter schüttelte den Kopf.

»Arzttermin?«

Wieder schüttelte sie den Kopf. Sie verließ das Zimmer und holte in der Diele ihr Handy aus der Handtasche. Sie wählte und erreichte nur die Mailbox: »Silke! Wo bist du? Ich bin in der Wohnung. Ich bin nicht allein, hier ist noch ... na, die Polizei, die wollen dich sprechen. Ruf sofort an, und komm schnell her.« Das Handy verschwand wieder in der Handtasche.

»Kann ich Ihnen einen Kaffee anbieten?«, fragte Frau Engelmann zerstreut und ging in die Küche. »Hier sieht's ja aus!«, rief sie.

In dieser Küche sieht es viel ordentlicher aus als in unserer, dachte Sebastian. »Für mich bitte keinen Kaffee«, sagte er. Auch Pia wollte keinen. Die Mutter schob die Kaffeemaschine wieder zurück. Dann stemmte sie die Hände in die Hüften, drehte sich zu ihnen um und sagte: »Mit dem Tod von diesem Kerl aus dem Theater hat meine Tochter nichts zu tun.«

Als weder Sebastian noch Pia darauf etwas erwiderten, sprach sie weiter: »Silke kriegt es ja nicht mal auf die Reihe, ihren Job zu behalten. Ich kann nur sagen: Wenn Silke jemanden umbringen wollte, dann mich. Aber das würde sie sich nicht trauen.« Die Frau lachte kurz auf.

»Ihre Tochter steht gar nicht unter Verdacht«, erklärte Pia. »Es geht um Beobachtungen, die sie gemacht haben könnte.«

Die Frau musterte Pia misstrauisch. »Meine Tochter beobachtet einiges. Leider auch Dinge, die es gar nicht gibt, das haben Sie ja schon mitbekommen.«

»Mag sein«, sagte Pia. »Wir wollen sie trotzdem sprechen.«

Die Frau bedachte Pia mit einem herablassenden Blick und verließ den Raum. Sebastian schaute in die Spüle. Wieder ein Becher. »Der Kaffeerand ist nicht von heute Morgen«, sagte er. Dann sahen sie sich in der Küche um. Es schien, als hätte in den letzten Stunden hier niemand etwas benutzt.

Sebastian trat ans Fenster. Seine Intuition hatte etwas aufgegriffen, leitete die Information aber nicht an das Bewusstsein weiter. Ein Anrufer, der nicht durchkommt.

Die Mutter erschien wieder in der Tür. Sie schaute starr vor sich hin, presste ihre Handtasche an sich.

»Was ist mit Ihnen?«, fragte Pia.

Die Frau setzte sich auf einen der Küchenstühle.

»Was ist los?«, wiederholte Pia.

Sebastian beobachtete, dass die Frau einen schnellen, unentschiedenen Blick auf die Handtasche warf.

»Ich habe ein ungutes Gefühl. Ich war im Bad ...«

»Was ist da?«

»Nichts.«

»Frau Engelmann«, sagte Sebastian, »zeigen Sie bitte, was Sie in der Tasche verstecken.«

Die Frau sah ihn erschrocken an. Dann öffnete sie die Tasche zögerlich und zog eine weiße Karte hervor. »Die lag im Waschbecken«, sagte sie verunsichert.

Es waren nur wenige Wörter, handgeschrieben, in schwarzer Tinte. Sebastian nahm die Karte und las vor.

»Bitte, Mama, sei nicht böse.«

Ein paar Sekunden vergingen. Vielleicht dachten sie alle dasselbe: Warum schrieb eine erwachsene Frau einen so kindlichen Satz?

»Was meint Ihre Tochter?«, fragte Pia.

Frau Engelmann antwortete nicht. Sebastian ging aus der Küche, schaute ins Bad, wo nichts ungewöhnlich schien. Er musste einen Moment allein sein. Er ging ins Schlafzimmer, setzte sich auf die Kante von Silke Engelmanns Bett und ließ seinen Blick wandern. Poster an Poster an Poster, immer wieder der Tänzer. Die Welt eines Teenagers. Eine ausufernde Phantasie. Eine bedrückende Atmosphäre. Auf dem Nachttisch das Porträt. Max-Andreas.

Sebastian schloss die Augen. Er konnte es immer noch nicht greifen. Es war wie die Suche nach dem Lichtschalter im Dunkeln. Man weiß, dass er irgendwo ist, tappt herum. Hat man ihn gefunden, blendet es einen Moment, aber danach ist alles wunderbar zu sehen.

Und dann, als hätten sich in seinem Gehirn zwei elektrische Drähte knisternd berührt, stand die Information, die er gesucht hatte, auf einmal vor ihm.

»Pia«, rief er, »wir müssen los!«

Das Blaulicht schlug helle Signale, die Sirene heulte. Passanten am Straßenrand drehten sich um, Autos kuschten zur Seite. Sie fuhren Richtung Innenstadt.

Es war ein einziger Satz aus dem Mund der Mutter gewesen.

»Welcher?«, fragte Pia.

Sebastian zitierte den Satz, den die Frau vorhin ausgesprochen hatte: »*Wenn Silke jemanden umbringen wollte, dann mich. Aber das würde sie sich nicht trauen.*«

»Ja, und?«, fragte Pia.

»Es ist wahr«, sagte Sebastian, »das hätte sie sich nie getraut. Dafür aber hat sie eine andere Frau umgebracht.«

Pia sah ihn von der Seite an. »Linda Berick?«

Vor ihnen war Stau. Rechts eine kleine Straße. Sebastian raste hindurch. »Ich erkläre es dir später«, sagte er. »Wir müssen sie lebend fassen!«

Greifswalderstraße. Das Haus von Max-Andreas. Sie liefen hinauf in den ersten Stock und blieben vor der Wohnungstür stehen. »Mist!«, schimpfte Sebastian: Die Versiegelung der Polizei war unversehrt. Durch diese Tür war niemand gegangen.

Er war überzeugt gewesen, dass Silke Engelmann in dieser Wohnung war. Hier, wo ihr Geliebter in eine bessere Welt entschwunden war… Und wohin sie ihm folgen wollte. So jedenfalls hatte Sebastian sich das zusammengereimt. Es hatte alles so gut zusammengepasst.

Sebastian lehnte sich an die Wand. Es war nie leicht, von Hochgeschwindigkeit auf null herunterzukommen. Pia, die an der Wand gegenüber lehnte, warf Sebastian ein erschöpftes, aber aufmunterndes Lächeln zu.

In dem Augenblick ging oben eine Tür zu. Schritte waren zu hören. Jemand kam die Treppe herunter. Sebastian konnte nichts sehen. Pia sagte: »Guten Tag!«

Eine leise Stimme antwortete freundlich. »So schnell sieht man sich wieder«, sagte Pia.

Sebastian schaute um die Ecke. Ein älterer Herr.

»Von Herrn Lippin kam die Information, dass Sonntag früh um halb acht eine Tür geklappt hatte«, erklärte Pia.

Sebastian fragte: »Haben Sie hier heute eine fremde junge Frau gesehen?«

Der Mann schüttelte den Kopf, bedauerte und ging weiter. Sebastian sah ihm nach. Natürlich hatte er nichts gesehen. Das eine Mal war eine Ausnahme gewesen. Ansonsten hat kein Mensch irgendwo etwas gesehen oder gehört. Hier wird ein Mann ermordet, und die Leute schlafen, frühstücken, baden. Was man halt am Sonntagmorgen so macht. Sebastians Nerven wurden langsam überreizt.

Plötzlich sah er etwas. Er stoppte das Gedankenkarussell und ging zum Treppenhausfenster. Es war nur angelehnt. Er zog es auf und lehnte sich hinaus in die kalte Luft. Er sah den Mauervorsprung. Wer sportlich war, konnte über ihn zu den Fenstern der Wohnung von Max-Andreas gelangen. Er lehnte sich weiter nach draußen. Dann gab er sich Entwarnung: Es waren große Neubaufenster, Eisenrahmen, alles sehr stabil – von außen waren sie unmöglich zu öffnen, schon gar nicht, wenn man auf dem knappen Mauervorsprung stand. Sebastian schloss das Treppenhausfenster wieder. »Also gut«, sagte er. »In der Wohnung kann sie nicht sein. Wahrscheinlich geht sie irgendwo nett spazieren, und meine ganze These war Quatsch.«

Vor dem Haus trafen sie Jens, den sie noch in Winterhude informiert hatten. »Verstärkung ist gleich da!«, meldete er.

»Kannst du abblasen«, erwiderte Pia. »Falscher Alarm.«

Jens sah sie kurz an, dann legte er den Kopf in den Nacken und stieß einen lauten Seufzer aus.

Sebastian wandte sich von den Kollegen ab. Aus der Tiefe seines Gehirns war eben etwas nach oben gespült worden: Als er alleine in Max-Andreas' Wohnung ermittelt hatte, hatte er da nicht das Fenster im Schlafzimmer ein wenig geöffnet, um frische Luft hineinzulassen? Er hatte sich lange im Schlafzimmer aufgehalten, hatte versucht, sich in den Mörder hineinzuversetzen, und dann? Dann hatte er die Wohnung wieder verlassen – ohne das Fenster zu schließen!

»Sie ist in der Wohnung«, sagte Sebastian.

Die Kollegen schauten ihn verwundert an.

»Ich weiß es«, sagte er und vergewisserte sich, dass sie hier unten vor der Haustür nicht von Silke Engelmann gesehen werden konnten. Er überlegte schnell und erläuterte den Kollegen einen Plan. Die Kollegen nickten. Pia wählte die Nummer von Silke Engelmann. Über den eingeschalteten Lautsprecher war ein Tuten zu hören. Sie verharrten und lauschten.

Als sie es schon nicht mehr erwarteten, wurde abgehoben.

»Ja?«

Pia sprach in einem freundlich-vertrauensvollen Ton, genau richtig: »Frau Engelmann, hier ist Pia Schell, wir haben uns neulich in Ihrer Wohnung gesprochen.«

»Was wollen Sie?«

»Ich möchte Ihnen etwas von Ihrer Mutter ausrichten. Sie sagt, sie liebt Sie.«

Sebastian war überrascht. Das war so nicht abgesprochen. Ein toller Einfall. Und er wirkte: Silke Engelmann schien verblüfft zu sein. Immerhin legte sie nicht auf.

»Ihre Mutter ist noch zu Hause«, fuhr Pia fort, »ich bin zu Ihnen gekommen, um das auszurichten. Wenn Sie mich sehen wollen, schauen Sie doch mal aus dem Fenster, ich stehe unten auf der Straße.«

Pia trat ein paar Schritte auf die Straße, Sebastian verschwand im Treppenhaus, Jens blieb im Schatten des Gebäudes.

Während Pia sich bemühte, Silke Engelmann in ein Gespräch zu verwickeln, stand Sebastian jetzt oben vor der Wohnungstür. Ganz schwach hörte er die Stimme von Silke Engelmann hinter der Tür. Den Schlüssel für die Wohnung hielt er wie eine Waffe in der Hand. Zum Glück hatte er ihn noch bei sich gehabt. Er wartete und starrte auf das Display seines Handys.

Eine SMS von Jens: »*Ist am Fenster. Achtung Messer. Will sich umbringen.*«

Er hatte es geahnt. Sein Puls raste. Er versuchte, den Schlüssel behutsam ins Schloss zu stecken, und schob dann die Tür leise auf. Silke Engelmann war zu hören: »...und warum sollte ich? Sie haben es ja nicht geschafft!«

Sebastian schloss die Tür, damit kein Luftzug auf ihn aufmerksam machte. Vorsichtig schaute er um die Ecke. Die Frau stand mit dem Küchenmesser in der Hand am Fenster und schimpfte ins Telefon. »Mir glaubte die Polizei ja nicht ... Nein, tat sie nicht. Dann wäre die Mörderin ja nicht frei herumgelaufen ... Hören Sie doch auf!«

Von seiner Position aus konnte er nichts tun. Und wenn sie sich jetzt umdrehte und ihn entdeckte, wäre es aus. Auf die Distanz konnte er sie nicht überwältigen.

Die Frau ging vor dem Fenster hin und her, ihr Blick nach draußen gerichtet: »Natürlich hat Linda Berick Max-Andreas umgebracht! Wer denn sonst?«

Sie wird sich gleich umdrehen, dachte Sebastian.

»Sehen Sie ... Bitte? ... Nein, und mir reicht es jetzt auch.«

Sie wird sich umdrehen, ich muss weg.

»Nee, ich sag doch, mir reicht's.«

Sie warf das Telefon mit Wucht auf die Küchenzeile.

Sebastian schlich ins Schlafzimmer. Hierher würde Silke Engelmann kommen.

Sebastian wartete hinter der Tür. Er dachte an das Messer, das die Frau in der Hand hielt. Und an die Kraft, die die Physiotherapeutin hatte. Sie hatte es schon bewiesen. Sein Herz hämmerte.

»Die haben doch alle keine Ahnung! Die haben doch echt keine Ahnung!«, schimpfte Silke Engelmann im Wohnzimmer.

Sebastian tippte in sein Telefon: »*Bleibt draußen, nicht klingeln!*«

Auf einmal war Stille. Die Frau war verstummt. Sebastian horchte. Aber nichts. Es verging eine lange Sekunde nach der anderen, er versuchte irgendetwas zu hören. Bis ... jetzt hörte er etwas ... Schritte näherten sich. Gleich würde die Tür aufgeschoben werden. Sebastian machte sich bereit.

Wieder vorbei. Keine Schritte. Nichts. Sebastian hielt die Luft an und lauschte.

Er fühlte es, sie war ganz nah. Stand vermutlich in der Diele, direkt hinter der Tür. Hatte sie ihn bemerkt?

Er atmete so flach wie möglich.

Spürte sie, dass jemand da war?

Jetzt bewegte sie sich wieder. Sie schnaubte, es klang verächtlich. Der Klodeckel wurde geöffnet. Sie schneuzte sich. Klospülung. Lautes Rauschen, als der Wasserkasten wieder auffüllte.

Silke Engelmann hatte keine Ahnung. Aber die Spülung machte Sebastian taub. Er sah nichts von der Frau, und jetzt hörte er sie nicht mehr.

Als die Spülung endlich zu rauschen aufhörte, ging sie von neuem los. Rauschen, Rauschen, Rauschen. Er versuchte zu hören, was die Frau tat.

Es war nicht möglich.

Und plötzlich war sie da, war lautlos ins Zimmer gekommen, geschwebt. Sie blieb vor dem Bett stehen. Der Arm hing schlaff herunter, in der Hand hielt sie das Messer. Sie betrachtete das Plakat über dem Bett. Max-Andreas und Olga. Jetzt hätte Sebastian sie packen müssen, doch sie war zu weit entfernt.

In diesem Augenblick drehte sie sich um und stieß einen Schrei aus. Sebastian stürzte sich auf die Frau, sie sprang zur Seite, riss das Messer an ihren Hals, schrie: »Hauen Sie ab!«

Sie standen voreinander, eine Armlänge getrennt.

»Hauen Sie ab!«

Sebastian trat einen Schritt zurück.

»Weiter... weiter!«

Noch einen Schritt.

»Weiter! Raus!«

Sebastian blieb stehen.

»Raus! Letzte Warnung!«

Sebastian schüttelte langsam den Kopf.

»Gehen Sie!«

»Das werde ich nicht tun. Ich bleibe genau hier stehen. Ich bin weit genug von Ihnen entfernt. Bitte nehmen Sie das Messer runter.«

Sie drückte die Klinge fester an ihren Hals.

»Nehmen Sie das Messer runter.«

Sebastian wollte etwas über Max-Andreas sagen, dass der Tänzer nicht gewollt hätte, dass sie sich etwas antut, doch eine innere Stimme warnte: Der Tänzer gehörte Silke ganz allein. Sebastian hörte sich dann etwas sagen, wovon er nicht wusste, wie er darauf gekommen war. »Ihr Vater«, begann er leise, »er möchte so gerne wissen, wie es Ihnen geht.«

»Bitte?«

»Er braucht Sie.«

»Wie? Was soll das?« Sie blinzelte.

»Er bat mich, Ihnen das auszurichten.«

»Hauen Sie ab.«

Die Tochter hatte eine Sekunde überlegt – ihre Entschiedenheit hatte einen Riss bekommen. Sie schaute für einen

Moment an ihm vorbei zur Tür. Sie hatte auf den Schlüssel geschaut, Sebastian war sich sicher. Das reichte.

»Okay«, sagte er. »Ich habe es Ihnen ausgerichtet. Jetzt gehe ich.« Er ging langsam zur Schlafzimmertür hinaus, und ohne Silke Engelmann noch einmal in die Augen zu sehen, zog er die Tür hinter sich zu.

Aber er blieb direkt dahinter stehen. Er beugte sich vor, streckte den Arm, erreichte die Klinke der Wohnungstür, öffnete. Die Beamten im Treppenhaus warteten und waren bereit. Sebastian gab ihnen ein Zeichen, sich zurückzuhalten und die Tür mit Schwung wieder zu schließen. Einer tat es, die Tür fiel laut ins Schloss. Stille in der Wohnung.

Sebastian starrte auf die Schlafzimmertür. Schritte. Als der Schlüssel bewegt wurde, schlug er heftig mit dem Oberkörper gegen die Tür. Die Frau stolperte rückwärts. Er packte sie am Arm, sie versuchte, das Messer in die andere Hand zu bekommen, er drehte härter, sie schrie auf. Das Messer fiel zu Boden.

Sie wurde in Handschellen abgeführt.

Vor dem Haftrichter gestand Silke Engelmann, dass sie Linda Berick ermordet hatte. Und dass sie absolut sicher war, das Richtige getan zu haben.

26

Die Theke war nicht mehr besetzt, die Cafeteria des Präsidiums menschenleer. Sebastian war es recht, ein paar Minuten Ruhe konnten sie gebrauchen. Jens, Pia und er holten sich einen Kaffee am Automaten und setzten sich an einen Tisch in der hinteren Ecke.

Sebastian war gleichzeitig erleichtert und in Sorge. Sie hatten den zweiten Fall gelöst, aber im ersten Fall noch immer keine Ahnung.

Die Kaffeemaschine gab blecherne Geräusche von sich und verstummte wieder. Irgendwo jaulte ein Motor auf. Jens schüttelte den Kopf: »Ich weiß noch genau, wie du zu mir kamst, direkt vom Krankenhaus, und erzähltest von dieser Frau und ihrer Vision.«

Sebastian entwickelte den Kollegen seine Theorie, die sich aus allem speiste, was er in den vergangenen Tagen erfahren hatte und was nun zusammenzupassen schien.

Das Ganze hatte nach seiner Einschätzung eine lange Vorgeschichte. Silke Engelmann war als Einzelkind aufgewachsen. Die Mutter war eine starke, strenge Frau, mit der Neigung, die Menschen in ihrem Umfeld zu unterdrücken. Sie hielt Tochter und Ehemann unter Kontrolle, und vermutlich hielt sie die beiden, so gut es ihr möglich war, voneinander fern. Der Vater war ein schwacher Mensch, so konnten er und seine Tochter keine offene, liebevolle Beziehung zueinander entwickeln. Vielleicht gab es eine heimliche Solidarität, die in kleinen Gesten zum Ausdruck kam: einem Blick, einer Berührung, einer verzögerten Reaktion auf einen Befehl der Mutter. Doch vermutlich litt der Vater, und die Tochter glaubte, dass sie ihm helfen müsste. Sie entwickelte ein übertriebenes Verantwortungsgefühl, gleichzeitig konnte sie aber nichts tun: Die Mutter war viel zu stark. So könnten die Familienverhältnisse gewesen sein.

Und nun bekam es ausgerechnet diese Person mit dieser Vorgeschichte wieder mit einer starken und ungerechten Frau zu tun. Linda Berick. Und neben der Überfrau gab es einen Mann, der Silke an ihren Vater erinnerte. Nicht sein Aussehen, nicht sein Charakter oder seine Stimme, schon gar nicht sein Alter. Aber die Abhängigkeit.

Max-Andreas kam mit Linda Berick zwar tatsächlich sehr gut aus, aber er wusste: Sie hatte ihm eine außerordentliche Position im Musicalbusiness verschafft, dafür musste er dankbar sein, und sie hatte weiterhin die Macht, ihm zu schaden, wenn sie das wollte. Dankbarkeit und Vorsicht bestimmten also das Verhältnis. Und Silke empfand diese Abhängigkeit wohl als noch stärker, als sie tatsächlich schon war.

Silke solidarisierte sich also mit dem Tänzer, wie sie es mit ihrem Vater getan hatte, und sie verliebte sich sogar in ihn. Ihre Verbundenheit zeigte sie mit heimlichen Gesten und kleinen Geschenken. Sie war sich sicher, dass Max-Andreas ebenso fühlte wie sie, dies nur nicht zeigen durfte – auch das war ihr von zu Hause zutiefst vertraut.

Ansonsten machte sie ihren Job als Physiotherapeutin ordentlich und fiel nicht weiter auf.

Aber die Situation belastete Silke schwerer, als ihr klar war. Sie bekam Halluzinationen, sah in ihrer Wohnung einen Hund, sie hörte Stimmen. Sie wusste, dass es Einbildung war. Aber es wurde von Tag zu Tag schlimmer, die Belastung stieg.

Und dann, am Morgen vor der Premiere, hatte sie die Wahnvorstellung, dass in der Theaterkuppel eine Leiche hinge. Zum ersten Mal konnte sie zwischen Wirklichkeit und Vorstellung nicht mehr sicher unterscheiden.

»Danach kommt eines zum anderen«, erklärte Sebastian. »Sie verliert ihren Job. Sie darf nicht mehr ins Theater. Dadurch wird sie ihrer täglichen Dosis Max-Andreas beraubt. Nun sitzt sie zu Hause alleine in ihrem mit Postern vollgeklebten Zimmer und schraubt sich immer tiefer in Wahn- und Wunschvorstellungen hinein. Eine Implosion droht.

Alles gerät außer Kontrolle, als sie zufällig von einer Kollegin erfährt, dass ihr heimlicher Partner getötet wurde. Silke hat sofort jemanden im Verdacht.

Durch uns erfährt sie die Uhrzeit des Todes von Max-Andreas – Sonntagmorgen um halb acht –, und sie erinnert sich, dass sie Linda Berick etwa um die Zeit aus der Straße hat kommen sehen, in der Max-Andreas wohnte. Sie reimt sich also zusammen, dass sie die Täterin gesehen haben muss, was zusätzlich dadurch bestärkt wird, dass die Polizei keinen anderen Täter präsentieren kann.

Die Mutter sagte, wenn Silke jemanden umbringen wollte, dann sie, aber, das würde sie sich nicht trauen. Das stimmt tatsächlich. Und so nimmt alles seinen Lauf.«

Jens und Pia saßen bewegungslos am Tisch, sie tranken nicht mal von ihrem Kaffee.

»Ich habe vorhin mit dem Polizeipsychologen telefoniert«, erklärte Sebastian, »er hält den Stellvertretermord für möglich: Mit ihrer Tat hat Silke sich, zumindest für einen kurzen Moment, auch ihrer Mutter entledigt.«

Jens fragte: »Aber wieso hat sie den Mord auf so spektakuläre Weise begangen? Das hätte sie doch einfacher machen können.«

Sebastian nickte. »Ich hatte ja zeitweise auch gedacht, es handle sich um eine Inszenierung, ein symbolisches Zeichen. Aber es ging nicht darum, irgendetwas zu demonstrieren. Es hatte einen ganz anderen Grund. Auch das hat der Psychologe bestätigt: Es gibt psychisch kranke Menschen, die in einer Vision einen Befehl erkennen. Für Silke Engelmann machte ihre Vision – von der sie ja inzwischen selber wusste, dass es tatsächlich nur eine war – erst im Nachhinein Sinn. Sie verstand sie als Botschaft, dass sie den Tod ihres Geliebten rächen sollte, und zwar auf die Weise, wie es ihr gezeigt worden war.«

Einen Moment schwiegen sie. »Okay«, sagte Pia dann, »das ist alles plausibel. Aber wie gelangte Silke Engelmann denn so spät am Abend noch in das Theatergebäude?«

»Das war nicht schwer. Sie kennt sich in dem Gebäude bestens aus. Weiß auch, wie sie am Pförtner vorbeikommt. Dann hat sie sich wohl im Theater versteckt, was für sie ein Leichtes war; da gibt es zahllose verwinkelte Gänge und auch Räume, die ungenutzt sind.«

»Und wieso trifft sie dann erst zu so später Stunde auf Frau Berick?«

Sebastian zuckte die Schultern. »Warum Linda Berick sich um die Zeit noch im Theater aufgehalten hat, weiß ich nicht. Was wir jedoch wissen, ist, dass sie aus dem Theater angerufen wurde. Um die Zeit war sonst niemand mehr im Gebäude. Dass Silke Engelmann mit ihr gesprochen hat, und das nur zwanzig Minuten vor ihrem Tod, ist meines Erachtens ein Hinweis darauf, dass sie Frau Berick zur Balustrade gelockt hat, wo sie den Strick schon vorbereitet hatte.«

»Und Silke Engelmann ist für diesen Mord tatsächlich kräftig genug?«, fragte Jens.

»Ja. Sie ist nicht klein, kräftig, und vor allem ist sie durch ihren Beruf trainiert. Dazu kam noch der ungeheure Wille.«

Pia nahm den Faden an anderer Stelle wieder auf: »Das heißt doch, dass Linda Berick aufgrund eines Irrtums getötet wurde; sie hat den Tänzer ja gar nicht umgebracht.«

Sebastian nickte. »Das stimmt. Aber eigentlich ist sie gestorben, weil sie Max-Andreas unbedingt in ihrer Nähe haben wollte. Und wenn man es genau besieht und pathetisch ausdrücken wollte, könnte man auch sagen, dass Linda Berick starb, weil sie meinte, das Glück wäre in der glamourösen Welt der Musicals zu finden, in der Welt der Illusionen. Das hat Linda Berick falsch eingeschätzt.«

Und genau das hat sie kurz vor ihrem Tod selber noch gemerkt, dachte Sebastian. Er erinnerte sich: Die Frau saß alleine an dem Tisch in der Kantine und schaute hinauf zum Bildschirm, wo *Tainted Love* übertragen wurde. Ihr Kind, wie sie es nannte. Eigentlich hätte sie unendlich stolz und glücklich sein sollen. Aber sie wirkte in sich gekehrt. Der Preis für all das war zu hoch geworden: Max, vielleicht der einzige Mensch, der sie im Leben wirklich interessiert hatte, der einzige Mensch, den sie liebte, war tot. Mit diesem Unglück würde sie nun leben müssen.

Aber sie hatte keine Ahnung davon, dass ihre eigene Mörderin sich schon im selben Gebäude befand und auf sie lauerte.

Als schnelle Schritte in hochhackigen Schuhen den Gang zur Cafeteria herunterkamen, schauten sie alle drei gleichzeitig auf. Eva Weiß ging in den Raum hinein. Sie drehte sich plötzlich um und sah die drei in der Ecke sitzen.

»Moin, moin«, rief Jens.

Die Chefin kam zu ihnen an den Tisch, warf einen Blick auf ihre Kaffeebecher und sagte: »Das ist eine gute Idee.«

Sie ging zurück zum Automaten. Sebastian und die Kollegen warfen sich einen fragenden Blick zu. Hatte die Chefin vor, an den Innensenator zu erinnern und sie wegen des noch immer ungeklärten Falls von Max-Andreas Benson, der in seinem eigenen Bett umgebracht worden war, anzugreifen?

Die Chefin bückte sich, um die durchgefallenen Münzen herauszufischen. Sie war perfekt frisiert und gekleidet wie immer. Jens flüsterte: »Ob die ihr dunkles Kostüm auch beim Schlafen trägt?«

»Pssst«, machte Pia.

Die Chefin steckte die Münzen noch einmal in den Schlitz. Der Automat schluckte, und Eva Weiß wählte.

»Darf ich?«, fragte sie und setzte sich mit dem Becher in der Hand zu ihnen.

Die Leiterin des Morddezernats zeigte sich erleichtert, dass wenigstens einer der beiden Fälle geklärt war. Dass der andere noch in der Luft hing, thematisierte sie merkwürdigerweise nicht. Eva Weiß trank ihren Kaffee, sprach davon, dass sie ihren Job schon sehr lange ausübte, dass wenig Zeit für ihre Familie blieb, eine Tochter und zwei kleine Enkelkinder, einen Ehemann, der demnächst in den Ruhestand ging. Sie erwähnte, dass man von den jungen Kollegen so wenig Privates erfahre, weil die Generation so wenig erzähle. Keiner von ihnen sagte dazu ein Wort.

Schließlich sagte Eva Weiß: »Gehen Sie jetzt nach Hause, ruhen Sie sich aus, und dann starten wir morgen mit neuer Kraft. Wir haben noch einen Fall zu klären.«

»Und was sagt der Innensenator?«, fragte Sebastian. Er wollte es jetzt wissen.

Frau Weiß sah ihn mit einem Blick an, den er nicht deuten konnte. »Ach, der Innensenator. Das hat sich erledigt.« Sie schaute kurz zur Seite und sagte: »Er wird spätestens Montag zurücktreten. Aber bitte behalten Sie diese Information für sich.«

Sebastian und Jens sahen sich an: die Affäre. Dann war doch etwas dran gewesen. Jens hatte recht gehabt. Wie praktisch: Bis der neue Senator sich eingearbeitet hatte und sich Sorgen um die Musicalstadt Hamburg machte, würde etwas Zeit vergehen.

Als Sebastian auf sein Haus zuging, kam von irgendwoher Partymusik. *Ah, ah, ah, ah, Staying Alive,* sangen die Bee Gees, Freudenschreie der Partygäste, und das schon am frühen Freitagabend. Wenigstens mal kein Song aus den Achtzigern.

Sebastian entschied, den Aufzug zu nehmen. Er lehnte

sich an die Wand, während der Lift ihn ins fünfte Stockwerk hob. Er brauchte eine Pause.

Er schloss die Wohnungstür auf. Alles ruhig. Keine Anna, kein Jürgen, kein Leo? Ihm war das sehr recht. Er hängte seine Jacke an den Haken, zog die Schuhe aus. Von der Küche sah er in den offenen Wohnraum. Anna lag auf dem Sofa und schlief. Das bedeutete, Leo war bei den Großeltern in Lübeck, und das wiederum hieß wohl, dass Anna später am Abend noch mit Jürgen ausgehen würde. Glückliche Anna. Wie schnell sich ihr Leben doch verändert hatte.

Sebastian öffnete leise den Kühlschrank. Eine angebrochene Flasche Saft, etwas Butter, etwas Käse. Traurig. Aber Sebastian durfte sich nicht beschweren, er hatte in den letzten Tagen auch nicht eingekauft. Wenigstens stand da eine Flasche Bier. Behutsam schloss er die Kühlschranktür, zog die Schublade vorsichtig auf, nahm den Öffner heraus. Als er das Bier öffnete, fiel der Deckel auf den gekachelten Boden.

Anna sah sich orientierungslos um, schaute auf die Uhr. Dann sah sie Sebastian. »Da bist du ja«, sagte sie verschlafen.

Anna wollte auch ein Bier. Aber eigentlich wollte sie, dass Sebastian sich zu ihr setzte. Er verteilte das Bier in zwei Gläser und setzte sich in den Sessel.

Anna interessierte sich für seine Arbeit. Sebastian mochte jedoch nicht noch einmal alles wie im Präsidium erzählen. Andererseits war er auch zu erschöpft für Geschichten über Jürgen. Also fasste er die Ereignisse knapp zusammen.

Anna hatte genau zugehört. »Vielleicht hängen die beiden Verbrechen wirklich nicht zusammen«, meinte sie. »Am Ende war der Mord an dem Tänzer doch ein Raubmord aus der Drogenszene.«

»Ich habe das Gefühl, dass die beiden Fälle doch zusammenhängen«, sagte Sebastian. Aber er konnte es nicht erklären.

Sie tranken ihre Gläser aus und stellten sie gleichzeitig auf den Tisch ab, wie abgesprochen und eingeübt.

»Was macht ihr denn heute Abend noch?«, sagte Sebastian, und er fragte sich, ob es geklungen hatte, als wollte er gerne mitgehen. Aber das war jetzt auch egal.

»Der ganze Scheiß ist vorbei«, sagte Anna.

»Was?«

»Jürgen ist ein Arschloch.«

»Wie bitte?«

Damit hatte Sebastian nun wirklich nicht gerechnet, und er hatte Mühe, ein Lächeln zu unterdrücken.

27

Am nächsten Morgen schritt Sebastian gut gelaunt die Stufen zum Polizeipräsidium hinauf. Er grüßte die Frau am Empfang und nahm den Fahrstuhl hinauf ins vierte Stockwerk.

Am Abend hatte Anna über ihre Trennung von Jürgen berichtet. Er hatte sie in ein Restaurant am Hafen gebeten und ihr – nach einem guten Glas Wein oder wohl eher zwei – gesagt, dass er sich entschieden habe, bei seiner Frau Sandra und den Kindern zu bleiben. Das war nicht schön für Anna, aber auch keine wirkliche Überraschung. Dann aber hatte Jürgen einen Vorschlag unterbreitet. Sie könnten sich weiterhin heimlich treffen, aber nur unter der Bedingung, dass Anna verspreche, sich keine Hoffnung auf eine gemeinsame Zukunft zu machen. Anna stand daraufhin wortlos auf und verließ das Restaurant, kaum wütend, fast erleichtert, als hätte sie diesen Ausgang der Affäre irgendwie schon erwartet. Heute Morgen beim Frühstück mit Sebastian und Leo hatte sie dann kein einziges Wort mehr über Jürgen verloren. Der Mann war schon auf dem Weg in das unendlich weite Land der Vergessenheit.

So würde sich zu Hause am Benderplatz also erst einmal nichts ändern – ihre kleine Familien-WG blieb zusammen. Wie schön!

Sebastian schloss die Bürotür hinter sich, lüftete einmal durch. Dann holte er die Protokolle der Mitarbeiterbefragung im Theater aus der Ecke hervor.

Pia und die Kollegen hatten konkret nach Linda Berick gefragt. Das interessierte nun nicht mehr. Aber Sebastian wollte sich einmal die Sätze ansehen, die beiläufig gesprochen worden waren. Vielleicht fand sich dort ein Hinweis auf ein Motiv gegen die Autorin *und* den Tänzer.

Er las ein Protokoll nach dem anderen: Bühnentechniker, Schauspieler, Lichtmeister, Tonmeister. Linda Berick hatte einmal erwähnt, dass gute Tonmeister – die »Experten«, wie sie sagte, »die Männer mit dem besonderen Gehör« – schwer zu finden seien und die großen Musicaltheater in der Welt sich daher um die wenigen hervorragenden Leute rissen und dass dieser Mann extra aus Los Angeles gekommen sei: Corey Cambel. Sebastian hatte ihn bei einem seiner vielen Besuche im Hans-Albers-Theater gesehen: Sein Platz war hinter den Zuschauern im Kabuff neben dem Lichtmeister. Ein unscheinbarer Spezialist. Während vorne die Aufführung lief, stand er in Jeanshemd und mit einem leichten Bauchansatz vor dem Mischpult mit hundert Reglern, kleinen Lichtern, Leuchtanzeigen. Seine Hände bewegten sich verhalten im Rhythmus der auf der Bühne dargebrachten Songs, während die Finger hier und dort Regler um Millimeter verschoben. Die Mikros der Sänger und die Instrumente des Orchesters mussten im richtigen Verhältnis gemischt sein. Alles musste ständig fein justiert werden, und das über Stunden.

Corey Cambel gab zu Protokoll, dass Linda Berick an jenem Donnerstagnachmittag vor der Aufführung bei ihm gewesen sei, um über die Tonmischung zu sprechen. Sie hatte den Eindruck, dass der neue Sänger Stefan Wedekind gegen den verstorbenen Max-Andreas abfiel, was – so der Tonmeister – aber nicht der Fall war. Linda Berick sei dann unvermittelt in Tränen ausgebrochen, und er habe danebengestanden, bis sie sich wieder gefangen hatte. Nein, das habe niemand mitbekommen, sie seien ja allein in seinem Kabuff gewesen, sein Mikro, durch das er Anweisungen gab, war ausgeschaltet und der Theatersaal leer. Nein, später habe er die Frau nicht mehr gesehen.

Sebastian machte sich eine Notiz: Er wollte persönlich mit jenen Technikern sprechen, zu deren Beruf es gehörte, vom Ende des Saales aus über sämtliche Sitzreihen hinweg auf die Bühne zu schauen. Und das nicht nur während der Shows, sondern auch bei den Proben. Es waren stumme Beobachter, die vermutlich sehr viel mehr wussten, als allen Beteiligten im Theater klar war.

Auf einmal überkam Sebastian eine schwere Müdigkeit. Er dachte an sein Bett und verdrängte den Gedanken wieder. Ihm fiel ein, dass er schon lange keinen Urlaub mehr genommen hatte. Dann dachte er doch wieder an sein Bett. Er öffnete das Fenster weit, machte ein paar Liegestütze. In seinem Büro wurde es kalt, und er schloss das Fenster wieder. Er setzte sich an den Schreibtisch und beugte sich wieder über die Protokolle. In dem Moment klingelte sein Handy. Eine unbekannte Nummer. Sebastian nahm das Gespräch an.

»Götz hier...«
»Götz?«
»Lange Reihe, mein Gott!«
»Ah ja: Café Enzo. Worum geht es?«

Der Kellner dämpfte seine Stimme: »Sie ist hier.«

Sebastian setzte sich aufrecht. »Sie meinen ...«

»Ja! Die mit dem der Musicalstar da war, die Frau mit dem Muttermal. Sie sitzt hier am Fenster.«

Sebastian durchfuhr es wie ein Stromstoß. Er hatte nicht mehr daran geglaubt, dass sie noch mal auftauchen würde, selbst an ihrer Existenz hatte er inzwischen gezweifelt.

»Ich komme sofort! Halten Sie sie irgendwie fest.«

Er zog seine Jacke im Laufen an, Treppen um Treppen, vier Stockwerke hinunter.

Er stoppte den Wagen in der Langen Reihe direkt vor dem Café und hastete zum Eingang. In der Tür blieb er verwundert stehen. Der kleine Laden war erfüllt von milder Clubmusik und Essensgeruch, aber kein einziger Mensch war da. Auf dem Tresen lag ein Lappen, die Wischstreifen waren noch auf der Oberfläche des Tresens zu sehen.

Sebastian rief: »Hallo!«

Keine Antwort.

»Götz?«

Außer einer Abfolge sanfter Bässe war nichts. Er schlich zum hinteren Bereich, wo die Küche war. Geräusche. Ein gleichmäßiger dumpfer, immer wiederkehrender Ton. Dump – dump – dump. Daneben blecherne Musik. Die Tür war nur angelehnt. Sebastian horchte. Dump – dump – dump. Was war das?

Plötzlich hatte er Angst, Angst, dass sich hinter der Tür etwas Furchtbares abspielte.

Dump-dump-dump und diese Musik, eine grässliche Mischung. Sebastian gab der Tür einen leichten Stoß. Sie schwang lautlos auf. Blick frei auf einen Teil der Küche, in der niemand zu sehen war. Dump-dump-dump jetzt lauter. Die blecherne Musik war ein deutscher Schlager. Sebastian bewegte sich nahe an der Wand, schaute vorsichtig um die Ecke. Der breite Rücken vom Koch, leicht geneigt über irgendetwas, das er bearbeitete. Sebastian beugte sich noch etwas vor. Der Koch knetete einen Teig. Hinter ihm im Regal schepperte das Radio.

»Wo ist Götz?!«, fragte Sebastian.

Der Mann zuckte zusammen. »Was? Weiß ich nicht.« Er drehte sich nicht einmal um. Dann widmete er sich wieder dem Teig. Offenbar hatte der Mann keine Ahnung, was vorne im Laden vor sich ging.

Sebastian wählte die Nummer von Götz und erreichte ihn. »Wo sind Sie denn?«

»Wo sind *Sie* denn?«, gab Götz zurück. Er war außer Atem. »Ich bin eben in die Schmilinskistraße eingebogen, die Frau ist schnell, geht gerade über die Straße auf die Alster zu.«

»In welche Richtung?«, rief Sebastian.

»Was?«

»In welche Richtung, verdammt?!«

»Links runter.«

Das war gut: Wenn Sebastian durch die Gurlittstraße direkt zur Alster hinunterliefe, würde sie ihm dort entgegenkommen. »Was hat sie an?«, fragte Sebastian und lief los.

»Karierter Mantel, nicht zu übersehen!«

Sebastian rief Jens an, er solle einige Wagen organisieren, rannte über vier Spuren im Zickzack durch die Autoschlangen und spritzendes Wasser, mitten durch den Blechstrom;

empörtes Hupen, quietschende Bremsen. Sebastian erreichte den Alsterweg, schaute sich um. Links hinunter ging ein älteres Pärchen, hinter ihnen eine Frau mit Kinderwagen. Von rechts kam ein blonder Mann mit großen Schritten. Es war Götz. »Wo ist sie?«, riefen sie gleichzeitig.

»Sie ist in diese Richtung gegangen«, keuchte der Kellner.

Sie schauten sich hektisch um. War die Frau wieder über die mehrspurige Straße zurück?

Entlang des Ufers stand dichtes Gestrüpp. Da war ein Steg, der Durchgang leicht zu übersehen. Am Ende des Holzstegs war die Haltestelle für die weiß-roten Alsterdampfer, die im Sommer ihre Runden drehten. Auf einer Bank saß die Frau, den geraden Rücken ihm zugewandt. Karierter Stoff, schwarze Haare. Sie schaute auf die Silhouette der Innenstadt, die sich gegen den Dunst behauptete.

Ihr Gesicht war von auffallend weißer Hautfarbe, mit hohen Wangenknochen und vollen Lippen. Auf der rechten Wange prangte das Muttermal, das Linda Berick von der Straße aus durch das Fenster des Cafés gesehen hatte. Sebastian schätzte die Frau auf etwa fünfundzwanzig Jahre.

»Sebastian Fink. Kriminalpolizei. Ich möchte Sie gerne sprechen.«

Die Frau musterte ihn mit großen braunen Augen.

»Haben Sie mich verstanden?«, fragte Sebastian nach.

Sie hob ein wenig die Schultern, aber so wenig, dass man es hätte übersehen können, lächelte auffallend hübsch und sagte: »*I'm sorry, I don't speak German.*«

Es war etwas Nobles in den knappen fließenden Bewegungen, mit denen sie ihre Entschuldigung untermalt hatte.

Sebastian erklärte, worum es ging, und setzte sich auf die Bank. Er beherrschte die englische Sprache, wenn auch nicht die feine englische Aussprache dieser Frau, die bereit war, über alles Auskunft zu geben.

»Vorher würde ich aber noch gerne Ihren Namen erfahren...«, sagte Sebastian.

»Natürlich, entschuldigen Sie vielmals«, erwiderte sie. »Mein Name ist Sarah Rutherford.«

Rutherford? Das war eine Überraschung. Und wahrscheinlich kein Zufall. »Haben Sie mit Rutherford Entertainment zu tun?«

Die Frau lächelte unbestimmt. »Ja und nein. Mein Vater ist James Rutherford, der Besitzer, aber ich habe normalerweise mit dem Musicalbusiness wenig zu tun.«

»Aber Sie kannten Max-Andreas Benson?«

»Ich habe ihn kennengelernt, ja.« Es schien, als hätte sie Tränen in den Augen.

»Können Sie das bitte genauer erklären?«

Sarah Rutherford blickte aufs Wasser. Dann begann sie mit warmer Stimme zu erzählen: »Ich studiere Jura und lebe in den USA. Im Moment habe ich ein Freisemester. Zum ersten Mal, seit ich denken kann, hat mich mein Vater um Unterstützung gebeten. Ein komplizierter Fall, von dem niemand etwas erfahren dürfe.«

Es war, als sei die Tür zu einem geheimen Zimmer aufgestoßen worden.

Sarah Rutherford schaute einmal über die Schulter und vergewisserte sich, dass sie allein waren. Sie erzählte, dass ihr Vater sehr bedauert hatte, dass Max-Andreas das Royal Court Theatre verlassen musste, denn die Menschen dort liebten ihn heiß. Aber es war nicht zu ändern, und man war froh zu wissen, dass der Tänzer glücklich war, ein neues Publikum in Deutschland zu erobern und zudem in eine so wunderschöne Stadt wie Hamburg zu ziehen. Aber dann kam alles anders: Max-Andreas war unglücklich. Er wollte zurück. Als James Rutherford davon erfuhr, jubelte er und wollte alle Hebel in Bewegung setzen, um seine Rückkehr zu ermöglichen. Doch war die Sache kompliziert.

»Warum? Wo lag das Problem?«, fragte Sebastian.

Es gab zwei, erklärte die Engländerin. Ein großes und ein noch größeres. Das große Problem war der Vertrag des Tänzers, der nur mit nicht ganz sauberen Methoden auszuhebeln war. Die Hamburger hatten mit Max-Andreas einen Vertrag über hundert Vorstellungen geschlossen, das war ursprünglich seine Bedingung gewesen. Sollte das Stück erfolgreich sein und er sich in Hamburg wohl fühlen, würde er auch eine Vertragsverlängerung unterschreiben. Schnell war abzusehen, dass das eine Kriterium – der Erfolg – erfüllt war. Der geheime Rutherford-Plan sah nun vor, dass Max-Andreas in der Hamburger Musicalszene gegenüber jedem konsequent behaupten sollte, überaus glücklich in der Hansestadt und im Hans-Albers-Theater zu sein, womit das zweite Kriterium auch erfüllt gewesen wäre. So würden sich alle in Sicherheit wiegen, und niemand würde frühzeitig auf die Unterschrift drängen, weil es sich um eine reine Formsache zu handeln schien. Dann, so der Plan, hätte Max-Andreas die Vertragsverlängerung im letzten Moment platzen lassen, und niemand hätte mehr etwas dagegen unternehmen können.

»Das ist zwar nicht fair«, erklärte Sarah Rutherford, »aber ... nun ja.«

»Und was war das größere Problem?«

»Die Autorin und Co-Produzentin Linda Berick, die – es tut mir leid, das sagen zu müssen – eine nicht ganz unproblematische Person war.«

Sebastian dachte, dass »nicht ganz unproblematisch« eine gewagte Bewertung war angesichts des eiskalten Plans, die Autorin reinzulegen.

»Entscheidend war, dass diese Frau von dem Plan keinen Wind bekommt«, fuhr Sarah Rutherford fort, »nicht einen Hauch. Sie hatte zahlreiche Vetorechte – ein dummes Versehen. Sie hätte den schönen Plan sofort durchkreuzt.«

Sebastian dachte daran, wie selbstbewusst Linda Berick ihm in der Theaterkantine von genau dieser Waffe erzählt hatte. Aber eines erschien ihm nicht logisch: »Soviel ich weiß, besaß Frau Berick doch dieselben Vetorechte für die Produktion im Londoner Theater – hätte sie den Plan nicht später noch vereiteln können?«

Sarah Rutherford hob den Zeigefinger. »Wir haben eine Lücke gefunden: Frau Berick hatte ja ursprünglich Max-Andreas als Hauptdarsteller für London nicht nur zugestimmt, sondern durchgesetzt, einem weiteren Engagement hätte sie nichts entgegensetzen können.«

Das klang plausibel. Sebastian fragte Sarah Rutherford, warum ausgerechnet sie für eine so heikle Mission auserkoren worden war, wo es in der Firma Rutherford vermutlich genug Profis für komplizierte Fälle gab.

»Ganz einfach«, antwortete sie, »mein Vater ist vielen Menschen aus dem Musicalbusiness bekannt. ›Großstädte sind klein‹, sagt mein Vater immer. Hätte jemand ihn oder einen seiner Manager in Hamburg gesehen, wären Spekulationen entstanden, Linda Berick hätte davon gehört, und der Plan hätte sich erledigt. Mich aber kennt hier niemand. Und ich wiederum konnte die Gelegenheit nutzen, die Stadt und vor allem die Museen zu sehen.«

»Deswegen sind Sie noch hier?«

»Ja, aber morgen geht's zurück nach London.«

»Sie haben also die Details geregelt?«

Sie nickte. »Zeitpunkt der Bekanntgabe im Hans-Albers-Theater und in der Öffentlichkeit, Modalitäten seine Wohnung und Ausrüstung betreffend und so weiter. Max-Andreas und ich haben uns dreimal getroffen, zweimal bei ihm zu Hause, einmal im Café Enzo.«

Die winterlichen Alstergärten schimmerten auf der gegenüberliegenden Seite des Wassers. Am Ufer waren schemenhaft vereinzelte Spaziergänger zu erkennen. Sarah Rutherford hing einem Gedanken nach.

Sebastian fragte: »Hat Max-Andreas mit Ihnen über die Gründe gesprochen, warum er von Hamburg fort und wieder nach London wollte?«

Die Frau lächelte. »Entschuldigen Sie, wenn ich das so offen sage, aber er mochte die Stadt einfach nicht. Er kam mit der Mentalität der Menschen hier nicht zurecht, er hatte auch keinen Kontakt zu den Leuten im Theater. Er hatte Heimweh nach England.«

»Aber er hatte doch immerhin ein gutes Verhältnis zu Linda Berick, sie waren befreundet.«

Sarah Rutherford musterte Sebastian mit einem Blick, der besagte: Dieser Mann ist aber leicht hinters Licht zu führen. »Ich bin mir nicht sicher«, sagte sie mit der Höflichkeit der Engländerin, die sich sicher war. »Wir haben über Frau Berick gesprochen, und ich meine herausgehört zu haben, dass die Beziehung mindestens ambivalent war. Max-Andreas schien Linda Berick zu mögen, aber sie muss außerordentlich besitzergreifend gewesen sein. Er wollte mehr Distanz, auch geographisch gesehen.«

»Und das Ergebnis ist, dass nun beide Theater ohne Max-Andreas Benson auskommen müssen.«

»Es ist eine Tragödie«, meinte Sarah Rutherford.

»Ich muss Ihnen eine persönliche Frage stellen«, kündigte Sebastian an. »Hatten Sie und Max-Andreas ein Verhältnis?«

Sarah Rutherford sah ihn verwundert an. »Wie kommen Sie denn darauf?«

Sebastian erzählte von Linda Bericks Beobachtung. Sarah Rutherford schüttelte den Kopf. »Mit der Frau ist die Phantasie durchgegangen. Max-Andreas war schwul. Ich habe ihn nach unserem Gespräch im Café umarmt, einfach weil er mir leidtat, mit all diesen großen Umwälzungen vor sich. Er war ein lieber Mensch. Und dass so jemand ermordet wird – ich kann es gar nicht fassen.«

»Haben Sie einen Verdacht, wer es getan haben könnte?«

»Nein, überhaupt nicht. Mit dem Wechselplan hat es jedenfalls nichts zu tun.«

»Was macht Sie da so sicher?«

»Ich sagte es vorhin schon: weil niemand von diesem Plan wusste.«

»Aber es kann doch kein Zufall sein, dass ein umworbener Mann, der ein Erfolgsgarant für ein Bühnenstück ist, just in dem Moment umgebracht wird, da er sich für einen Wechsel entschieden hat.«

»Es ist ein Zufall.«

Sebastian sah sie an: Glaubte sie das wirklich?

»Bestimmt«, sagte sie nun mit einem Hauch Ungeduld in der Stimme. »Nur drei Leute wussten Bescheid: Mein Vater, der es garantiert niemandem erzählt hat, Max-Andreas, der ebenfalls dichtgehalten hat, weil alles andere seinen Wechsel gefährdet hätte, was ihm vollkommen klar war, und schließlich ich. Und ich habe bis eben mit keinem anderen Menschen auf diesem Planeten darüber gesprochen. Bis heute weiß niemand von dem Plan, und wenn Sie es nicht erzählen, Herr Fink, wird es sein, als hätte es diese Idee niemals gegeben.«

Das klang alles vollkommen einleuchtend, aber trotzdem war sich Sebastian ganz sicher, dass irgendjemand von dem Plan erfahren hatte.

»Ms. Rutherford, ich würde gerne mit Ihrem Vater sprechen.«

»Ich gebe Ihnen seine Telefonnummer.«

»Ich möchte mit ihm direkt sprechen.«

»Da müssen Sie wohl nach London kommen. Ich glaube nicht, dass mein Vater vorhat, nach Hamburg zu reisen, zumal im Royal Court Theatre die Feierlichkeiten zur tausendsten Aufführung von *Tainted Love* anstehen.«

»Wann ist die?«

»Übermorgen. Mit vielen Ehrengästen. Soviel ich weiß, sind auch einige aus Hamburg dabei.«

Im Präsidium unterrichtete Sebastian die Kollegen über sein Gespräch. Sarah Rutherford hatte einen glaubwürdigen Eindruck auf ihn gemacht, aber in einem Punkt irrte sie sich, da war Sebastian sich sicher. »Max-Andreas hat irgendjemandem von seinem bevorstehenden Wechsel erzählt. Und es muss einen Grund geben, warum er gerade diese Person eingeweiht hat. Und derjenige – oder diejenige – wird uns zum Täter führen. Oder zur Täterin. Wenn diese Person es nicht selbst ist.«

Sie mussten versuchen, diesen Menschen bis zum übernächsten Abend zu identifizieren. Da versammelte sich die Musicalszene in London, und der Mörder war womöglich anwesend. Auch Sebastian wollte sich auf den Weg nach London machen und an der Feier im Royal Court Theatre teilnehmen.

28

Das Taxi rollte entlang der Themse, bog ein in die Northumberland Avenue, die in die Richtung führt, wo die großen Musicaltheater Londons liegen, vorbei am Trafalgar Square über den Waterloo Place in die Regent Street. Noch einmal bog das Auto ab und hielt dann in der St. Alban's Street vor der Pension »The Mighty«, die die Sekretärin über das Internet gebucht hatte. Von hier aus waren es nur wenige Minuten zu Fuß zum Royal Court Theatre.

James Rutherford hatte Sebastian am Telefon vorgeschlagen, sich am Abend im Theater zu besprechen, rund um die Jubiläumsaufführung würde sich eine Gelegenheit finden.

Sebastian sah auf die Uhr. Er hatte noch etwas Zeit. Während er sich umzog, rief er die Kollegen in Hamburg an. Pia hatte sich inzwischen noch einmal bei den Mitarbeitern des Hans-Albers-Theaters umgehört.

»Niemand wusste davon«, sagte sie. »Die sind alle total überrascht über den Wechselplan.«

»Was sagt der Ankleider?«

»Pedro Gonzales meint, dass der Tänzer nicht mal eine Andeutung über einen möglichen Wechsel gemacht habe.«

Sebastian seufzte.

»Tut mir leid, Sebastian. Ich glaube, das weiß hier niemand.

Ich meine, wenn es jemand erfahren hätte, dann wüssten es doch inzwischen alle, oder?«

Eigentlich hatte Pia recht. Auch der Manager von Music-U-Nights, Timmy Wolf, hatte gesagt, in der Musicalwelt würden die Buschtrommeln besonders laut schlagen.

Sie beendeten das Gespräch. Wenn der Darsteller tatsächlich dichtgehalten hatte, blieb nur noch Vater Rutherford. Oder… oder doch seine Tochter Sarah? Sebastian knöpfte sich das weiße Hemd zu.

Die Krawatte lag neben dem Bett. Er trat vor den Spiegel an der Wand über dem winzigen Tisch. Er konnte sich nicht vollständig betrachten, ging ein wenig in die Knie und schob die Krawatte zurecht.

Die Londoner Straßen waren weihnachtlich beleuchtet. Die meisten Schaufenster blinkten festlich, während dicke Schneeflocken wie Wattebausche dem Boden entgegenfielen und an den Straßenrändern als Schneematsch endeten. Die Autos fuhren in die falsche Richtung, und die Fahrer saßen auf der falschen Seite. Alles war spiegelverkehrt. Man musste aufpassen.

Das Royal Court Theatre leuchtete wie eine goldene Kugel in die schwarze Winternacht hinaus. Sebastian nahm eine fast lustvolle Anspannung wahr: In dieser Kugel würde sich unter den Abendgästen auch der Mörder des englischen Tänzers befinden. Es konnte gar nicht anders sein.

Plötzlich sah er ihre schmale Silhouette im Scheinwerferlicht der Autos stehen. Ihren Regenmantel hatte sie mit einem Gürtel eng um die Taille geschnürt. Als sie den Regenschirm ein wenig hob, um freien Blick auf die Ampel zu haben, erkannte er ihr Gesicht. Warum war er vorher nicht darauf gekommen, sie hier anzutreffen, er wusste doch, dass Gäste aus Hamburg geladen waren. Aber an Olga hatte er nicht gedacht. Er wollte ihr zurufen, hielt aber inne.

Sie sah ihn nicht, als sie über die Straße ging. Sie ging schnell. Sebastian folgte ihr in geringem Abstand, gliederte sich in die Menschenmenge ein und ließ sich durch den Eingang in das Theatergebäude hineintragen.

Das Foyer war mit rotem Teppich ausgelegt und kleiner als jenes an der Reeperbahn. Platz war in London noch kostbarer als in Hamburg. Links und rechts waren die Garderoben, in der Mitte führte eine Treppe nach oben zu den Rängen.

Olga war weg. Aber Sebastian entdeckte die schwarze Schirmmütze mit dem dünnen Zopf. Scott und Melissa, die Manchester-Freunde von Linda Berick. Sie standen an der Wand, und Scott sprach auf Melissa mit großen Gesten ein, bevor er im nächsten Moment in einer Tür verschwand. »Nur für Personal« stand auf dem Schild. Sebastian fiel ein, dass Scott als Frisör und Maskenbildner für *Tainted Love* in London arbeitete, das hatte Linda Berick damals bei ihrer Zusammenkunft während der Aftershowparty erzählt. Scott und Melissa. Sie hatten die Verkäuferin Linda schon gekannt, lange bevor sie eines Tages an einen Briefkasten in Manchester trat und ihr Manuskript einsteckte. Vielleicht hatte sie sich damals eine Zigarette angezündet, sich in ein Café gesetzt, das Gefühl von Frieden genossen, das sich nach abgeschlossener Arbeit in einem ausbreitet. Sie hatte etwas auf den Weg gebracht, das sie für ein Rinnsal hielt, das aber zu einem Bach schwoll, dann zu einem Fluss wurde und schließlich zu einem brutalen Strom, der die Autorin in den Tod riss. Und das nur, weil sie vom Strom so fasziniert gewesen war und glaubte, immer nah dranbleiben zu müssen.

Im Foyer des Royal Court gab es Hallos, Händeschütteln, flüchtige Umarmungen – man kannte sich. Am heutigen Abend konnte wieder jeder seinen Wert innerhalb der Musicalbranche bemessen – wer war wie nah dran am Kreis der Mächtigen?

Am Fuß der Treppe sah Sebastian Sarah Rutherford stehen. Sie trug ein silbern glänzendes, schulterfreies Kleid, die Haare hatte sie aufgesteckt. Der Mann mit den graumelierten Haaren, der neben ihr stand, überragte sie um zwei Köpfe: James Rutherford. Die beiden begrüßten ihre Gäste, die sich in einer Reihe anstellten. Sie investierten in jeden ein Lächeln und ein paar Bemerkungen. Sebastian stellte sich ebenfalls an.

Auf einmal schlenderte Melissa ganz nahe an ihm vorbei, so nah, dass er ihr blumiges Parfüm riechen konnte. Den neongelben Plastikgürtel trug sie heute nicht. Sebastian streckte den Arm aus und hielt sie am Ellenbogen. Sie sah ihn fragend an.

»Wir kennen uns von Hamburg«, sagte er.

Melissa betrachtete ihn forschend.

»Wir saßen auf der Aftershowparty mit Linda Berick zusammen.«

»Mit Linda?«

Die Reihe schritt ein Stück voran. Sebastian und die Frau gingen mit, und da hellte sich plötzlich ihre Miene auf. Als Sebastian ihr eröffnete, dass er sie wegen Max-Andreas Benson sprechen wolle, erwiderte sie erschreckt, dass sie der Polizei schon alles gesagt habe, und bekräftigte: »Ich war doch gar nicht mehr in Hamburg, als –«

»Ich hätte auch noch ein paar Fragen zu Linda Berick.«

Melissas Augen wurden wässrig, und es war, als würde ihr ganzes Gesicht herabsinken. »Linda ... es ist so grauenhaft ... Entschuldigung.« Sie zog ein Taschentuch hervor, wischte sich die Tränen aus den Augen und ließ das Taschentuch wieder in ihrer Handtasche verschwinden. In diesem Moment wurde der Blick auf die Gastgeber des Abends frei, und Melissa rückte fast erschrocken ab. Die Rutherfords – das war ihr eine Nummer zu groß. »Wir reden nach der Show«, sagte sie im Weggehen.

Sarah Rutherford reichte Sebastian mit einem bezaubernden Augenaufschlag die Hand und stellte ihn dem Mann neben ihr vor. Das Erste, was Sebastian an dem Vater auffiel, waren die wulstigen Lippen und die Augen, die ein wenig hervortraten, darüber borstige Augenbrauen. Mister Rutherford legte Sebastian für einen Moment die Hand auf die Schulter und fragte: »Können wir uns während der Pause hinter der Bühne unterhalten?«

Seine Stimme war voluminös, aber nicht laut. Sebastian willigte ein. Die Idee war insofern gut, als er sich so zuvor einen umfassenderen Überblick über die Gäste verschaffen konnte.

»Ihre Platzkarte haben Sie bekommen?«

Alles wunderbar. Die Karte hatte im Hotel bereitgelegen, und wie erbeten, war es der Platz in der Lichtloge, von der aus Sebastian das Publikum überblicken konnte.

Sebastian setzte sich. Das Zuschauerrund war schon gut besetzt. Stimmengewirr. In der zweiten Reihe saß Heinz Ritter, der vermutlich als Ehrengast geladen war. Er wirkte aufgeregt, während er mit etwas hektischen Bewegungen seiner Begleitung irgendetwas zu erklären versuchte. Die Frau hatte sehr schwarzes Haar und eine übermäßig gebräunte lederne Haut. Was machte Viola Albani hier? Galt dieser Besuch in London als Dienstreise? Oder verband die beiden mehr als nur die Arbeit für das Hans-Albers-Theater? War der Mittvierziger womöglich mit seiner zwanzig Jahre älteren Sekretärin liiert? Warum nicht, dachte Sebastian – über Pärchenkombinationen wunderte er sich eigentlich nie.

Olga kam ihm wieder in den Sinn, und er ließ den Blick über die Köpfe hinwegschweifen. Einen Ehrenplatz in den ersten Reihen hatte sie offenbar nicht, diese waren inzwischen komplett gefüllt. Am Rand von Reihe eins sah Sebastian wie schon in Hamburg bei der Premiere das Mädchen im Rollstuhl mit dem Leuchtstab in der Hand. Sternenprinzessin Stacy. Sebastian lächelte. Neben ihr saß Scott. Er trug die Mütze sogar im Saal. Er machte Faxen, und Stacy lachte. Von den übrigen Gästen in der ersten Reihe erkannte Sebastian nur noch Sarah Rutherford, die kerzengrade dasaß. Ihr Kleid floss wie weiches Wasser über ihren Körper, und Sebastian dachte, dass er die Frau immer attraktiver fand, je öfter er sie sah. Der Platz neben ihr war noch frei. Vermutlich war es der Platz ihres Vaters, der wichtigsten Person in der goldenen Kugel.

Auf einmal erlosch das Licht, und ein Spotlight legte einen Leuchtkreis auf den roten Vorhang. In ihn trat James Rutherford, geblendet und freundlich ins helle Nichts grüßend.

In der Hand hielt er einen Zettel. »Ladies and Gentlemen«, begann er seine Rede und versuchte am grellen Licht vorbei das Publikum zu erkennen. Er sprach über den grandiosen Erfolg von *Tainted Love*, das im Royal Court Theatre eintausend Mal vor ausverkauften Rängen gespielt habe und für die nächsten zehn Monate nahezu ausverkauft sei und zudem inzwischen auch in Hamburg mit großem Zuspruch aufgeführt werde. Applaus aus dem Dunkel. Der Mann machte eine kurze Pause, schaute in seine Notizen, und es war selbstverständlich, dass er jetzt der toten Autorin und dem verstorbenen ersten Hauptdarsteller gedenken würde.

Rutherford aber fuhr fort und sprach über die Musik der achtziger Jahre, die zwar nicht die seiner Jugend sei – er sei viel, viel früher geboren –, die ihn aber genauso begeisterte wie die Darsteller, die zum Teil erst in den achtziger Jahren geboren seien. Wieder eine kleine Pause, und das Publikum klatschte. Genauso hatte es einmal Max-Andreas zugeklatscht.

James Rutherford hob den Kopf, jetzt waren die Verstorbenen dran. Er hatte sich ein wenig an das Licht gewöhnt, holte einmal tief Luft, und dann schilderte er seinen mühsamen Werdegang vom Bühnenarbeiter zum erfolgreichen Musicalmanager, ein Weg voller Ängste und Hoffnungen. Am Ende setzte Rutherford eine Pause, wobei Sebastian nicht sicher war, ob er sie gezielt gesetzt hatte oder ob er von der Schilderung seiner Lebensgeschichte überwältigt war. James Rutherford bedankte sich und wünschte Freude mit der Show. Während Applaus den Saal erfüllte und nach einem kurzen Moment der Unsicherheit, ob er nach rechts oder links abgehen sollte, stieg er über die linke Treppe von der

Bühne. Als er endlich auf dem Sitz neben seiner Tochter Platz genommen hatte, öffnete sich der Vorhang.

Pause. Hinter der Bühne herrschte Hektik. James Rutherford geleitete Sebastian durch zwei Gänge zu einem Büro. Ein kleiner Raum mit niedriger Decke. Die Wände voller Einsatzpläne und Erinnerungszettel. In der Ecke hing ein Monitor, der das Bild des geschlossenen Vorhangs live übertrug. »Wie fanden Sie es?«, fragte er, noch während er die Tür hinter ihnen zuzog.

»Das Stück ist wunderbar«, antwortete Sebastian, »aber mir fiel auf, dass Sie kein Wort über Linda Berick oder Max-Andreas Benson gesagt haben.«

James Rutherford verschränkte die Arme. »Was hätte ich sagen sollen?«

»Haben die beiden nicht einen großen Anteil am Erfolg des Musicals?«

»Natürlich haben sie das. Deswegen standen sie auch auf meinem Zettel. Aber, wissen Sie…«, Rutherford sah Sebastian eindringlich an, »wenn man so lange wie ich mit Showbusiness zu tun hat, bekommt man ein untrügliches Gespür für Dramaturgie. Ich hätte manchen Zuschauern den Abend verdorben. Tod und solche Dinge haben im Showbiz nichts zu suchen. Jedenfalls nicht abseits der Bühne.«

Abseits der Bühne ist gut, dachte Sebastian, die Autorin hing abseits der Bühne und mitten über dem Zuschauerrund.

»In unserer Branche gibt es nur eines, das zählt«, sagte Rutherford, »und das ist die nächste Show. Ist zwar hart, aber nicht zu ändern. Was gibt es denn Neues bei den Ermittlungen?«

Sebastian antwortete mit einer Gegenfrage, deren Antwort er schon kannte, aber von dem Mann selbst hören wollte: »Wem haben Sie von dem Plan, Herrn Benson nach London zurückzuholen, erzählt?«

»Außer mit meiner Tochter habe ich mit keinem Menschen darüber gesprochen. Alles andere wäre dumm gewesen.«

Akzeptiert, dachte Sebastian. Dann fragte er: »Hatten eigentlich Sie Herrn Benson angesprochen, oder war es andersherum?«

»Oh, das kann ich Ihnen ganz genau sagen.« Rutherford lehnte sich an den Schreibtisch. »Es war ausgerechnet anlässlich der Premiere von *Tainted Love* in Hamburg. Nach der Vorstellung traf ich zufällig auf Max-Andreas Benson und Duncan Preston. Ich wollte bei der Gelegenheit mit meinen beiden Hauptdarstellern auf den Erfolg anstoßen. Wir gingen mit einer Flasche Champagner in einen Raum abseits des Foyers – nichts besonders Feierliches, aber das war nicht nötig. Ich erinnere mich nur an den nachtblauen Teppich mit den Sternen: sehr speziell. Ich sagte den beiden, dass ich Projekte in der Tasche hätte, für die ich sie in naher Zukunft gebrauchen könnte. Sie wollten natürlich wissen, worum es sich handelte, aber ich habe nichts verraten, denn die Verträge sind noch nicht in trockenen Tüchern, und Schauspieler, das lernt man in der Branche schnell, sind nicht die Verschwiegensten.« Rutherford legte den Kopf in den Nacken, seine Augen wanderten zur Decke. »Irgendwann, vielleicht zehn Minuten später, ging Duncan aus dem Raum, in Richtung Herrentoilette, und Max-Andreas und ich waren allein. Ich hatte plötzlich eine Intuition und fragte ihn, ob er denn zufrieden sei in Hamburg. Wobei, das muss ich dazu sagen, ich gar nicht erwartete, dass er unzufrieden oder gar unglücklich gewesen wäre. Zu meiner Überraschung antwortete er ausweichend. Ich will nicht verhehlen, dass mir sofort klar war, dass sich mir hier eine Chance bot.« Rutherford senkte die Stimme: »Seit nämlich Max-Andreas London verlassen hat, läuft *Tainted Love* nicht mehr ganz so gut.«

»Sagten Sie nicht, das Stück sei für die nächsten Monate ausverkauft?«

»Die Wahrheit ist: Es läuft gut bis sehr gut, aber nicht mehr außerordentlich gut. Wir haben langfristige Prognosen, die uns zeigen, dass die Verkaufsdynamik eher absinkt. Und mit Max-Andreas sah das anders aus.«

»Weil er besser war als sein Nachfolger?«

Rutherford nickte unentschieden. »Bei diesen Analysen muss man vorsichtig sein. Wichtiger ist, dass er der *erste* Hauptdarsteller gewesen war, das Gesicht, mit dem das Stück bekannt wurde. Danach mussten es alle schwer haben. Das ist normal.« Rutherford warf einen Blick auf den Fernsehschirm, der noch immer den geschlossenen Vorhang zeigte.

»Warum haben Sie Max-Andreas dann überhaupt damals gehen lassen?«, fragte Sebastian.

»Ich musste ihn gehen lassen.« Rutherfords große Augen wurden ganz klein. »Frau Berick hatte das zur Bedingung für ihre Zustimmung zur Lizenzvergabe gemacht«, erklärte er. »Lizenzvergaben sind das Geschäft meiner Firma, und die Frau war stur.« Der Manager schnaubte einmal.

»Wie ging Ihre Unterhaltung weiter?«, fragte Sebastian.

Rutherford fuhr fort: »Max-Andreas hat also durchblicken lassen, dass er in Hamburg nicht zufrieden war. Ich sagte: ›Du weißt, du kannst jederzeit nach London zurückkommen.‹ Er war erstaunt, Sie müssen wissen, so etwas ist aus vertragsrechtlichen Gründen normalerweise kaum zu machen. Ich habe gesagt: ›Ich regele das, du hast mein Wort.‹ Woraufhin er antwortete: ›Gut. Dann komme ich zurück nach London.‹ Wir haben uns die Hand gegeben. Das war's.«

»Sie meinten vorhin, dass Schauspieler nicht die verschwiegensten Menschen seien. Wie ist Ihre Einschätzung bezüglich Max-Andreas? Ihre Tochter glaubt, dass er mit niemandem über den Plan gesprochen hat. Was glauben Sie?«

»In diesem Fall muss ich ihr recht geben, auch wenn ich mir damit widerspreche. Ich selbst hatte Max-Andreas in einem späteren Telefongespräch noch einmal eingeschärft, dass kein Wort nach außen gelangen dürfe. Andernfalls könne er die Rückkehr vergessen, das habe ich ihm unmissverständlich gesagt. Das hat er kapiert.«

Der Chef von Rutherford Entertainment sah auf seine Uhr. Er musste noch jemanden sprechen, bevor der zweite Teil der Show losging, und so verließen sie den Raum.

Es sah also wirklich danach aus, als hätten die drei dichtgehalten. Und trotzdem musste irgendetwas passiert sein, was Vater und Tochter Rutherford bis heute verborgen geblieben war.

Sebastian stand noch im Gang, als sich ein paar Meter weiter eine Tür öffnete und Scott heraustrat. Der Frisör hatte Sebastian nicht gesehen, ging den Gang hinunter und verschwand um die Ecke. Sebastian schaute auf das Schild an der Tür, aus der Scott herausgekommen war: *Maske*. Sebastian klopfte, und als niemand antwortete, trat er ein, ohne genau zu wissen, warum.

Spiegeltische, umrahmt von leuchtenden Birnen, Schminkutensilien, Kostüme an Garderobenständern, Federboas und anderes buntes Zeugs. Ein großer Raum. Zwei Darsteller, ein junger Mann und eine Frau, kamen lachend herein, stutzten, als sie Sebastian sahen, grüßten überrascht, holten sich irgendetwas und waren binnen weniger Sekunden wieder raus. Ihr Gelächter auf dem Gang war nur weit entfernt zu vernehmen, im ganzen Theater waren die Räume gut gedämpft.

Nun trat Scott ein, in der Hand einen Schminktopf, den er auf den Schminktisch nahe der Tür abstellte. Dann erst sah er Sebastian und erschrak. »Sie stehen so stumm da wie eine Puppe«, sagte er leise. Sebastian konnte nicht sagen, ob der Frisör ihn erkannt hatte. Doch dann veränderte sich der Ausdruck auf Scotts Gesicht: »Sind Sie nicht... Hamburg?«

»Sebastian Fink. Ich wollte Sie sprechen.«

»Mich sprechen? Warum? Hat es mit Linda zu tun?«

»Es hat auch mit ihr zu tun, aber mir geht es um etwas anderes.«

»Sehr gerne, Herr Fink, aber der zweite Teil der Show beginnt gleich, und ich muss Stacy an ihren Platz bringen. Könnten wir nach der Show sprechen?«

Sebastians Blick folgte Scott, der in die hintere Ecke des Raumes ging, wo das Mädchen in ihrem Rollstuhl still wartete. Sebastian hatte sie überhaupt nicht bemerkt. »Das ist okay. Wir können auch nach der Show sprechen«, antwortete Sebastian.

»Los geht's, Commander Stacy«, rief Scott, als er den Rollstuhl packte, »das Raumschiff bringt Sie zurück zum Planeten Theatersaal.«

Das Mädchen quiekte vergnügt, als Scott sie aus dem Raum rollte.

Sebastian sah die beiden wieder, als sie unten in den Saal kamen und ihre Plätze am Rand einnahmen. Er selbst hatte inzwischen wieder seinen Platz in der Lichtloge bezogen.

Während des zweiten Teils des Musicals verfolgte er das Geschehen auf der Bühne kaum. Er konnte fast physisch spüren, wie sich in seinem Kopf verschiedene Informationen hartnäckig versuchten zu finden, um sich zu einer neuen Information zu verknüpfen. Aber sie erreichten sich einfach nicht.

Auf der Bühne wurde ein langsames Lied angestimmt. Sebastian schloss die Augen. Die Musik, die klare Stimme der Sängerin, er entspannte sich.

Die Stimme der Sängerin war wunderschön. *No one hears me cry*, sang sie, und Sebastian dachte, dass Hunderte Ohrenpaare die traurige Frau anhörten und sahen, sie war alles andere als allein. Sebastian atmete ruhig. Einfach nur Ruhe. Endlich Ruhe.

Plötzlich war es da. Sebastian hielt die Luft an. Es lag doch auf der Hand! Die beiden haben einfach nicht daran gedacht. Sebastian wusste jetzt, was damals in Hamburg passiert war.

Er musste die Loge verlassen. Jetzt keine Hektik. Er ging ins Foyer, wo Theaterangestellte gelangweilt herumstanden und ihn verständnislos anschauten.

»Wie lange dauert die Aufführung noch?«, fragte Sebastian eine Frau, die an der Garderobe wartete.

»Wollen Sie die Show hier draußen genießen, oder was?«

Umständlich sah sie auf die Uhr. »Zwanzig Minuten, dann ist Schluss.«

Sebastian ging rüber zu der Tür mit dem Schild »Nur für Personal«. Er bemerkte, dass ein Angestellter ihn mit dem Blick verfolgte. Als Sebastian die Tür öffnete, eilte der Mann heran: »Stop!«

»Ich habe die Erlaubnis von Mister Rutherford persönlich.«

Der Name war ein Zauberwort, der Bedienstete ließ sofort von ihm ab.

Im Backstagebereich standen vereinzelt Leute herum und warteten. Man bewegte sich langsam und leise. Niemand fragte Sebastian, was er hier zu tun hatte. Wer bis in den Backstagebereich gelangt war, gehörte offenbar automatisch dazu. Sebastian ging im Hauptgang hinter der Bühne, einem breiten Gang mit hohen Wänden, auf und ab. Er war nervös, wie ein Schauspieler, bevor die Show begann. Dabei wartete er darauf, dass sie endlich vorbei war.

Seine Gedanken gingen zum Tänzer. Der arme Max-Andreas. Er hatte wirklich Pech gehabt. Wäre er doch in London geblieben. Dann wäre er noch am Leben.

Auf einmal nahm Sebastian wahr, dass sich die Stimmung hinter der Bühne veränderte. Die Leute wurden konzentrierter und angespannter. Vermutlich neigte sich die Show dem Ende zu.

Dann endlich Applaus.

Sebastian stellte sich so hin, dass er einen guten Überblick hatte, wer in den Backstagebereich kam. Vermutlich mussten sie alle einmal hier vorbei, nicht nur die Darsteller, auch Gratulanten. Wenn die Person auftauchte, auf die er wartete, musste er äußerst vorsichtig vorgehen, das war klar. Er brauchte noch eine einzige Information, und die brauchte er von ihr.

Der Applaus brandete jetzt in kurzen Abständen immer wieder neu auf. Dann war es endgültig vorbei. Der Vorhang blieb zugezogen. Jetzt war das Gejauchze der Darsteller zu hören. Und dann, wie nach einem Dammbruch, füllten sich die Gänge im Backstagebereich mit euphorisierten lauten Menschen. Es war, als wäre Sebastian plötzlich inmitten einer Achtziger-Jahre-Party. Einer Party, zu der man nicht hingehen musste – sie kam zu einem. Darsteller und Darstellerinnen mit neonfarbenen Aerobicanzügen und Stirnbändern, kleinkarierten Sakkos und Karottenhosen zogen lachend durch die Gänge, es roch nach Haarspray. Menschen in eleganter Abendrobe kamen nun hinzu, beglückwünschten links und rechts. Sarah Rutherford tauchte auf, sprach mit einer jungen Darstellerin mit Popperhaarschnitt, die sich überschwenglich bedankte. Sebastian musste zur Wand ausweichen, um eine Gruppe breitschultriger bunter Blazer und eine Wolke Haarspray vorbeizulassen. Ein Mann, vielleicht der Regisseur, schwenkte eine Magnumflasche und füllte Gläser, die ihm entgegengehalten wurden. Sebastian wartete.

Auf einmal war Olga da. Sie kam in seine Richtung, hatte ihn aber noch nicht bemerkt. Jemand begrüßte sie, mit Küsschen links und rechts. Austausch von Liebenswürdigkeiten. Sebastian stellte sich so hin, dass sie ihn sehen musste. Erst als sie schon fast vor ihm stand, erkannte sie ihn.

»Sebastian?«, fragte sie irritiert. »Was machst du denn hier?«

»Ja was wohl?«

Sie sah ihn ernst an: »Hier in London? Meinst du ... Was ist denn jetzt los?«

Sebastian sah starr über ihre Schulter hinweg. Hinter ihnen, gar nicht weit weg, war der Mensch erschienen, auf den er gewartet hatte. Der Mann kam in ihre Richtung, drehte sich dann aber wieder um.

»Ich melde mich«, sagte Sebastian zu Olga und eilte Scott hinterher. Als er um die Ecke bog, war Scott schon im nächsten Gang. Sebastian folgte. Der Frisör verschwand, ohne anzuklopfen, in einer Garderobe. Sebastian ging einfach rein. Der Raum war ziemlich dunkel.

Scott drehte sich um. »Ach, da sind Sie ja!«, meinte er gut gelaunt. »Ich hätte gerne gesagt: ›Kommen Sie doch rein‹, aber Sie sind ja schon drin, ha ha.«

Als hätte Sebastian danach gefragt, berichtete er: »Das ganze Team war heute extrem nervös, es waren wichtige Leute im Publikum. Mister Rutherford persönlich. Gott sei Dank ist alles gutgegangen – Sie haben ja gar nichts zu trinken. Wollen Sie etwas trinken? Ein Glas Champagner? Wasser?«

Merkwürdig, dachte Sebastian, dass sich manchmal alles so wunderbar ergibt. Er wollte nichts trinken, aber er sagte: »Ein Glas Champagner wäre schön«, und Scott verließ den Raum.

Nachdem er die Tür hinter sich geschlossen hatte, war nur noch weit entfernt der Lärm einer Party zu vernehmen. Im Raum, in dem Sebastian jetzt mit Herzklopfen stand, herrschte gedämpfte Stille, so gedämpft wie das laue Licht, das von einer einzigen Tischlampe ausging. Sebastian war allein in diesem Raum, und er war es auch nicht. Das war die Lösung: Man denkt, man sei allein, und ist es gar nicht.

Sebastian sagte freundlich ins Dunkel hinein: »Hallo.«

Hier, wie im ganzen Theater, wirkte jedes Wort klar und rein, von anderen Geräuschen vollkommen unberührt. Das »Hallo« schwebte durch den Raum wie eine Seifenblase, und als sein Gruß schon fast in der Vergangenheit versunken war, kam eine Antwort: »Hallo.«

Sebastian sackte das Herz in die Hose, jetzt ging es los. Er drehte sich um. Im Dunkel erschien der leuchtende Stab und winkte.

29

»Das Raumschiff ist kaputt«, sagte Stacy. Mit dem Leuchtstab deutete sie auf die Seite des Rollstuhls, wo im Lichte des Stabes Kratzer zu sehen waren.

»Wie ist das passiert?«, fragte Sebastian und hockte sich neben sie.

»Das Raumschiff ist zu schnell geflogen.«

»Weißt du«, sagte Sebastian, »das macht nichts, das Raumschiff kann auch mit Kratzern sehr gut fliegen.«

»Ja?« Stacy schaute ihn neugierig an.

Am liebsten hätte er so weiter mit ihr gesprochen: dass es nichts gibt, mit dem man sich nicht arrangieren kann. Aber das stimmte nicht. Dieser Fall würde auch für Stacy Folgen haben. Und mit ihr hatte alles begonnen.

Hamburg, Premierenabend ›Tainted Love‹. Nach der Show strömen die Gäste zu den Garderoben und Ausgängen. Die Ehrengäste machen sich auf den Weg ins benachbarte Hotel, wo die Aftershowparty stattfindet. Mitarbeiter des Theaters und Darsteller ziehen sich hinter den Kulissen für die Feier um.

James Rutherford, Duncan Preston und Max-Andreas Benson begegnen sich und beschließen, miteinander auf das Musical anzustoßen, bevor der Trubel auf der Aftershowparty losgeht. Mit einer Champagnerflasche ziehen sie sich in einen Seitenraum zurück. Alle drei sind beruflich derzeit erfolgreich und haben Grund, zu feiern. Die Stimmung ist euphorisch.

Aber der erfahrene Manager und Menschenkenner James Rutherford spürt, dass mit Max-Andreas irgendetwas nicht stimmt. Als Duncan Preston für ein paar Minuten den Raum verlässt, spricht der Manager den Tänzer an und erfährt etwas, das ihn elektrisiert. Rasch entwerfen die beiden einen Plan, von dem niemand etwas erfahren darf.

Es stimmte: Weder James Rutherford noch seine Tochter Sarah, noch Max-Andreas hatten je etwas von dem geheimen Plan erzählt. Bis heute gingen sie fest davon aus, dass niemand davon wusste.

Der nachtblaue Teppich, die goldenen Sterne. James Rutherford und Max-Andreas sind so in ihr Gespräch vertieft, dass weder der eine noch der andere bemerkt, dass jede ihrer Gesten und jedes Wort auf einem menschlichen Aufnahmegerät gespeichert wird – dem Gehirn eines Mädchens, das still und aufmerksam in der Ecke in seinem Rollstuhl sitzt und auf seinen Vater wartet. Geste für Geste, Wort für Wort…

Die Menschen schauen nicht hin, wenn ein Mädchen an den Rollstuhl gefesselt ist – weil es einem leidtut, weil man unsicher über den Umgang mit ihm ist, weil Krankheit und Behinderung Angst auslösen. Es wird unsichtbar.

Sebastian musste sich etwas einfallen lassen, um das Gespräch auf das Hans-Albers-Theater zu lenken, da fragte Stacy: »Wohnst du in Hamburg?«

»Ja.«

»Ich habe dich gesehen.«

»Ich weiß, Stacy, ich habe dich auch gesehen.«

»Auf dem Boden waren Sterne.«

»Und du hattest den leuchtenden Stab dabei und hast ausgesehen wie eine Prinzessin.«

Das Mädchen lächelte. »Ich bin Prinzessin Stacy.«

Sebastian lächelte zurück.

»Rate mal, wer die Sterne gezaubert hat«, sagte sie.

Sebastian ahnte die Antwort, aber er wagte nicht, sie auszusprechen. Stacy sagte: »Mein Papa.« Sie schaute auf ihren Stab, während sie ihn sanft hin und her schwenkte.

Und dann, als hätte sie Sebastians Gedanken gelesen, stellte sie die Frage: »Wann kommt Max-Andreas zurück?«

Für einen Moment erfasste Sebastian ein Schwindel. »Kommt er denn zurück?«, fragte er.

»Er hat gesagt, dass er kommt.«

»Woher weißt du das?«

»Er hat es zu Mister Rutherford gesagt. Er hat gesagt, Hamburg gefällt ihm nicht, und er will zurückkommen.«

»Dann stimmt es wohl.« Sebastian zögerte einen langen Moment, bevor er die entscheidende Frage stellte: »Hast du das auch deinem Vater erzählt?«

Stacy sah ein wenig stolz aus, als sie antwortete: »Ja.«

In diesem Moment war auf dem Gang die Stimme von Duncan Preston zu hören. Sebastian stand auf, um den Mann möglichst noch vor der Tür abzufangen. Als er auf den langen Flur hinaustrat, sah er, dass der Hauptdarsteller mit zwei Leuten in ein Gespräch verwickelt war. Sebastian wartete.

Er machte sich die Fakten noch einmal klar: Wenn Duncan Preston zugeben würde, dass er über den geheimen Plan Bescheid gewusst hatte, bedeutete es noch nicht, dass er etwas mit dem Tod von Max-Andreas zu tun haben musste. Wenn er aber log und vorgab, *nichts* zu wissen, dann saß er in der Falle.

Nur: Sebastian würde ihm nichts nachweisen können. Er würde ihn im Gespräch überlisten und zu einem Geständnis verleiten müssen – und er würde dazu nur einen Versuch frei haben.

Der Darsteller bedankte sich nun bei den Leuten, wollte offenbar weitergehen, doch die beiden ließen ihn nicht, und er war zu höflich, sie einfach stehenzulassen.

Ein gutaussehender Mann, dieser Preston, befand Sebastian, mit einer sympathischen Ausstrahlung, einer von der Sorte, der niemandem etwas zuleide tat. Normalerweise.

Der Darsteller entschuldigte und verabschiedete sich und kam den Flur herauf.

»Mister Preston?«

»Ja?« Der Mann blieb stehen, schaute ihn an, schien ihn aber nicht wiederzuerkennen.

»Wir sind uns schon einmal begegnet«, erklärte Sebastian, »Hamburg, nach der Premiere…«

Die Informationen reichten offensichtlich nicht, Sebastian fügte hinzu: »Wir wurden uns von Linda Berick vorgestellt…«

Preston nickte, aber er schien sich nicht wirklich zu erinnern.

»Ich wollte Ihnen gratulieren«, sagte Sebastian, »Sie haben eben eine phantastische Vorstellung gegeben.«

»Oh, vielen Dank!«

»Ich finde auch, dass Sie in der Rolle noch überzeugender waren als Max-Andreas Benson in Hamburg.«

War da eine Reaktion in Prestons Augen? »Das ist sehr nett von Ihnen, vielen Dank«, sagte er. »Obgleich es natürlich traurig ist, an Max-Andreas erinnert zu werden, Sie wissen...«

Sebastian nickte. Es entstand eine Pause, in der Preston sein Gegenüber genauer in Augenschein nahm.

»Und ... wie war Ihr Name?«

»Sebastian Fink.« Bevor der Mann Gelegenheit hatte, weiter nachzufragen, sagte Sebastian beiläufig: »Max-Andreas wollte ja nach London zurückkommen.«

Preston war ein guter Schauspieler, und trotzdem war für den Bruchteil einer Sekunde etwas in seinem Blick zu erkennen gewesen, das er mit einem Wimpernschlag verschwinden ließ. »Max wollte zurück?«

»Ja...«

Preston wirkte tatsächlich überrascht.

Sebastian fragte: »Wussten Sie das nicht?«

Es dauerte eine Sekunde zu lang. »Das höre ich zum ersten Mal«, antwortete Preston.

Zwischen ihnen breitete sich ein unangenehmes Schweigen aus. Hastig versuchte der Darsteller in Sebastians Augen zu lesen. Sein Oberkörper wich ein wenig zurück. Jetzt war beiden alles klar.

Preston fixierte ihn, während er einen Schritt rückwärts tat.

Sebastian unterdrückte den Impuls, zu reagieren. Preston wandte sich um und ging mit großen, schnellen Schritten den

Flur hinunter. Sebastian blieb einfach stehen. Er wusste, dass in der Garderobe die Tochter wartete – der Vater konnte gar nicht flüchten.

Am Flurende waren Leute, die ihre Gläser hoben, um mit dem Hauptdarsteller anzustoßen, doch er schob sich wortlos zwischen ihnen hindurch. Ein Glas zerschellte auf dem Boden. Erschrocken sahen sie Duncan Preston hinterher.

Sebastian schaute ruhig auf das Ende des Flurs, wo der Täter, den er so intensiv gesucht hatte, jeden Moment wieder erscheinen würde…

Er hatte sich doch hoffentlich nicht geirrt?

Unten, auf dem Hauptgang, gingen Leute vorbei und lachten.

Dann erschien jemand. »Entschuldigung!« Scott wankte mit zwei Champagnergläsern durch den Flur. Sebastian trat ihm entgegen: »Bitte gehen Sie – ich erkläre es Ihnen später.«

Scott sah Sebastian verdutzt an, nickte dann gehorsam und kehrte wieder um. Sein dünner Zopf wackelte hin und her, wie der Schwanz einer Kuh.

Am Flurende stieß Scott mit Duncan Preston zusammen. Der Frisör wollte ihm etwas erklären, aber Preston reagierte nicht. Mit versteinerter Miene kam der Schauspieler und Tänzer den Flur herauf. Sebastian machte ihm Platz. Preston nickte ihm zu. Sebastian sah es in seinen Augen: Da war so etwas wie Erleichterung.

Stacy konnte von dem Geschehnissen auf dem Gang nichts gehört haben, trotzdem schaute sie ihrem Vater ängstlich entgegen. Wie er sie anschaute, konnte Sebastian nicht sehen. Schüchtern winkte das Mädchen mit ihrem Leuchtstab, als wollte sie spielen, ein Stück, in dem nur sie und ihr Vater vorkamen. Ein schönes Stück, mit einem Happy End. Duncan Preston hockte sich neben den Rollstuhl und richtete ihre Haarspange. Dann umarmte er sie. Der Vater, seine Tochter und der Rollstuhl waren eins. Nach einer Weile sagte Preston zu dem Mädchen: »Wenn ich mal weg bin, dann weißt du, dass ich zu dir zurückkommen werde, nicht wahr?«

Er streichelte ihr über die kleine Wange, und sie nickte.

30

Zurück in Hamburg, rief Sebastian Jens und Pia zu sich ins Büro, um ihnen von den Ereignissen in London zu berichten.

Der englische Tänzer Duncan Preston hatte sich von den Beamten von Scotland Yard widerstandslos festnehmen lassen. Es wirkte, als hätte er gewusst, dass es nur eine Frage der Zeit gewesen war, bis er gefasst würde. Auf dem Londoner Polizeirevier erzählte er, was passiert war.

Vor zweieinhalb Jahren hatte alles begonnen. Für die Hauptrolle in dem neuen Musical *Tainted Love* am Westend wurden Schauspieler und Tänzer gesucht. Nach dem Casting für die Hauptrolle war klar, dass zwei Männer hervorragten: Duncan Preston und Max-Andreas Benson. Nach weiteren Beratungen hatten sich der Regisseur, der Theaterleiter, der Choreograph und auch James Rutherford für Duncan Preston entschieden. Nur die Autorin und Co-Produzentin Linda Berick war gegen diese Entscheidung. Sie wollte Max-Andreas Benson in der Hauptrolle sehen. Es gab Diskussionen, aber die Frau Autorin war nicht bereit, sich umstimmen zu lassen. Sie tat alles, um Preston zu verhindern, und legte eine Sturheit an den Tag, wie sie in der Branche als unprofessionell gilt. Sie ging sogar so weit, schlecht über ihn zu reden. Trotzdem hielten die anderen an ihrer Entscheidung für ihn fest. Aber dann zog Linda Berick einen Trumpf: Sie setzte ihr Veto ein und ließ sich nicht mehr davon abbringen. Die anderen waren machtlos. Max-Andreas bekam die Rolle, Duncan Preston wurde die Zweitbesetzung. Er fand sich damit ab.

Nach zwei Jahren änderte sich die Situation. Das Musical sollte in Lizenz nun auch in Hamburg auf die Bühne gebracht werden, und Linda Berick wollte nach Deutschland umziehen. Nun bestand sie, stur wie zuvor, darauf, dass Max-Andreas Benson mitginge, machte sogar die Erlaubnis zur Lizenzvergabe davon abhängig und setzte sich wieder durch. Glück für Preston: So rückte er doch noch auf und wurde die Erstbesetzung der Hauptrolle von *Tainted Love* im Royal Court Theatre. Für den Mann die Erfüllung eines Traumes, was in seiner Heimatstadt Brighton mit Familie und Freunden gefeiert wurde. Nach dem Weggang von Linda Berick war die Stimmung im Londoner Theater entspannter, die Shows liefen gut, das Haus war immer noch an fast jedem Abend ausverkauft. Die Verlängerung von Duncan Prestons Vertrag galt nur als Formsache, das hatte James Rutherford dem Hauptdarsteller sogar persönlich gesagt.

Doch der neue Vertrag wurde ihm nie zugestellt. Immer wieder wurde er vertröstet. Duncan Preston drang nicht einmal mehr zu Mister Rutherford durch, stets wurde er von einer Sekretärin abgefangen. Der Tänzer konnte sich überhaupt nicht erklären, was los war. Bis ihm eines Tages aus heiterem Himmel seine Tochter Stacy, die er zur Premiere nach Hamburg mitgenommen hatte, eine Frage stellte... Da war ihm schlagartig alles klargeworden.

Er vermutete, dass man ihn nach der Rückkehr von Max-

Andreas schon bald nach Hamburg rufen würde, denn im Hans-Albers-Theater würde dann der Hauptdarsteller fehlen. Doch wegen seiner kranken Tochter konnte und wollte er nicht nach Deutschland ziehen. Er wäre somit wieder zur Zweitbesetzung in London herabgestuft worden, was er als unerträgliche Demütigung empfand. Er sah nur eine Chance: Er musste mit Max-Andreas sprechen. Er wollte ihn persönlich darum bitten, auf den Wechsel zu verzichten. Ihm zuliebe und seiner Tochter zuliebe. Schließlich war Max-Andreas in Hamburg doch genauso erfolgreich wie in London.

An einem Samstagabend flog Duncan Preston, nachdem er noch in der Nachmittagsvorstellung aufgetreten war, Hals über Kopf nach Hamburg. Er nahm sich vor, früh am nächsten Morgen bei Max-Andreas zu klingeln, dann war er garantiert zu Hause und vielleicht leichter zu einem Zugeständnis zu bringen. Außerdem musste Preston ein frühes Flugzeug zurück nehmen, weil er schon am Sonntagnachmittag wieder in London auf der Bühne stehen musste.

Max-Andreas war an jenem Sonntagmorgen tatsächlich zu Hause. Aber er war die Nacht über ausgewesen und gerade erst ins Bett gegangen. Er hatte Schlaftropfen genommen, war aber bereit, Preston bei einem Kaffee anzuhören. Bei diesem Gespräch zwischen den beiden Tänzern bat Duncan Max-Andreas dringend, einzulenken. Doch der antwortete: »Es ist doch nicht mein Problem, dass du weniger begabt bist.« Und: »Du musst lernen, dich mit dem zweiten Platz zu begnügen.« Und: »Du kannst doch ohne Stacy nach Hamburg gehen, du bist zu abhängig von deiner Tochter, das tut ihr nicht gut.« Am Ende schloss er es definitiv aus, in Hamburg zu bleiben, und ging zu Bett.

Duncan Preston war wie gelähmt. Dann sah er das Fläschchen mit den Schlaftropfen auf der Küchenzeile stehen. Da habe er den Verstand verloren. Er nahm das Fläschchen und ging ins Schlafzimmer. Max-Andreas schlief fest, sein Mund war geöffnet. Er hockte sich neben ihn und tröpfelte ihm das Mittel in den Mund. Max-Andreas schluckte sofort. Duncan ging wieder zurück ins Wohnzimmer, saß nur da und wartete. Nach etwa einer halben Stunde ging er wieder ins Schlafzimmer. Max-Andreas schlief so tief, dass er sich gar nicht mehr rührte. Duncan Preston nahm das Kissen, legte es auf das Gesicht und drückte. Es sei alles ganz leicht und unwirklich gewesen.

Er versuchte noch einen Raubüberfall vorzutäuschen, steckte Wertsachen ein: das Portemonnaie und Schmuck aus dem Bad. Den Ohrschmuck in Form eines Salamanders, den Linda Berick Max-Andreas geschenkt hatte und mit dem er oft genug geprahlt hatte, ließ er liegen. Am Ende steckte er noch das Fläschchen mit den Tropfen ein und den Kaffeebecher, aus dem er getrunken hatte. Keine vierundzwanzig Stunden war er in Hamburg gewesen. Niemand würde je davon erfahren.

Nachdem Sebastian sich im Präsidium von den Kollegen verabschiedet hatte, fuhr er durch das abendliche Hamburg.

Er dachte noch einmal an Stacy. Es war beruhigend zu wissen, dass sie zur Mutter kommen würde, die vom Vater getrennt lebte. Wenigstens das.

Als Sebastian am Hans-Albers-Theater vorbeifuhr, sah er die Menschen hineinströmen. Natürlich: Das Theater konnte *Tainted Love* ja nun doch weiterspielen, so lange sie wollten.

Wie eigenständig doch ein Kunstwerk war. Und wie gut für das alte Theater, das sich nun doch sanieren konnte.

Er wollte noch nicht nach Hause. Er wusste nicht, was er wollte. Vielleicht im Schanzenviertel ein wenig umherspazieren und sich in eine der vielen Kneipen setzen. Er wollte mit niemanden sprechen, aber trotzdem unter Menschen sein.

Im Viertel war kein Parkplatz. Wie immer. Sebastian parkte im Halteverbot. Als er die Tür abschließen wollte, funktionierte das Schloss wieder mal nicht. Egal – wer würde schon einen alten Fiat klauen... Nur das Blaulicht, das auf dem Rücksitz lag, nahm Sebastian vorsichtshalber mit.

In der Daniela Bar holte er sich eine Flasche Bier und setzte sich irgendwo zwischen die anderen Gäste, die sorglos miteinander quatschten.

Sebastian fühlte sich einfach nur erleichtert.

»Was hast du denn da?«, fragte jemand.

Neben Sebastian lag das Blaulicht.

»Wo hast du das her?«

Sebastian sagte müde: »Ich bin bei der Polizei.«

Der Typ schaute ihn ungläubig an. »Scherzkeks. Bist wohl ein Komiker?«

»Von mir aus.«

Der Mann lachte und hielt Sebastian die Bierflasche entgegen. Sie stießen an, dann zog er weiter.

*Friedrich Dönhoff
im Diogenes Verlag*

Savoy Blues
Ein Fall für Sebastian Fink
Roman

Sommer in Hamburg – und ein Lied in aller Ohren: *Savoy Blues*. Der Swing-Song von Louis Armstrong aus den dreißiger Jahren in der brandneuen Coverversion von DJ Jack ist der Megahit des Jahres. Auch dem jungen Hauptkommissar Sebastian Fink schwirrt das Lied im Kopf herum, während er sich an die Aufklärung seines ersten eigenen Falls macht: den Mord an einem pensionierten Postboten. Ein Krimi, der trügerisch leicht daherkommt und uns unbemerkt in die Untiefen jener Zeit lockt, als die Swing-Musik verboten war.

»Ein spannender Krimi mit einem grandiosen Finale.«
Westdeutsche Allgemeine Zeitung, Essen

Der englische Tänzer
Ein Fall für Sebastian Fink
Roman

Das erfolgreiche Musical *Tainted Love* kommt von London nach Hamburg. Doch vor der Premiere wirft ein seltsames Ereignis einen unheimlichen Schatten voraus: Eine Backstage-Mitarbeiterin sieht im Theatersaal einen Toten von der Kuppel hängen. Als Kommissar Fink am Tatort eintrifft, ist die Leiche aber verschwunden. Alles nur eine Halluzination? In seinem zweiten Fall ermittelt Sebastian Fink hinter den Kulissen der Musicalwelt. Es geht um Eitelkeiten, versteckte Rivalitäten und sehr viel Geld. Jeder beobachtet jeden. Und doch will niemand gesehen haben, wie ein Mensch aus ihren Reihen zu Tode kam.

»Bitte weitere Missionen für Sebastian Fink!«
Die Welt, Berlin

Seeluft
Ein Fall für Sebastian Fink
Roman

Zwischen den Aktivisten von Ökopolis und der Hamburger Reederei Köhn herrscht Streit. Den einen geht es um die Umwelt, den anderen um ihre Konkurrenzfähigkeit. Als am Fischmarkt die Leiche eines Reeders gefunden wird, nimmt Kommissar Sebastian Fink die Ermittlungen auf.
Der Fall führt ihn zu einem verbitterten Manager in einem modernen Glaspalast hoch über dem Hafen, zu einer sportbesessenen Witwe auf dem Land und zu einem frischverliebten Studentenpaar in St. Pauli. Sebastian hat alle Hände voll zu tun, als eines Morgens unverhofft seine Großmutter vor der Tür steht – und ihn mit einem gut gehüteten Familiengeheimnis konfrontiert.

»Friedrich Dönhoff hat einen kristallklaren Stil. Mit Sebastian Fink hat er einen sehr zeitgeistigen Ermittler geschaffen, der in ungewöhnlichen ›Familienverhältnissen‹ lebt und Erfahrungen in der Single-Szene macht. Ein aufsteigender Stern!«
New Books in German, London

Friedrich Dönhoff
Die Welt ist so, wie man sie sieht
Erinnerungen an Marion Dönhoff
Mit zahlreichen Farbfotos

Marion Dönhoff, gesehen durch die Augen des 60 Jahre jüngeren Großneffen: Diese Erinnerungen sind das Dokument einer generationenübergreifenden Freundschaft.

Viele Jahre lang war Marion Dönhoffs Großneffe Friedrich einer der Menschen, die ihr am nächsten standen. Er begleitete sie im Alltag und auf Reisen. Wenn er davon erzählt, ist die tiefe Vertrautheit in jeder Zeile spürbar. Humor und Streitlust, Offenheit und Neugierde prägten diese ungewöhnliche Freundschaft – auch die eingestreuten Fotos aus dem Familienalbum vermitteln das.

Das Buch enthält auch ein letztes Gespräch, das der Autor wenige Wochen vor ihrem Tod mit Marion Dönhoff führte. Darin erzählt sie von ihrer ostpreußischen Heimat, spricht über Familie und Glauben und zieht ein Resümee ihres Lebens.

»Selten war Marion Gräfin Dönhoff derart persönlich zu erleben.« *Die Zeit, Hamburg*

Auch als Diogenes Hörbuch erschienen,
gelesen von Friedrich Dönhoff

Martin Suter
im Diogenes Verlag

»Martin Suter hat die seltene Gabe, Schweres leicht erscheinen zu lassen. Er schreibt einen Bestseller nach dem anderen, die inhaltlich wie literarisch glänzen.«
Michael Knoll / Bücher, Kiel

»Wenn es überhaupt einen Schriftsteller gibt, dessen Feder man gern entsprungen wäre, dann ihn.«
Elmar Krekeler / Berliner Morgenpost

Die Romane:

Small World
Roman
Auch als Diogenes Hörbuch erschienen, gelesen von Dietmar Mues

Die dunkle Seite des Mondes
Roman
Auch als Diogenes Hörbuch erschienen, gelesen von Gert Heidenreich

Ein perfekter Freund
Roman

Lila, Lila
Roman
Auch als Diogenes Hörbuch erschienen, gelesen von Daniel Brühl

Der Teufel von Mailand
Roman
Auch als Diogenes Hörbuch erschienen, gelesen von Julia Fischer

Der letzte Weynfeldt
Roman
Auch als Diogenes Hörbuch erschienen, gelesen von Gert Heidenreich

Der Koch
Roman
Auch als Diogenes Hörbuch erschienen, gelesen von Heikko Deutschmann

Die Zeit, die Zeit
Roman
Auch als Diogenes Hörbuch erschienen, gelesen von Gert Heidenreich

Die *Allmen*-Krimiserie:

Allmen und die Libellen
Roman
Auch als Diogenes Hörbuch erschienen, gelesen von Gert Heidenreich

Allmen und der rosa Diamant
Roman
Auch als Diogenes Hörbuch erschienen, gelesen von Gert Heidenreich

Allmen und die Dahlien
Roman
Auch als Diogenes Hörbuch erschienen, gelesen von Gert Heidenreich

Allmen und die verschwundene María
Roman
Auch als Diogenes Hörbuch erschienen, gelesen von Gert Heidenreich

Außerdem erschienen:

Richtig leben mit Geri Weibel
Sämtliche Folgen

Business Class
Geschichten aus der Welt des Managements

Business Class
Neue Geschichten aus der Welt des Managements

Huber spannt aus
und andere Geschichten aus der Business Class

Unter Freunden
und andere Geschichten aus der Business Class

Das Bonus-Geheimnis
und andere Geschichten aus der Business Class

Abschalten
Die Business Class macht Ferien

Alles im Griff
Eine Business Soap
Auch als Diogenes Hörbuch erschienen, gelesen von Stefan Kurt

Business Class
Geschichten aus der Welt des Managements
Diogenes Hörbuch, 1 CD, live gelesen von Martin Suter

Jakob Arjouni
Die Kayankaya-Romane

Happy birthday, Türke!
Kayankayas erster Fall. Roman

Ein Türke wird in einem Bordell ermordet. Für die Polizei offenbar kein Grund für genaue Ermittlungen. Da engagiert die Witwe den Privatdetektiv Kemal Kayankaya, und der wirbelt Staub auf.

»Ein fulminantes Debüt: Kayankaya, der gesellschaftliche Außenseiter, ist der hartgesottene Detektiv in Vollendung, und die Handlung hat mehr Pfiff als beim größten Teil der einheimischen Konkurrenz. Willkommen in Amerika, Türke.«
Kirkus Reviews, New York

»Der beste Kriminalroman, den ein Autor deutscher Zunge je geschrieben hat.«
Christian Seiler/Kurier, Wien

Auch als Diogenes Hörbuch erschienen,
gelesen von Rufus Beck

Mehr Bier
Kayankayas zweiter Fall. Roman

Vier Mitglieder der ›Ökologischen Front‹ sind wegen Mordes an dem Vorstandsvorsitzenden der ›Rheinmainfarben-Werke‹ angeklagt. Zwar geben die vier zu, in der fraglichen Nacht einen Sprengstoffanschlag verübt zu haben, bestreiten aber jede Verbindung mit dem Mord. Nach Zeugenaussagen waren an dem Anschlag fünf Personen beteiligt. Privatdetektiv Kemal Kayankaya soll den verschwundenen fünften Mann finden.

»Wenn es in Deutschland einen Krimiautor gab, dessen Bücher nicht nur inhaltlich, sondern auch sprach-

lich ernst genommen wurden, dann war es Jakob Arjouni, der dieses Privileg kennt und genießt, indem er es einfach für selbstverständlich hält.«
Christian Seiler/Profil, Wien

»Kemal Kayankaya, der zerknitterte, ständig verkaterte Held in Arjounis Romanen *Happy birthday, Türke!* und *Mehr Bier* ist ein würdiger Enkel der übermächtigen Großväter Philip Marlowe und Sam Spade.« *Manfred Maurer/Stern, Hamburg*

Ein Mann, ein Mord
Kayankayas dritter Fall. Roman

Ein neuer Fall für Kayankaya. Schauplatz Frankfurt, genauer: der Kiez mit seinen eigenen Gesetzen, die feinen Wohngegenden im Taunus, der Flughafen. Kayankaya sucht ein Mädchen aus Thailand. Sie ist in jenem gesetzlosen Raum verschwunden, in dem Flüchtlinge, die um Asyl nachsuchen, unbemerkt und ohne Spuren zu hinterlassen, leicht verschwinden können. Was Kayankaya dabei über den Weg und in die Quere läuft, von den heimlichen Herren Frankfurts über korrupte Bullen und fremdenfeindliche Beamte auf den Ausländerbehörden bis zu Parteigängern der Republikaner mit ihrer Hetze gegen alles Fremde und Andere, erzählt Arjouni klar, ohne Sentimentalität, witzig, souverän.

»Es ist die Mischung aus großer Klappe und richtigem Ton, aus Auf-Zack-Sein und einem Gespür für Worte, Sprache, Geschichten, die Arjouni auszeichnet.« *Jochen Förster/Die Welt, Berlin*

»Arjounis Texte sind anders: schwereloser, süffiger und um jenen entscheidenden Tick besser.«
Peter Henning/Zeit Online, Hamburg

Auch als Diogenes Hörbuch erschienen,
gelesen von Rufus Beck

Kismet
Kayankayas vierter Fall. Roman

Kismet beginnt mit einem Freundschaftsdienst und endet mit einem so blutigen Frankfurter Bandenkrieg, wie ihn keine deutsche Großstadt zuvor erlebt hat. Kayankaya ermittelt – nicht nach einem Mörder, sondern nach der Identität zweier Mordopfer. Und er gerät in den Bann einer geheimnisvollen Frau, die er in einem Videofilm gesehen hat.

»Hat alles, was einen harten Kriminalroman ausmacht – und noch ein bisschen mehr. Schnelle Sätze, die wie Schüsse aus der Hüfte kommen, sind Arjounis Stärke.« *Peter Köhler / Der Tagesspiegel, Berlin*

»Mit *Kismet* ist Jakob Arjouni wiederum ein Wurf gelungen. Arjouni verfügt über ein exaktes Timing, seine Dialoge versprühen den lakonischen Witz einer Screwball-Comedy, und über allem liegt wie eine leichte Decke die Melancholie.«
Neue Zürcher Zeitung

Bruder Kemal
Ein Kayankaya-Roman

Der Frankfurter Privatdetektiv Kayankaya ist zurück: älter, entspannter, cooler – und sogar in festen Händen. Ein Mädchen verschwindet, und Kayankaya soll während der Frankfurter Buchmesse einen marokkanischen Schriftsteller beschützen. Zwei scheinbar einfache Fälle, doch zusammen führen sie zu Mord, Vergewaltigung, Entführung. Und Kayankaya kommt in den Verdacht, ein Auftragskiller zu sein.

»Souverän in der Konstruktion und lakonisch im Sprachstil zeichnet Jakob Arjouni das Bild einer Gesellschaft, die nie ganz schwarz oder ganz weiß ist, sondern immer irgendwo dazwischen.«
Anke Zimmer/Fuldaer Zeitung

*Christian Schünemann
im Diogenes Verlag*

Christian Schünemann, geboren 1968 in Bremen, studierte Slawistik in Berlin und Sankt Petersburg, arbeitete in Moskau und Bosnien-Herzegowina und absolvierte die Evangelische Journalistenschule in Berlin. Eine Reportage in der *Süddeutschen Zeitung* wurde 2001 mit dem Helmut-Stegmann-Preis ausgezeichnet. Beim Internationalen Wettbewerb junger Autoren, dem Open Mike 2002, wurde ein Auszug aus dem Roman *Der Frisör* preisgekrönt. Christian Schünemann lebt in Berlin.

»Schünemann verwendet auf die sardonische Schilderung einschlägiger Milieus mindestens ebenso viel Liebe und Sorgfalt wie auf den jeweils aktuellen Casus.« *Hendrik Werner / Die Welt, Berlin*

Der Frisör
Roman

Der Bruder
Ein Fall für den Frisör
Roman

Die Studentin
Ein Fall für den Frisör
Roman

Daily Soap
Ein Fall für den Frisör
Roman

Außerdem erschienen:

Christian Schünemann & Jelena Volić
Kornblumenblau
Ein Fall für Milena Lukin
Roman

Christian Schünemann
Jelena Volić
Kornblumenblau
Ein Fall für Milena Lukin
Roman

In der Nacht vom elften auf den zwölften Juli machen zwei Gardisten der serbischen Eliteeinheit ihren Routinerundgang auf dem Militärgelände von Topčider. Am nächsten Morgen werden sie tot aufgefunden. Sie seien einem unehrenhaften Selbstmordritual zum Opfer gefallen, behauptet das Militärgericht. Und stellt die Untersuchungen ein.

Im Auftrag der Eltern der jungen Männer beginnt der Anwalt Siniša Stojković zu ermitteln. Er bittet seine Freundin Milena Lukin, Spezialistin für internationales Strafrecht, um Unterstützung. Ihre Nachforschungen sind gewissen Kreisen ein Dorn im Auge, Milena Lukin gerät dabei in Lebensgefahr. Und es erhärtet sich ein fürchterlicher Verdacht: Die beiden Gardisten hatten vermutlich etwas gesehen, was sie nicht sehen durften. Hatte es mit dem Jahrestag des größten Massakers der europäischen Geschichte seit dem Zweiten Weltkrieg zu tun?

Der Auftakt zur ersten deutschsprachigen Krimiserie, die in Belgrad spielt, mit der sympathischen Ermittlerin und Rechtsexperin Milena Lukin.

CHRISTIAN SCHÜNEMANN, geboren 1968 in Bremen, studierte Slawistik und Journalismus und lebt in Berlin. Er schrieb bereits die Kriminalromane um den Münchner Starfrisör Tomas Prinz.

JELENA VOLIĆ ist gebürtige Belgraderin und lehrt dort Neuere deutsche Literatur und Deutsche Kulturgeschichte. Sie lebt in Belgrad und Berlin.